第十一届广西剧展作品评论集

广西壮族自治区党委宣传部
广西壮族自治区文化和旅游厅 编

广西科学技术出版社

·南宁·

图书在版编目（CIP）数据

第十一届广西剧展作品评论集 / 广西壮族自治区党委宣传部，广西壮族自治区文化和旅游厅编 . —南宁：广西科学技术出版社，2025.3.--ISBN 978-7-5551-2245-6

Ⅰ . I207.3-53

中国国家版本馆CIP数据核字第20245XJ743号

DI-SHIYI JIE GUANGXI JUZHAN ZUOPIN PINGLUN JI

第十一届广西剧展作品评论集

广西壮族自治区党委宣传部
广西壮族自治区文化和旅游厅 　编

责任编辑：谢艺文　　　　　　　　　封面设计：阳玳玮［广大迅风艺术］

版式设计：韦宇星　　　　　　　　　责任印制：陆　弟

责任校对：方振发

出 版 人：岑　刚　　　　　　　　　出版发行：广西科学技术出版社

社　　　址：广西南宁市东葛路 66 号　　邮政编码：530023

网　　　址：http://www.gxkjs.com　　编 辑 部：0771-5871673

印　　　刷：广西民族印刷包装集团有限公司

开　　　本：787 mm × 1092 mm　1/16

字　　　数：298 千字　　　　　　　印　　张：13.25

版　　　次：2025 年 3 月第 1 版　　　印　　次：2025 年 3 月第 1 次印刷

书　　　号：ISBN 978-7-5551-2245-6

定　　　价：98.00 元

编委会

主 任 委 员　甘　霖

副主任委员　班华勤

委　　　员　刘国建　沈　丹　严　俨　张　兰　文　宁　石　蕾

主　　　编　刘国建　宁一荣

副 主 编　严　俨　张　兰　唐　华

资料收集　文　宁　欧　红　莫　娜　石　蕾　班　茜　唐春江

目录

欣逢盛世唱新曲

——第十一届广西剧展小戏小品竞演综述

裴志勇

摘　要　由广西壮族自治区党委宣传部、广西壮族自治区文化和旅游厅主办的庆祝中国共产党成立 100 周年广西优秀舞台艺术作品展演暨第十一届广西剧展于 2021 年 12 月 5 日至 9 日在桂林举行，9 场演出共汇集了由广西各地文艺工作者精心创作的 56 个小戏小品。参加竞演的作品在思想性、艺术性上彰显出广西特色，呈现出百花齐放的繁荣景象。但也存在着一些不足和缺陷。

关键词　小戏小品；时代主题；创作；艺术探索

在中国共产党建党百年之际，第十一届广西剧展小戏小品竞演于 2021 年 12 月 5 日至 9 日在桂林举行，9 场演出共汇集了由广西各地文艺工作者精心创作的 56 个小戏小品。作为展示和检阅近三年广西小戏小品创作成就的重大艺术活动，本次参演剧种包括了桂剧、彩调剧、山歌剧、音乐剧、喱戏、鹩剧、文场戏及小品等，一些濒危剧种也在舞台上焕发出新的活力，上演的作品涵盖了革命历史、脱贫致富、抗击新冠疫情以及男女爱情、传统美德、党风廉政、献身事业等题材，呈现出百花齐放、推陈出新、大胆探索等特点。这些作品力求做到讲好"中国故事"，讴歌党、讴歌祖国、讴歌人民、讴歌英雄，全方位反映了广西各族人民在党的领导下改革发展的新成就、新风貌。

一、抒写时代风貌　讴歌历史荣光

党的十八大以来，我们伟大的祖国发生了翻天覆地的巨变，广大人民群众的物质生活、精神面貌、思想观念都发生了深刻变化。尤其是我国取得脱贫攻坚战全面胜利、全面建成小康社会，充分体现了我们党全心全意为人民服务的根本宗旨，彰显了我国社会主义制度的优越性。这一题材也就顺理成章成为这届剧展最主要的内容。小品《红心》描写了一位即将走进社会的女大学生在爱心助农脱贫致富活动中，与带货主播、城管老爸发生的饶有趣味的故事，表现了新一代青年的责任担当。彩调剧《乡村之夜》叙述了乡村彩调队和广场舞队争抢活动场地的故事，表达了广大农民脱贫之后追求精神文化生活的强烈诉求。彩调剧《六米街》

借用"六尺巷"这一著名的历史故事，通过一位刚上任的镇长巧妙解决两个强占村道、妨碍乡村旅游发展的村民之间的矛盾的故事，为我们讲述了农民群众在脱贫致富奔小康进程中的生动故事。哗戏《乌豆与香草》是一出"有情人终成眷属"的喜剧，诠释了联手创业、互助共赢、脱贫致富奔小康等主题的内涵。彩调剧《弄巧成拙》对一些贫困户脱贫后仍假装贫困、贪图扶贫利益的行径进行了善意批评。情景剧《力量》，再现了"时代楷模"、全国脱贫攻坚楷模黄文秀为了让人民群众脱贫致富，挥洒汗水、耗尽心血、奉献青春和生命的感人故事。此外，还有小品《脱贫村的幸福生活》、彩调剧《扶贫"赌"约》、哈调小戏《同船共渡》、戏剧《城乡恋》、小品《杨干部的星期天》等作品，也是对全面建成小康社会这一具有伟大历史意义的战略部局和奋斗目标的热情讴歌，同时也是对驻村干部的无私奉献、广大人民群众的奋斗精神、农村面貌的日新月异的热情赞美。这些作品贴近现实、多姿多彩、真实可信，为我们勾勒出了蒸蒸日上、意趣盎然、充满泥土芬芳的当代新农村的崭新风貌。

中国共产党的百年奋斗史，有千千万万可歌可泣、值得大书特书的英雄人物和感人故事，将这一段极不平凡的光荣岁月呈现于文艺舞台，是广大文艺工作者义不容辞的责任，本届剧展许多作品就是这百年历史的真实写照。壮剧《一双绣花鞋》描写了一位即将奔赴战场的红军小战士将一双绣花鞋送给自己心仪的红军女护士的故事，该剧从独特的视角写出了残酷战争中的男女爱情和美好人性。彩调剧《三斗米》讲述红军路过广西瑶寨时向一对瑶族母女借粮的故事，展示了少数民族对红军从不理解到无私支持的过程，诠释了"江山就是人民，人民就是江山"的主题。壮族山歌剧《天琴声声》抒写了一名壮族群众勇救受伤红军的动人故事，体现了军民之间血肉相连的鱼水深情。山歌剧《盼》通过几个不同场景，展示了一幅幅一位壮族少女祈盼当红军的心上人回乡的画面——从如花少女盼到中年妇女，又从中年妇女盼到老年阿婆……壮族少女对红军阿哥那种海枯石烂、矢志不移的坚贞爱情令人动容。而音乐剧《我们的〇〇一》和《报以一生》，则分别展示了中共地下组织早期卓越领导人谭寿林和著名革命家张报辉煌而传奇的革命生涯，表达了对革命先烈和前辈的崇敬之情。此外，瑶剧《瑶绣图》等，也是对建党百年伟大历史的艺术再现。上述剧目从不同角度，反映了建党以来一代又一代共产党人率领人民群众为解放劳苦大众、建立新中国抛头颅、洒热血的壮举，形象诠释了我们党为人民谋幸福，为中华民族谋复兴的初心使命。

新冠疫情来袭，全人类面临严峻考验。我们党和政府秉承"人民至上，生命至上"理念，率领全国人民取得了抗击疫情的阶段性胜利。这一举世瞩目的成就，在这届剧展中也有充分表现。文场戏《小别离》叙述了一对热恋中的医护人员分别奋战在火神山和雷神山，抗击疫情、救死扶伤的故事，既表现了"90后"年轻人的崇高奉献精神，又表达了一对热恋男女离别后的思念之情及相互鼓励完成使命的执着信念。粤剧《催房租》讲的是在新冠疫情背景下，一位心高气傲的毕业生一时找不准自身位置而待业在家，后在房东以催房租方式的巧妙点拨下，决心脚踏实地投身现实生活。此外，粤剧《夫妻战"疫"》、南路壮剧《这婚不能退》等，也从不同角度反映了在这场不平凡的人类与疾病的抗争中平凡人的感人事迹。

除脱贫攻坚、建党百年和抗击新冠疫情这三大主题外，此次剧展也有不少反映多彩现实的生活题材作品。如彩调剧《党员韦满意》，讲述的是一名年年得先进的老党员在退休前忽然落选的故事，进而批评了工作和生活中的"老好人"现象。小品《左林右李》细致描绘了一对青年男女邻居从相互抱怨指责到逐步化解矛盾，再到互生好感的过程，讲述了人与人之间应少一点隔阂、埋怨和指责，多一点理解、沟通和关爱的道理。音乐短剧《在那遥远的小山村》通过一名曾是留守儿童的支教研究生的深情回忆，展现了一群来自小山村的平凡人的无私大爱。《早点来接我》描写了养老院一对老年男女之间的一种相互思恋却欲言又止的微妙情感。牛娘戏《戏缘》讲述了一对因戏而破镜重圆的夫妻之间的有趣故事。毛南戏《将心比心》则通过兄弟之间在赡养老人问题上的矛盾冲突和心结化解，弘扬了中华民族尊老敬老的优良传统。彩调剧《我等你》通过一名即将入狱的贪官回家与父亲告别的情节，诠释了反腐倡廉的重大主题。小品《淡泊明志》通过人物对艺术与金钱关系的表达，塑造了一名自视清高的书法家和一名富有爱心的普通人。

上述作品内容涵盖了当今社会生活的方方面面，为我们全方位地摹画出一幅幅生动的、充满生活质感的，同时又是跨越坎坷、不断向着幸福和美好迈进的当代生活图景。同时，这些作品的创作演出，也体现了广西艺术工作者紧跟时代、深入生活、倾心创作，努力追求"以文弘业、以文培元、以文立心、以文铸魂"的使命担当。

二、探索艺术真谛　倾力打造精品

思想精深、艺术精湛、制作精良，是衡量艺术作品的标准，本届剧展的小戏小品在艺术呈现上也竭力探索出新、追求精湛精良。

在剧本创作上，粤剧《催房租》和彩调剧《党员韦满意》以独特的视角、新颖的切入点，塑造出了在当今舞台上与众不同的人物形象，表达出了当今戏剧舞台并不常见的主题与内涵，富有新意。彩调剧《六米街》巧妙借用古代邻里和睦的著名故事，表达当今建设社会主义新农村的主题，毫无牵强违和之感。哐戏《乌豆与香草》将人物名字与地方特色风物融为一体，使舞台呈现谐趣横生。小品《早点来接我》把一对情感相依相恋却又难以启齿表达，甚至故意正话反说的黄昏恋老人的微妙心理刻画得准确到位。彩调剧《弄巧成拙》以极其生活化和极具夸张喜剧色彩的小狗偷吃美食的情节巧妙解开主角之间的矛盾，起到四两拨千斤的效果。

在导演手法上，可以看出参演作品为追求艺术之美所作的努力。文场戏《小别离》运用现代导演手法，打破传统的按时空顺序展开情节的叙述方式，着重抒发人物的内心情感，别具一格。文场戏《漓江，1944》、壮族山歌剧《壮金角》，则将舞台上各色的人物安排得主次分明并各显个性。现代彩调剧《乡村之夜》《山楂之恋》，哐戏《乌豆与香草》，戏剧《城乡恋》等作品则充分发挥了中国戏剧"以歌舞演故事"的特点，以载歌载舞的表演方式推进情节、塑造人物、营造意境，给人以独特的艺术享受。山歌剧《天梦·钎声谣》将歌舞、音乐、舞美、灯光融为一体，营造出一种极富艺术色彩的舞台氛围，给人一种视听震撼。

本届参演作品的音乐创作和唱腔设计尤其让人觉得可圈可点，各地音乐工作者在剧种音乐特色的发掘整理、加工提高上，都有出色表现，可说是广西各民族各地域戏曲音乐的一次集大成展示。特色浓郁、各具韵味是本届剧展小戏小品音乐创作的最大特征。如南路壮剧《感恩》的音乐，以浓重的壮族乡土之韵，展现了广西壮剧的独有艺术魅力。毛南戏《将心比心》的音乐明快悦耳，独特的"柳郎咧"等衬词流畅幽默，与其欢乐的喜剧剧情相得益彰。唉戏《乌豆与香草》和戏剧《城乡恋》的音乐是在流传于客家地区的山歌的基础上创作而成，较好保持了客家山歌的悠扬动听、幽默谐趣的特色风格。鹩剧《震声出征》的音乐体现了古拙中见精致、传神达意的特点。壮族山歌剧《天琴声声》的音乐则展示了与其他壮剧迥然不同的壮族音乐风格，显得柔美动听、撩人心弦。文场戏《宣誓·遇龙河》的音乐既保持了广西文场戏清雅悠扬、行云流水的特点，又根据戏剧表现需要有所发展。现代鹿儿戏《女村委主任》的音乐则充满了桂东乡村方言的独特喜感。总之，本届剧展小戏小品的音乐设计和创作，在让人获得美好审美享受、令人耳目一新的同时，也让人看到了八桂大地戏曲音乐的多样性、丰富性以及日后大有可为的发展前景，其意义不仅是对广西，也在一定程度上丰富了中国戏曲音乐园地的色彩。

戏剧的最终呈现是演员。在本届剧展小戏小品竞演中，演员表现也有不少可书之处。在粤剧《云盖英雄》中饰演革命先烈林培斌的元军，唱、念、做均达到较高水准，将一个一身正气、铮铮铁骨的共产党人形象塑造得荡气回肠。同为粤剧演员的黄俊成，在粤剧《催房租》中饰演有点好高骛远、不切实际的毕业生，他将人物内心的矛盾、彷徨和无奈诠释得准确到位，以粤韵十足的唱腔打动观众。李桢毅、郭玉倩二人在小品《左林右李》中扮演一对从扰邻斗气到理解关怀再到情愫萌生的青年男女，他们将人物循序渐进的舞台行动线和思想情绪转变脉络拿捏得极为精准。此外，彩调剧《党员韦满意》中饰演师傅的赵迪、《扶贫"赌"约》中饰演覃文丽的盘海芳、小品《脱贫村的幸福生活》中饰演金凤嫂的黄海璐、毛南戏《将心比心》中饰演弟媳的谭思慧、小品《红心》中饰演女主播的王萨霓、情景剧《信念》中饰演陈洪涛的邓作凯等众多演员，在舞台上都有不错表现。

本届剧展小戏小品竞演的舞美虽整体相对稍弱，但亦有突出之处。如情景剧《信念》中的舞美和灯光设计，以一种灰暗压抑的基调，营造出一种令人窒息的舞台氛围，有效烘托了敌人的凶狠和残暴，反衬出革命先烈坚贞不屈、视死如归的理想信念。音乐短剧《在那遥远的小山村》以虚实相融的呈现方式，勾勒出既与当今生活有一定距离感、又让人感到温馨浪漫的舞台情境。此外，壮族山歌剧《守护大山》的舞美设计、《天琴声声》的服装设计、《天梦·钎声谣》的道具设计等等，都为剧目的整体呈现增色不少。

三、正视自身不足　努力补齐短板

尽管本届剧展小戏小品竞演成绩显著、亮点频现，但我们也应清醒地看到，其中还存在着一些不足和缺陷。

一是作品总体水平不够高。本届剧展小戏小品竞演共56个剧目参加，但让人真正感到满意的作品可说是凤毛麟角，即使是获得金奖的作品，仍存在这样或那样令人遗憾的缺陷和不足。一些舞台呈现生动活泼、能让观众喜闻乐见的剧目，又存在主题不新、内涵浅显的问题；一些主题有一定新意、具有一定内涵的作品，又因情节设计缺乏鲜活戏剧性，显得沉闷；一些情节流畅自然、演员表演准确到位、充满喜剧色彩的剧目，又让人有种似曾相识之感……

二是参演作品水平参差不齐。看完本届所有参演作品，一个明显感觉就是剧目之间水平差距过大，一些基本可达专业水平，一些是半专业半业余水平，还有不少剧目只能算业余水平。这种情形不仅会影响剧展的整体水平，同时也减弱了观众的观剧兴趣，而且也会让区外评委对广西戏剧创作水平产生一些不够客观的认知。

三是优秀剧本尤为稀缺。剧本创作过程中缺少研讨、论证和把关，加之许多创作者精品意识不强，不愿意反复修改打磨剧本，因此本届参演作品的剧本质量普遍不高。存在或剧目和主题浅白、图解概念，或故事陈旧、结构老套，或人物苍白、缺乏情感，或情节有硬伤、发展不合理，或缺乏戏剧冲突、解决矛盾简单等问题。

对此，笔者谨在此提出一二不成熟建议。一是认真抓好剧展参演作品的剧本创作。对于创作基础较好的剧本，可在前期组织有关专家进行研讨、提出修改意见，指导剧目创作者做进一步修改，直至达到一定质量才投入排练。二是对参加剧展作品提出更为严格的质量要求，可在举办剧展之前派出有关专家到各地进行初步筛选，择优参加，亦可先期进行分片预演，从预演中遴选质量较好的剧目，再集中举办剧展。应遵循"宁缺毋滥"原则，真正把广西剧展办成展示广西戏剧创作优秀成果的艺术盛会。

本届剧展已画上圆满句号，新一轮创作周期随即开启。我们有理由相信，广大广西文艺工作者将会继续坚守艺术理想，追求德艺双馨，努力做到"以文化人、以艺通心"，创作出操守高尚、文质兼美的优秀舞台艺术作品。我们期待，下一届的广西剧展将会以一种更新的风貌呈现在世人面前。

作者简介

裴志勇，广西艺术创作中心原主任、一级编剧，第十一届广西剧展小戏小品竞演评委。

历史叙事中的民间诗学

——论第十一届广西剧展参演剧目的叙事策略

崔振蕾

摘　要　"在广西"的叙述方式已然成为第十一届广西剧展的符号。本届剧展作品回溯或远或近的历史，在时空的坐标轴中打捞关于"真"与"诚"的历史叙事，"凝视民间""轻逸"的笔法是其主要的美学特征。将"大历史"与"小悲欢"的书写熔铸于"日常经验"中，建构出具有地域特征的精神图景，这一舞台主旨体现了对舞台下观众精神发展的关注。

关键词　在广西；历史叙事；凝视民间；轻逸

罗素说，有大型的历史学，也有小型的历史学，两者各有其价值，但是它们的价值不同。大型的历史学帮助我们理解世界是怎样发展成现在的样子的，小型的历史学则使我们认识有趣的男人们和女人们，推进我们有关人性的知识。[①] 根据罗素的话，我们可以了解到这是两种不同的历史叙事范式，在第十一届广西剧展的舞台上，笔者欣喜地发现，在剧目叙事策略中这两种方式交叉互补，形塑了历史真相与民间诗学想象的文化镜像。

一、"在广西"：历史叙事中的凝视民间

广西是现代史叙述中重要的红色革命老区。纵观第十一届广西剧展的剧目，革命历史题材占比最高，其次是民间故事。对比这两类题材，革命历史题材多是以历史事实为蓝本叙事，民间故事则将想象的触须伸向地域文化的腹地。看似一类庄重严肃，一类灵动幻化，但"在广西"这一特定空间叙事使革命历史话语与民间故事话语成为彼此相关的存在。

音乐剧《血色湘江》以红军长征历史上的湘江战役为故事背景，以红军三十四师师长陈树湘为人物原型，在生与死抉择的情境中，诠释了中国红军对中华民族命运的不变初心。故事的讲述开始于一场鏖战。在湘江之岸，红军在暗夜的火光中激烈决战；在湘江之中，英灵的鲜血随江水滚滚向前。这是一部关于"大历史"的讲述，历史的真实是剧目叙事的基础。

[①] 罗素：《论历史》，何兆武、肖巍、张文杰译，生活·读书·新知三联出版社，1991。

"共产党渡湘江，涅槃重生共产党"，随着剧中人物陈湘的呐喊，湘江战役这一历史重现在舞台之上，但在大幕拉开的那一刻，历史成为戏剧的一部分，如何叙事尤为重要。

门板做成的浮桥、被染红的江水、焦木等艺术符号，将历史图像化，在有限的舞台空间内，曾经的战役被重现。该剧独特的宏大视觉气质确实做到了对客观历史的"大写"。但主创者在以严肃的历史为题材进行创作之时，首先要思考的问题是如何认知历史，以何种途径让作为个人的观众进入到历史的肌理之中。如果将创作视角限制于对历史图景的展示，那么舞台上的剧目将很难与观众建立起激荡的情感场域。

"坚定的信仰，领导有力。看我们红军有谁能敌。"在第二幕的开场，主创者便在历史叙事中重构了另一层文化空间。信任感既是舞台上人物行动的动机，又作为叙述线索使观众与剧中人物建立起情感的链接。在故事的行进中，观众也看到了多层次的信任：红米饭与陈湘彼此信任、陈湘与政委彼此信任、朱大姐与战士们彼此信任、凤鸣与战士们彼此信任。当故事在宏大叙事外表下聚焦于个人道德之时，在故事之外观众便产生了对历史真实的信任。超越历史前进必然性的是生存本身，是民间道德在人类世代相传生存方式上的印记。当主创者聚焦于对"信任"这一民间文化阐释之上时，观众便会以一种探寻的姿态在现实中观照历史，民间话语便是强有力的参考体系，对于历史真实的信任便产生于舞台空间叙述之中。

《谭寿林》的创作亦是如此。该剧目以谭寿林的一生为时间轴进行铺陈叙述。但在舞台空间的创作中，导演设置了地理、文化、心理三重空间，这使得剧中主人公的心理独白晕染了个体鲜活的记忆色彩。在人物行动层面，主创者塑造了反抗、追求、考验、命名的英雄叙述范式，在线性时间中诠释了英雄主义生命哲学。共时性的心理空间创作手法，让观众看到剧中人物平凡的情感，主创者有意弱化人物的传奇色彩，强化人物形象的可信性。主创者多次将人物置于文化与心理的双重空间中，在文化空间的叙述中，观众可以清晰地看到人物的成长轨迹。谭寿林在北京大学校园里接受新文化的洗礼，这是一种历史话语的表达，但与此同时，"他们那些刑罚都在你身上使过无数遍了，你不疼吗""第一次见钱瑛，我已深深地被她吸引""我不绝地回望着我的家，我想到家中老而多病的祖母，想到瘦弱的母亲，想到亲人们一定站在村旁含着眼泪望我的影子"，阿曼与谭寿林之间的心灵对话让我们看到了英雄人物身上的普通人的情感。主创者在不断地提醒观众，历史是伟大的，是客观的，历史中的伟大人物却是纯真的，他们如我们一样，有着普通人身上最真实的情感。

在以上作品中，剧目创作者有意地在文化、心理空间中进行分层叙述，建立起革命话语与民间话语互文谱系，在对"在广西"的革命话语叙述中凝视民间，在对"大时代"的书写之中见人、见情。

二、轻逸中的事实与真诚

在《美国讲稿》中，卡尔维诺提出，轻逸是一种审美价值。[①]轻逸的叙述是一种观察外部世界的方式，通过轻逸的文学写作，可以引发读者对看不见的事物的沉重思考。[②]

彩调剧《新刘三姐》形式欢快，民歌体的语言使得整部剧的表达有匀称和谐之美感。故事的发生地点为新时代乡村，创作者带着自己对广西文化的理解和认知，为观众讲述了广西乡村故事。

《新刘三姐》除却对《刘三姐》文学的传统记述，还在叙事脉络中将城与乡的关系维度呈现在舞台上。主人公阿朗向往乡村之外的世界，他的情感迁徙于城市与乡村之间，一边是城市五光十色的诱惑，另一边是自己家乡的逼仄，向外走，是漂泊无依，但也是阿朗对未来的美好憧憬，这种看似虚幻的憧憬是阿朗最后的倔强，也是他出走的最有说服力的理由。在一个月色朦胧、清风竹响的夜晚，姐美在儿时的回忆中，寻找慰藉，与阿朗出走的事实达成和解。在笔者看来，这一幕是理解全剧最为重要的线索。舞台上的展示像一幅素描画，落笔轻盈，人物内心的情绪表现得含蓄克制，但却犹如一条隐匿的河流在观众心里生生不息。阿朗的明星梦，足以让我们看到他是晚熟的人。看似灿烂的梦想，对于乡村一员来说，实则非常虚无缥缈。如果观众留心注意到创作者在叙述中设置的转向情节，就会知道自尊心受挫也是阿朗寻求外部世界的原因之一。他在歌会上输给了姐美，也就是说他在没有看清楚周围的环境之下，在没有对自己有一个清楚的认识之时，盲目地渴求另一个世界对自己的接纳。在市场经济与消费主义浪潮中，他看似做出了一个成熟的选择，实则非常鲁莽。阿朗的归来从某种程度上来讲也印证了理想与现实的差距，精神上的失落使得阿朗回到了家乡，并完成了精神上的自我实现。当观众在剧的结尾看到乡村以自己独有的方式走向屏幕中心的时候，我们固然为时代的答案感到欣慰，但对于类似阿朗这样的徘徊于城与乡之间的个体的喜怒哀乐，则是创作者的另一种呈现。在城与乡发展的浪潮中，被裹挟的个体如何面对生活，是剧目留给读者的思考。当然，问题的答案并不是无迹可寻，创作者在姐美的人物形象塑造中，抽丝剥茧地给出了答案：秉承初心，不贪恋物质，不卑不亢，把握好生命中最快乐的生存方式。姐美的人物语言很显然是民族话语中的集体意志。创作者在"事实"与"真诚"的博弈中，选择将"事实"作为留白叙述，引发观众对当下的思考。鲁迅笔下的故乡是有传统陋习、压制人性的故乡，而此处的故乡却是快乐生长的地方，这何尝不是对故乡的诗学想象？

在民间话语中揭示生存寓言，这同样在剧目《天琴声声》中有所体现。《天琴声声》讲述了1930年春龙州起义时，两姐妹救助红军伤员的故事。剧目有意弱化了对战争残酷图景的描

---

① 卡尔维诺：《美国讲稿》，萧天佑译，译林出版社，2008。

② 杨晓莲：《轻逸之美　沉重之思——〈看不见的城市〉与卡尔维诺的"轻逸"美学》，《重庆师范大学学报》（哲学社会科学版），2012年第2期。

述，将叙述的中心放在父亲去世之后，一对未成年的姐妹如何生存这一命题上。"当我觉得人类的王国不可避免地要变得沉重时，我总想我是否像柏尔修斯那样飞向另一个世界。"在卡尔维诺看来，生活的本质是沉重的，但舞台上的戏剧作为一种文学的形式展示之时，就应该换一种角度记录生活，消解生活的沉重，进行审美的创作。剧目中创作者对民间话语的演绎便是剧目的意义所在。

在剧作中，创作者提炼了"天琴""喜被"两种具有地域特征的意象符号，以散文的写作笔法写出了壮家人民的希望和信仰。这两种意象代表了集体性的民间话语，它们似乎是一种箴言，向个体诉说着生活的意义，以此抵抗生命中的荒凉。父亲在世时，天琴的声响总预示着父亲的归来；父亲离世后，两姐妹在天琴声中寄寓对未来的期盼，在天琴声中消解劫难的悲痛。剧目并没有直接呈现战争场面，而是通过侧面来展现，在隆隆的炮声中，两姐妹焦灼地等待着父亲的归来。甚至于对于两姐妹来说，战争只是一个模糊的存在，她们并不知道战争的哪一方是对的，哪一方是错的，更不知道父亲已悄然投身战争。姐姐弹着天琴，抚慰着妹妹惶恐的情绪，终于等到父亲的归来。父亲带回来了一个名叫红军的战士。红军的到来也意味着父亲的离去，生命之间的交换使两姐妹相信唤醒红军是无比重要的事。姐妹两人在天琴声中等待美好明天的到来。姐姐用自己出嫁的喜被为红军取暖，完成了真正意义上的道德践行。剧目隐去战争场面的呈现，致力于在简单的人物关系之中，将生活真相呈示在舞台之上：困苦不会在生活中消失，但在困苦之中如何活下去，人们总会在坚韧的民间文明中找到答案。相信观众在生活与戏剧的观照之中，可以发现文化信仰在两姐妹成长过程中的意义，它们甚至超越了时间本身。在天琴声中，观众看到战火可以毁灭生命，但毁灭不了文明在这些生命中刻下的善良和希望。

三、历史叙事与精神图景想象的生成

第十一届广西剧展的演绎主题主要是革命与历史，但其最向往的却是民间话语的建构。或是还原"大写"的历史，或是以轻逸的笔法表现沉重之思，无论哪种方式，创作者们都在回溯历史的过程中思考着未来之人是什么样的。在舞台空间化的阐释之中，民间道德文化作为一种隐喻，诠释着创作者对生活的理解。这种留白式的启迪虽在书写历史，但并没有放弃对文化与当下的关怀，创作者在文字间透露自己真诚的写作态度，形塑对当代文化的想象。

音乐剧《致青春》是这次剧展中唯一的工业题材戏剧，该剧并没有着力展现大的历史事件，而是以耿大可与佟家玲的爱情故事为主线，讲述了一代年轻人追逐梦想，将个人的生存价值与国家命运紧密相连的家国情怀。耿大可是上海援柳的工人，他怀着热切的梦想来到柳州，想要在这里开辟天地，实现个人的社会价值。援柳期间有过几次回上海的机会，耿大可都放弃了，最根本的原因是机器没有制出来，他不甘心。佟家玲从上海来到柳州之时，耿大可已为人夫。耿大可对佟家玲说，我没有变。这里并不是指个人感情的变化，而是指留在这里的初心没有变，他要在这里扎根，这也是他结婚的原因。晚年的佟家玲再次来到柳州，她

与耿大可再次见面。这一情节具有多重意义，对于耿大可和佟家玲而言，他们既是历史的经历者，也是历史的见证者，相比那些摆在博物馆的纪念文物而言，他们是故事的真实传播者。创作者在剧中设置穿越历史的人物，是在传播一种奋斗的精神。这种精神不仅经历了时间的考证，赢得了观众的信任，而且在舞台想象与当下现实中建立了辩证关系，正在参与对当下文明的建设。事实上，当故事结束时，创作者在舞台上运用多媒体图像完成了补充叙事，将故事之外的图景呈现在舞台之上，暗示了历史上的珍贵精神对于当下精神文明发展的意义。

剧展中对于"在广西"的抒写，严格地再现了广西的地理空间，但是在叙述时间上却有着相对灵活的形式。《苍梧之约》的开始，是两位老人在谈论流传于苍梧地区的故事。这是一个关于一诺千金的故事，也是剧目的序曲。以对历史的解说作为故事的叙述背景，是为人物的行动做注脚。故事以广西第一位女党员李省群为人物原型，塑造了林茗、叶洲等一群信仰坚定的革命人物群像。历史上的苍梧是一个有信仰、坚持初心的地方，这在剧目开始时老人谈论的故事中已有暗示。正是在这样的历史背景下，才涌现出一批年轻的有信仰的革命者，才取得了社会主义的伟大胜利。"人民有信仰，民族有希望"，这不仅是历史的答案，更是未来的召唤。剧中的林茗，在失去党员身份后，仍坚持在隐蔽战线继续斗争，在遭受到战友的误解时，仍坚持初心、勇敢直前。这是一种光辉的英雄主义，更是一种可贵的意志。在解读历史时，更为重要的是解读其中的意义与个体生命经验的共振。人物林茗所体现的信仰力量，启发着观众对历史意义之于当下的思考。笔者认为，从某种程度上说，启蒙个体也就意味着民族的共同体意识的建立，越是一种确定的答案，越是要思考其历史的合理性。

作者简介

崔振蕾，广西艺术创作中心。

新刘三姐

演出单位

广西戏剧院

刘三姐文化带给戏曲发展的启示

吕育忠

　　《刘三姐》是几代人深刻的历史记忆，已经成为一种文化符号，它所具有的强大的文化基因、旺盛的生命活力、深厚的群众基础超越了民族、超越了国界、超越了时代。每当《唱山歌》《多谢了》等具有代表性的优美旋律悠然响起，人们就会因美妙的记忆被唤起而心驰神往、思绪翩然，人们幸福的憧憬和愉悦的审美记忆就会被引发。《刘三姐》之所以能作为经典的存在，不仅因为它是享誉海内外的名作、名剧，以及作品中那些精美唱腔、唱段所产生的超越时空的深远魅力，从更深层意义上说，它是一部强烈体现人间纯真之情，寄托着几千年来劳动人民对精神自由、美好理想追求与向往的传世杰作。而《新刘三姐》的诞生，则是壮族歌圩文化、诗性传统在新时代的光大与延续，它一方面继承了《刘三姐》的人文精神内涵，另一方面则以全新的审美视角，以时尚、唯美、绚丽的整体舞台效果，以作品意味的隽永、境界的澄明与气息的清新，为当代观众带来了全新的润心之美、视听之美。正是不同时期以刘三姐为主题的作品的相映同辉，从不断发现美到不断创造美，并取得了艺术成就和社会影响力，最终形成新时代语境下值得人们去关注和深度思考的刘三姐文化。

　　如果说艺术能为最平凡的事物铸就历史意义，那么《刘三姐》具有的独特文化，很大程度上还寄寓着不同时期的艺术家以其特殊的灵智赋予艺术经典以永恒的价值和意义。因为任何一项艺术创作成果，它所独有的文化精神和文化力量，都熔铸了艺术家的生命力和创造力。一部戏能否点石成金，能否化平凡为非凡，能否化普通为神奇，都取决于艺术家能否苦苦坚守和不懈追求。而伟大的艺术家之所以伟大，是因为他能以美的创造力和凝聚力，使人对作品充满敬意，同时也使作品具有一种永恒的召唤力。特别值得肯定的是，对比《刘三姐》所处的那个年代和当下《新刘三姐》所处的新时代，尽管社会生活发生了翻天覆地的变化，但不难发现，作品中的主旨要义，也就是那时的劳动创造幸福的观点与当下人民群众对美好生活的向往是一脉相承、紧密相连的。《刘三姐》和《新刘三姐》两部作品，都在审美上展现了壮族妇女勤劳勇敢、善良美丽、坚韧豁达、乐观向上、逆境不馁而顺境不骄等优秀品质，而且充分发挥了创作主体的艺术识见与才华造诣，把艺术真正作为一种精神自由的创造性劳动，以追求高尚为目的，以提升和净化人的灵魂为要义，借助想象的翅膀来感受、思索、领悟、表达生活，成功塑造了一个具有完美人格和符合时代审美价值的典型刘三姐艺术形象。

广西彩调剧具有独特的魅力和广泛的群众基础，和其他地方戏曲一样，是表现和传承中华优秀传统文化的重要载体。开展刘三姐文化研究，对于我国传统戏曲在当代的传承和发展具有重大的启示意义。

一、刘三姐文化走的是文化自信与艺术自觉的经典创作探索之路

看一个剧团或一个剧种有没有生命活力，首先要看它有没有不断创作出精品剧目，这些剧目有没有叫得响、立得住、留得下、传得远。彩调剧及电影《刘三姐》的主创者以超凡脱俗的眼光，把主题聚焦于刘三姐挣脱邪恶势力的禁锢以及维护女性尊严，由此该剧流传至今、传唱不衰。进入新时代，广西戏剧院以高度的文化自觉和文化自信，尊重传统、敬畏传统，创新有根、创新有本、创新有源，使优秀的传统文化基因在新时代绽放出新的生命活力。《新刘三姐》巧妙借用经典，以新人物、新故事、新语境，着力刻画了姐美和阿朗这一对新时代青年男女的生存状态、命运起伏及心路历程，浓墨重彩地描绘了农村的沧桑巨变，多侧面展现了人民群众生动多彩的生活，以深刻的笔触聚焦人物心灵、聚焦人物意志，拷问人生、拷问灵魂，充满人生况味和人生哲思。全剧自觉遵循戏曲美学原则，提炼生活创新程式，是一次守正创新、固本开源的成功艺术实践。

二、刘三姐文化走的是坚守艺术本体与剧种特色的良性发展之路

一方水土孕育一方艺术。鲜明的艺术个性和独特的舞台风貌，是地方戏的区分标尺。但是，有的地方戏为了拓展本剧种的艺术空间，缺乏自觉的本体意识，在长期向一些大剧种吸收营养的过程中，不自觉地丢失了本体，使本剧种的艺术个性和舞台风貌逐步趋向弱化，甚至丧失了自我。戏曲是综合艺术，戏是基础，曲是灵魂，唱腔音乐是一个剧种区别于另一个剧种的最显著特征。用艺术形象说话，用具有浓郁地方特色的彩调风格打动观众，从彩调剧《刘三姐》到《新刘三姐》，这些剧在维护音乐与表演的传统规制的同时，建构了完备齐整的行当、音乐、表演格局，最大限度地保持了剧种生态的艺术个性，在传承中创新，在继承中发展，因时而生，因时而变，让所有的观众充分感受到了彩调剧的艺术魅力。

三、刘三姐文化走的是坚持以团育人和以剧出人的薪火相传之路

一个好的表演艺术家，是一个剧团、一个剧种、一个地区、一个时代的文化代表。如果没有领军人物，剧种就有可能衰落。在彩调剧的发展史上，不仅涌现出了以电影版彩调歌舞剧《刘三姐》的主演黄婉秋为代表的一大批出类拔萃的艺术名家，而且通过刘三姐文化的传承，培养和造就了一代又一代的拔尖人才，傅锦华、马若云、侯玉华、唐佩珠、吴似梅、王予嘉、莫芬、赵华湘、陈慧等，这些艺术家都是刘三姐扮演者的优秀代表，她们通过甜美的嗓音、动人的形象，为刘三姐文化的传承与传播作出了贡献。广西戏剧院是一个有使命担当的优秀戏剧团体，近年来，他们不仅创作了一批优秀剧目，还特别注重艺术人才的培养，制

定了一系列激励戏曲艺术人才的政策，努力为青年人才的成长提供平台。广西戏剧院坚持以团育人、以剧出人、以德培艺，传承发扬老一辈艺术家的道德修养、人格修为，培养出了一批人品艺品俱佳的彩调剧艺术拔尖人才，保证了彩调剧的薪火相传、后继有人。

四、刘三姐文化走的是植根民间与服务大众并赢得勃勃生机之路

从《刘三姐》到《新刘三姐》，剧目题材根植于民间，其基本表现形式是流布壮乡的歌圩文化。彩调剧是广西较为活跃的地方戏曲剧种之一。以《刘三姐》和《新刘三姐》为代表的一批优秀剧目，长期把创作扎根于民间，把舞台搭建于民间，敏锐捕捉时代热点，生动反映现实生活，在八桂大地，听戏、看戏、演戏和品戏已成为人们生活当中不可或缺的一部分。不管多么艰难困苦，彩调剧艺术家都苦苦坚守，为人民写戏、为人民演戏，演百姓爱看的好戏；痴心戏迷也一往情深、一路相伴，台上台下一起吟唱、一起悲欢，彩调剧深厚的群众根基，确保了彩调剧不息的生机。

广西戏剧院六十年来秉持着以人民为中心的创作导向，以培育和弘扬社会主义核心价值观为己任的艺术宗旨，创作出《刘三姐》和《新刘三姐》这样的优秀剧目，以及由此形成影响深远的刘三姐文化的艺术实践。今天的广西戏曲界乃至中国戏曲界，同样需要在各自实践中学习广西戏剧院的经验，在生活中汲取养分，在群众间孕育真情，发扬彩调剧"接地气""重生活"的传统，守住根，留住魂，沉下身，静下心，努力创作出更多更好的优秀作品，为让地方戏曲臻于更高的审美境界贡献自己的智慧和力量。

作者简介

吕育忠，文化和旅游部艺术司一级巡视员。

本文原载《中国文化报》2021年6月10日第三版。

彩调剧《新刘三姐》
对壮乡新时代女性形象的建构

谢仁敏　黄宇萱

摘　要　彩调剧《新刘三姐》塑造的新刘三姐形象——姐美，与传统刘三姐形象相比既有传承又有创新。传统刘三姐是一位斗士形象，表现的是聪慧勇敢、追求自由、个性解放的高贵品质。姐美则是具有新时代特质的和美形象，既有聪慧勇敢的传统品质，又被赋予了重信守诺、拼搏进取、追求现代独立价值的新品质，姐美对美好情感的坚守和对建设美好家乡的赤子之情令人温暖和感动，是新时代壮乡优秀儿女的典型代表。同时值得称道的是，为了完成人物形象塑造，该剧在场面调度、舞美设计、音乐呈现等方面都进行了创新，为彩调剧的传承与创新发展提供了有益探索和尝试。

关键词　《新刘三姐》；女性形象；时代新变；价值建构

传统艺术作品中，刘三姐的女性形象特征主要通过阶级斗争来展现，突出其勇敢无畏、追求自由的抗争精神。随着时代的发展进步，社会对女性提出了更多的要求，也提供了更多的发展机会。传统艺术作品中的刘三姐形象已不能满足时代现况及文艺作品需求，需要具有新时代精神的"新刘三姐"。

2019 年，由广西壮族自治区党委宣传部、广西壮族自治区文化和旅游厅组织策划，广西戏剧院创作的现代彩调剧《新刘三姐》，是庆祝中国共产党成立 100 周年舞台艺术精品创作工程、"百年百部"创作计划重点扶持作品。该剧对新时代的"刘三姐"进行了积极探索和有益尝试，刻画了女性形象——姐美。姐美是一位具有新时代精神内涵的新刘三姐，是新时代壮乡儿女的典型形象，可圈可点。

一、传统艺术作品中刘三姐的斗士形象

刘三姐的故事在唐代已见流传，最早记载于南宋王象之《舆地纪胜》卷九十八《三妹山》，

此后民间一直通过歌谣传说的方式将刘三姐的故事口耳相传。刘三姐的传说深刻展现了广西民歌的魅力以及主人公刘三姐的抗争精神，刘三姐这一形象也早在世代流传中广为人知。关于刘三姐的传说版本多种多样，这是由于人们在口耳相传的过程中，难免会有所不同，"这种变异关系主要表现在虽然各种传说的主题大致一样，但是它们的叙述方式不同，叙述的主题的完整性程度也不同。就同一个流传范围来说，流传着不同传说变种，表现最为典型的是宜州、扶绥、贵港、广东等地。在宜州流传着至少 5 个版本，扶绥流传的至少有 6 个版本，贵港流传的至少有 7 个版本，广东流传的至少有 4 个版本"。①

与刘三姐相关的艺术作品种类丰富。20 世纪 60 年代至今，全国共有数十种歌剧排演《刘三姐》，刘三姐的故事历久弥新，观众兴致益然。但无论哪一种形式的创作，都未曾脱离对刘三姐这一个体人物的形象刻画，作品大多通过讲述刘三姐反抗阶级压迫、抵挡父权男权对女性的限制等，表现其聪慧勇敢、追求自由、个性解放的高贵品质。最经典的莫过于 1958 年的优秀彩调剧《刘三姐》，该作品的主演五进中南海，四入怀仁堂，受到毛泽东、朱德、叶剑英等老一辈党和国家领导人的接见。其后的电影《刘三姐》更是家喻户晓，电影通过广西本土彩调剧的形式对刘三姐这一形象进行更为深入的刻画，在反抗封建地主阶级中展现个人的性格特征。同时因彩调剧是根植于八桂大地的民间草根文化，与群众的生活联系密切，且受传统戏剧程式的限制较少，观众观看时没有阳春白雪的距离感，更容易接纳刘三姐这一人物。

二、《新刘三姐》中刘三姐的和美形象

与传统、经典的以刘三姐为主题的艺术作品相较，彩调剧《新刘三姐》的创作实现了刘三姐人物形象由斗士向和美的转变。《新刘三姐》的主人公不再是那个叉腰和地主对歌的泼辣女子刘三姐，而是一个观众闻所未闻的全新女性——姐美。姐美是生于 21 世纪的新青年，成长于新时代的壮乡，是一个脚下踏着电动平衡车、手里弹敲电吉他和架子鼓、嘴里唱着摇滚说唱、购物通过线上网店、传播文化通过线上直播的新时代女性。

（一）新时代精神推动刘三姐形象的脱胎换骨

彩调剧《新刘三姐》打破传统艺术作品中对刘三姐个体形象的演绎，塑造了一个全新的女性形象——姐美。新刘三姐形象的脱胎换骨，有着深刻的现实原因。

首先，时代背景已然发生了重大变化。社会的主要矛盾已不再是阶级矛盾和阶级斗争，而是人民日益增长的美好生活需要和不平衡不充分的发展之间的矛盾。这一背景下的壮乡儿女在现代经济社会和文化科技的影响下，生活方式也发生了巨大的变化。因而，如果相关的艺术创作仍然延续刘三姐与地主阶级斗争的情节，会使年轻观众较难产生深刻共鸣。新时代背景下，恰逢我国脱贫攻坚任务圆满完成和乡村振兴战略实施，这就为彩调剧《新刘三姐》主要人物形象的创排提供了更多时新素材，此外，讴歌新时代刘三姐形象及其新精神也是时代所趋。

① 普列文：《刘三姐传说的流变》，《河池学院学报》，2010 第 6 期。

其次，刘三姐这一女性形象一定程度上承载着女性意识觉醒的新时代要求。传统上较为单一的刘三姐形象已经不足以概括女性的觉醒力量。马克思在 1868 年 12 月 12 日致路德维希·库格曼的信中指出："没有妇女的酵素就不可能有伟大的社会变革。"随着现代社会的进步和文明的发展，需要有更多高素质女性个体的涌入，女性作为家庭孕育、教育的主体，源源不断地为社会输送优质资源，她们在现代化进程中发挥着不可或缺的作用。传统《刘三姐》中的刘三姐不畏强权，为追求自由引吭高歌，是男权社会压制下女性主义意识的觉醒和争取自身权益的开始。当今社会阶级结构早已改变，这为女性的发展提供了更多机会，女性可以在事业追求中实现自我价值。

因此，为使新刘三姐形象在新时代更好地呈现出来，《新刘三姐》主创团队将传统刘三姐形象转换为更加符合新时代审美预期且更具传承价值的女性形象——姐美，这是一个新时代女性的和美形象。为了衬托主人公，其他角色的设计也打破了传统善恶对立的人物刻画手法，没有设计与主角完全对立的形象以凸显主角魅力，而是通过角色间协作解决事件矛盾来体现合作共赢，以诙谐幽默的手法刻画了一幅在错误中修正前进方向的壮乡青年追梦图，展现了壮乡儿女弘扬时代新风、共同守卫绿水青山、创建美好未来的新时代青年力量。

（二）姐美充分展现了新时代壮乡女性的新精神

全新的刘三姐形象——姐美，成功展现了新时代壮乡女性的新精神，成为新时代女性的形象代表。

1. 重信守诺，坚定建设美好壮乡的赤子情

姐美在面临是否离乡的困惑时，最终选择守望相助，留守家乡，开展乡村建设。《新刘三姐》第一场的地点设置在太阳岭你家村，姐美脚踏平衡车飘然登场，身着壮族五色蚕丝嫁衣，在即将订婚的欢歌中如梦似幻。姐美与阿朗的祖辈对歌后许下姻缘承诺，三代人信守承诺，让这一段相隔六十年的情缘延续。歌词唱段"管他天旋地也转，总有不变立人间""山歌在心情不改，地老天荒唱百年"诠释了壮乡人民信守承诺、重情重义的品质。关于藤与树、云伴雨、山与歌的类比，更是诠释了不离不弃、砥砺前行、相伴相生的深厚情谊。姐美抵挡了离乡追寻大世界的诱惑，在阿朗离开家乡时仍坚守家乡，致力于家乡建设，不顾父亲的反对与邻里议论留守你家村，只为信守诺言照顾阿朗的母亲，帮助你家村与我家村共同实现脱贫。"他不归家我不走，一世唱歌给你听；口水落地变根针，斗转星移未了情；不信东风唤不回，山歌能把海填平"，凸显了姐美在面临家乡与外面世界冲突抉择时刻的坚定，以及淳朴真诚等待归人建设家乡的赤子之情。

2. 立时代潮头，拼搏进取

姐美在学习新科技助力家乡脱贫的过程中，展现了勇往直前的拼搏精神。在历史的发展中，广西女性不仅仅满足于维系家庭的稳固和谐，更是勇于拼搏，在反侵略反封建的斗争中与男人一同征战。"近代，太平天国革命期间，成千上万的广西男女合家赴义，转战于中国十几个省的广大地区；清末出现在广西各地的天地会起义，策马横刀，指挥所部健儿冲锋陷阵

的女首领也大有人在；而为近代民主共和、民族独立英勇献身的广西巾帼英豪，更是史不绝书。"①

传统刘三姐通过自身努力打破了男耕女织的固有经济模式，她们与男性一同从事田耕劳作，能织亦能耕，既维持家庭的稳固，又参与家庭经济建设。《新刘三姐》中的姐美亦将这一拼搏精神贯彻到底，她采桑织布为家庭增砖添瓦，引吭高歌获尊一方歌仙，将自己的民歌技艺与网络直播结合，不仅带领我家村人民脱贫，更是带动你家村一同发展经济。姐美没有将自己局限在家庭事务中，而是用顽强的意志探寻新时代女性在家庭与社会中前进的新路径。

与此同时，姐美积极发挥兼容并蓄的学习精神。广西境内居住着壮、汉、瑶、苗、侗、仫佬、毛南、回、京、彝、水、仡佬等12个世居民族，广西是以壮族为主体的少数民族自治区，也是全国少数民族人口最多的省份。区内各个民族的历史文化背景都不尽相同，使广西形成了独特的民族文化与风情特色。也正因如此，广西的民族文化在形成时便具有海纳百川、兼容吸收的特点。这一特点在彩调剧《新刘三姐》中得以展现。姐美作为壮族民歌的传承人，首次接触到莫非带来的科技产品时没有产生抵触心理，而是虚心求教，发挥年轻人积极探索、兼容并蓄的学习精神，与莫非一同探寻现代科技与传统文化冲撞下的新发展路径，让科技为壮乡建设赋能，为传统文化带来焕然一新的活力。这不仅是姐美对直播与山歌兼容模式的探索，更是壮乡儿女对科技与传统结合的探寻。

3. 独立自省与追求自我价值

女性意识的觉醒离不开家庭与事业、爱情与自我的讨论。在传统女性角色的塑造中，质朴纯真的女性多抛却自我为爱情献身，而新时代女性则有了更多的选择。诚然，彩调剧《新刘三姐》中姐美与阿朗两小无猜，姐美抵挡了"家中门槛都踏破，茶水喝干几条河"的提亲诱惑，面对优质提亲对象的邀约，她说："风流世界妹不去，在家喝水心也甜。"但她的初衷并非只是为了与心上人相守，而是坚守承诺。因此，在唤回心上人返乡、兑现承诺后，她事了拂衣，选择离开你家村，继续探寻自我价值。传统刘三姐反映的是阶级抗争精神，然而在新时代，随着社会进步和女性地位的提升，这一精神不断得到升华，所彰显的女性力量也日益丰富。姐美作为现代女性，以自身的聪慧和坚定的意志，塑造出了一个独立勇敢、忠于爱情却不在爱情中迷失自我的新时代光辉女性形象。

三、舞台技术的创新运用强化了人物塑造

戏曲是一门综合性艺术，包含机械、音像、灯光、舞美、化妆、舞蹈、朗诵、表演、音乐、文学等多种艺术形式，只有确保各个艺术形式都能充分发挥其应有的作用，才能为整部戏曲创作质量的提升奠定基础。彩调剧《新刘三姐》十分注重场面调度、灯光、舞美、道具、音乐等舞台技术的创新，使其在人物塑造中发挥重要作用。

---

① 闫雪梅：《民族文化视阈下广西精神及其培育研究》，硕士学位论文，广西师范学院，2010。

（一）巧妙的场面调度，助力人物性格塑造

《新刘三姐》场次分明，各个单元安排逻辑清晰，戏曲场面调度巧妙精当，为主人公形象的塑造提供了重要支撑。以第三场为例，在太阳岭你家村桑园，创业小伙莫非向姐美拜师。场景的开端，姐美与一众女子在农忙乐曲中欢乐采桑，背景是壮乡的绿水青山，众男子推犁车登场，男女相互搭配，一派壮乡儿女安居乐业、忙于织耕的祥和景象。随着情节推进，莫非脚踩平衡车登场，瞬间两股力量形成鲜明对比，一边是莫非代表的科技势力，一边是姐美代表的传统农耕势力。两股势力的代表在直播电台"三姐歌台"倾情献唱，以《多谢了》为背景音乐，姐美与莫非的一问一答推动了情节发展和人物形象塑造。莫非提问："什么方方又扁扁，什么时时不得闲，什么店铺无柜台，什么网开罩天边。"姐美从容对答："手机方方又扁扁，时时在手不得闲，微信开店无柜台，网络一张罩天边。"问答之间有来有往，妙趣横生，既凸显出姐美的聪慧机敏，也展现了时代发展下科技进步对百姓生活的影响。可以说，该场面调度十分精巧，既沟通了壮乡主人与来客之间的情感，也联动了以姐美为代表的农耕势力与以莫非为代表的科技势力的融合，充分体现了姐美作为新时代壮乡女性的智慧与眼界，鲜明的人物形象跃然纸上。

（二）得体的舞美设计，成为人物塑造的重要衬托

舞美设计是戏曲创作中的重要组成部分，会对整部戏曲档次的高低、感染力的强弱产生重大影响。[①]舞美设计是时代技术发展下的产物，是剧本产出后艺术家的二度创作，对物质与技术依赖性较高，考验的是艺术家的经验和水平。《新刘三姐》的舞美设计使用有很大亮点，其中包括现代科技道具的使用，具有较强的创新性。

当然，道具是为舞台表演与戏剧情节服务的，只有与戏曲中具体的剧情相契合，道具的价值才能真正显现出来。

以平衡车的使用为例，相信众多观众看到平衡车时会疑问，这与刘三姐的故事有什么关系呢？其实平衡车承载着特殊使命与丰富内涵。平衡车在彩调剧《新刘三姐》五个结构单元中共出现三场，分别是姐美订婚前夕（第一场）、莫非桑园拜师姐美（第三场）、网店开业前（第五场）。

第一场，姐美在即将订婚的欢歌笑语中踩平衡车登场，伴随着配乐，姐美的移动如梦似幻，表现出其即将订婚的迫不及待与喜悦心情，也为情节发展增添了空间流动性。在第三场莫非桑园拜师姐美时，平衡车的使用者转换为莫非，这有助于人物形象的塑造。莫非利用互联网开网店办直播，此时平衡车的运用可以凸显其身份，深化其新时代创业者的角色特点，增添作品人物的传神效果。

平衡车的运用在氛围营造、提升戏曲美感上发挥了重要意义。与平衡车相关的三个单元，

---

① 赵一社：《探讨舞美设计在戏曲创作中的重要性》，《戏剧之家》，2018 年第 21 期。

均为喜气洋洋的庆祝场景，道具设计师韦卫皇借助平衡车的动态移动特性，增强人物的舞台空间流动性，烘托订婚前夕、桑园拜师以及网店开业的欢乐氛围。再者是平衡车所象征的时代意义。平衡车作为彩调剧舞台道具的运用并不常见，在刘三姐系列剧目的改编中更是首次出现。随着壮乡人民生活水平的提高，平衡车这一科技产品已经进入了人们的日常生活中，主创团队运用平衡车这一大胆创新，符合时代背景，展现壮乡人民生活的新气象，也体现了舞美道具运用的创新性与时代性。

"新形势下，戏曲表演人员在戏曲舞美设计中加强了灯光设备的使用，工作人员通过灯光设备的应用能够实现舞台情境的变换，丰富戏曲内容，凸显戏曲表演的重点，帮助戏曲表演人员对戏曲情感进行抒发，进而实现戏曲表演水平的提升，帮助观众更好地欣赏戏曲表演，促进戏曲表演的现代化发展。灯光人员利用灯光的变化及切换，能够实现对戏曲人物内部心理的刻画，帮助戏曲表演人员将戏曲人物内心变化生动地表现出来，营造出戏曲表演所需要的环境，使戏曲表演更加生动形象，提高戏曲表演的质量，丰富民众的精神世界。"[①]《新刘三姐》在舞台美术设计上创新性添加了 6D 灯光技术，如第二场相思林中姐美与阿朗相逢对唱，身后蝴蝶飘然而起，伴随着"儿时几回拜花堂，如今对面难开言"的唱词，船桨掉落激起浪花，帷幕渐升，姐美与阿朗分离在即却情意绵绵的不舍跃然场上，姐美思念情郎的真挚情感被推上高潮，同时也作为整部剧的重要转折推动着后续姐美为两村脱贫作出努力的情节发展，也为姐美新时代女性形象的塑造奠定了基础。

（三）融合创新的音乐，强化了人物性格塑造

《新刘三姐》音乐形式多种多样，其创新性给人留下深刻印象。以民俗山歌为主，辅之以音乐剧演唱，还将民谣吉他、摇滚、说唱与原生态唱法相融合，将传统民歌与现代社会大众接触度最高的流行音乐进行碰撞，进而产生创新，实现短板互补，非常有利于强化人物形象塑造，同时也为传统民俗音乐的新发展提供了有益借鉴。

其中，唱词的创新就颇值得称道。传统彩调剧《刘三姐》中的民歌《了了罗》歌词如下：

男问：什么圆圆在天边　什么圆圆在水边　什么圆圆街前卖　什么圆圆妹身边

女答：月亮圆圆在天边　莲叶圆圆在水边　糍粑圆圆街前卖　镜子圆圆妹身边

男问：什么结子高又高　什么结子半中腰　什么结子成双对　什么结子棒棒敲

女答：高粱结子高又高　玉米结子半中腰　适角结子成双对　芝麻结子棒棒敲

新彩调剧《新刘三姐》改编唱词如下：

男问：什么方方又扁扁　什么时时不得闲　什么店铺无柜台　什么网开罩天边

女答：手机方方又扁扁　时时在手不得闲　线上开店无柜台　网络一张罩天边

这段改编提及了新时代互联网的普及应用、网店推行，将新时代新发展写入民歌，使得新时代壮乡儿女生活的富足和谐得以充分展现，同时，体现了姐美的聪慧机敏，抒发了壮乡

---

① 邹晖：《论传统戏曲舞美的现代化发展》，《艺术科技》，2019 年第 6 期。

儿女对祖国繁荣昌盛的骄傲之情。

广西被誉为"歌海"，民歌是壮族人民日常生活的重要组成部分，他们不仅把唱歌作为日常交际以及择婚选偶的重要途径，而且把它视作个人聪明才智的标志以及衡量社会道德的标准。[①] 壮乡人民在演唱民歌时注重唱词编写、韵脚韵律，以期达到良好的民间传唱效果。其中本土剧种彩调更加注重韵脚的使用，在活泼、欢快的节奏中频繁转换韵脚，使用韵点。彩调剧《新刘三姐》中，对唱词内容、韵脚旋律都做了创新，并通过莫非、阿朗等角色的衬托，突出姐美的个人魅力，为姐美这一新时代女性形象的塑造增添了更为灵动的色彩。

作者简介

谢仁敏，博士，广西艺术学院教授。

黄宇萱，广西艺术学院人文学院学生。

---

① 何飞雁：《论戏曲音乐对多民族民歌文化因子的吸纳与发展——以彩调剧音乐为例》，《当代音乐》，2021 年第 2 期。

国家话语到民间书写

——彩调剧《刘三姐》到《新刘三姐》的创编演变

胡　媛

摘　要　彩调剧《刘三姐》是 20 世纪 50 ～ 60 年代根据民间故事创编的一出戏，在全国戏改的历史语境下，《刘三姐》改变了彩调剧"搭桥戏"的传统形式，变为文化精英参与下的创作，并开启了彩调剧导演制的新型创演机制。《刘三姐》表面上讲述的是刘三姐与阿牛哥的爱情故事，实际讲述的是以刘三姐为代表的人民与以莫怀仁为代表的地主阶级斗争的故事，这是经典的时代文艺创作。彩调剧《新刘三姐》是在《刘三姐》的立意上，根植于广西的山歌文化，重新创排的一个剧目：以 60 年前的隔代婚约为起因，牵出了在城里受挫的阿朗、人美心善的姐美、电商达人莫非等一系列人物，围绕着取消婚约、寻找阿朗、乡村致富、情敌斗歌、歌中寻人生等情节展开。《新刘三姐》与《刘三姐》的主题、语境、人物、演绎方式等都不相同，是刘三姐故事编创由国家话语转向民间书写的回归，展示了文艺创作的时代性以及新时代壮族人民追逐梦想的奋斗英姿。

关键词　国家话语；民间书写；彩调剧；《新刘三姐》；《刘三姐》；创编演变

彩调剧是流传于广西的一种载歌载舞的民间小戏，有彩调、唱灯、采茶、调子、耍牡丹等别称，在 1955 年的地方戏曲改革中统一为"彩调剧"。20 世纪 50 ～ 60 年代编排的《刘三姐》，无论是彩调、歌舞剧还是电影，其基本的故事结构没有多大变化的，讲述了刘三姐与地主莫怀仁斗智斗勇以及刘三姐与阿牛哥相爱的故事。故事以人民与剥削阶级斗争为主线，以刘三姐与阿牛哥的爱情故事为副线，在"革命＋恋爱"的视域下，民间歌女刘三姐成了人民的代表、时代的英雄，是国家视域下的宏大叙事的写照。彩调剧《新刘三姐》由广西戏剧院在 2019 年创作排演，一级剧作家常剑钧、裴志勇担任编剧，一级导演杨小青为该剧总导演，广西戏剧院院长龙倩及青年新锐史记为导演，周正平为灯光设计，边文彤为舞美设计，形成了广西本土专家与国内知名专家强强联合的主创阵容。相比 20 世纪 50 ～ 60 年代的刘三姐故事，彩调剧《新刘三姐》则是一个全新的故事：壮家当代山歌传人姐美践行先人的承诺，应允 60 年前的隔代婚约；被阿奶从城里骗回村的阿朗当场悔婚并逃跑；姐美与阿朗婚约解除，各路求亲者踏破门槛，姐美以山歌劝退求亲者，并与电商达人莫非达成新的合作；姐美一边探寻阿朗悔婚的原因，一边带领村里的年轻人走现代致富路；在莫非的刺激下，阿朗终于跟姐美见面，并吐露悔婚的原因，姐美冰释前嫌，让莫非与阿朗达成合作后离开；阿朗终于意识到了自己的错，决意在山歌中找回失去的一切。《刘三姐》无论是从创作主题、社会语境，还是从人物形象、演绎方式等方面，都呈现了 60 年后刘三姐故事的新姿态：深层语境是文艺在新时代下故事话语的转变。

一、创作主题：从阶级斗争到对美好生活的追求

刘三姐是广西的代名词、著名的文化品牌，在很长的一段时间内，许多人都是通过刘三姐才知道广西。《刘三姐》的故事创作是从彩调开始，到后面的歌舞剧、电影，其故事框架都一直围绕着刘三姐与地主莫怀仁的斗争，即便是刘三姐与阿牛哥的爱情，也是阶级斗争胜利的寄意。而为了全面"落实"斗争的思想主题，彩调剧《刘三姐》"即使剧中秀才与三姐的语言方式都要形成阶级对比，专门创造了'秀才腔'，这一艺术创造后来移植与挪用到对后世影响深远的电影《刘三姐》中"①。在这，以刘三姐为代表的农民阶级与以莫怀仁为代表的剥削阶级有着不可调和的敌我矛盾，而 20 世纪 50～60 年代正是全国性戏曲改革运动的重要时刻，为了更好发挥戏曲的重要作用，国家话语的介入成了必然："现代戏能反映社会主义生活，有力地用社会主义精神教育人民……现代戏能有力地为社会主义建设服务"②。戏剧服从阶级斗争的需要成了时代的要求。刘三姐的创作主题，在国家立场下，围绕着阶级斗争，贯穿了整个故事的建构："其中对陶、李、罗三秀才的刻薄、揶揄、嘲弄和讽刺，正是在当年比较流行的'皮之不存，毛将焉附'的理论指导下，强行把知识分子推到剥削阶级一边在文艺上的反映。"③可见，在《刘三姐》的创作理念上，阶级斗争是基本的立场，包括人物关系的设置、故事叙述的推进、思想文化的传达等，体现了"无阶不戏剧"的创作姿态。

不同于《刘三姐》的创作立场，彩调剧《新刘三姐》是基于壮家日常生活的展示：有儿女情长，如姐美与阿朗的婚约、莫非对姐美的爱慕；有祖孙情深，如姐美与阿奶、阿朗与阿奶的感情；有日常的采桑养蚕，如姐美与村里年轻人一同劳作；有契合当下的情景，如姐美与莫非的电商合作；有各种求亲场面，如慕名姐美的各路求亲者；有无所不在的对歌，如喜欢要唱歌、烦恼要唱歌、诉说要唱歌、对话要唱歌……如果要说一个贯穿始终的点，那就是姐美与阿朗的婚约，它有着承前启后的贯穿性，往前是对 60 年前的《刘三姐》的继承，往后是引发《新刘三姐》故事的线索。不管怎样，彩调剧《新刘三姐》的故事，是刘三姐后人的

---

① 毛巧晖：《现代民族国家话语与〈刘三姐〉的创编》，《民族艺术》2016 年第 2 期，第 118 页。
② 田汉、马少波、侣朋等：《用两条腿迈向戏剧的新阶段》，《中国戏剧》1958 年。
③ 顾乐真：《广西戏剧史论稿》，中国戏剧出版社，2002，第 558 页。

事情了，虽然《新刘三姐》沿用了《刘三姐》的主旋律《山歌好比春江水》，但除韵律外，一切都是新的。《新刘三姐》的主题，关注人的命运，包括思想、情感、诉求、观念等，在细微处凸显当代青年的内心世界和价值取向；同时，强调山歌在当代的文化意义，思考人与歌的时代走向。契合在传承、创新、发展的新时代背景下的社会矛盾："我国社会主要矛盾已经转化为人民日益增长的美好生活需要和不平衡不充分的发展之间的矛盾。……人民美好生活需要日益广泛，不仅对物质文化生活提出了更高要求，而且在民主、法治、公平、正义、安全、环境等方面的要求日益增长。"① 如此，对主创人员而言，怎样才能体现人民对美好生活的追求呢？在彩调剧《新刘三姐》的故事里，我们看到了一群努力融入时代的壮家儿女，他们朴素、认真、勤劳，又充满了智慧，他们积极发挥优势，不仅种出了壮家特产，还借助网络平台推广自己的家乡文化。他们积极阳光地追求美好生活、创造美好人生，这些都通过日常琐事体现在彩调剧《新刘三姐》的故事中。

二、时代语境：从当家作主到追寻自我

毫无疑问，"彩调剧《刘三姐》因为采用了导演制，代表国家话语的文人等专业人士可以充分介入，从而使得其创演很好地迎合了当时的戏曲改革需要"②。在全国戏曲改革的语境下，《刘三姐》是要体现人民当家作主，寻求人民群众的主人翁地位，这和它的创作立场是一致的。因此，我们在彩调剧、歌舞剧、电影中看到的刘三姐，都是发挥群众力量，跟剥削阶级对抗。而为了突出人民的智慧，反面人物总是被塑造得獐头鼠目：比如地主莫怀仁，利用各种卑劣手段来迫使刘三姐就范；比如陶、李、罗三秀才，即便是知识分子，也是抓耳挠腮、无半分文人气质。刘三姐的使命就是要反抗到底，且反抗不是蛮力的对抗，而是有智慧、有效果的反抗，最后敌人在无情的嘲讽中落败。在这典型的敌我双方关系中，我方受尽委屈但不屈服，最终靠智慧赢得漂亮，走向了当家作主之路；敌方利用各种手段打压我方，蛮取横夺，最终不得善终。《刘三姐》的时代语境决定了刘三姐必须心怀人民、疾恶如仇，如此，不管是与陶、李、罗三秀才的对歌，还是抵抗莫怀仁的关押，剧中都规划了明确的阶级立场，虽有彩调绕耳，全剧却有一股紧张的氛围。

相比《刘三姐》剑拔弩张的关系，《新刘三姐》在一片歌舞升平中展开序幕。当姐美唱着观众熟悉的山歌出来的一刹那，观众仿佛看到了 60 年前的刘三姐；但是当阿朗背着吉他、唱着情歌走到舞台的时候，观众又忍不住爆笑——时代不同，姐美与阿朗的故事已经不是刘三姐与阿牛哥的故事了，而是新时代下壮家儿女寻梦的故事。在这，没有激烈的矛盾关系，没

① 习近平：《决胜全面建成小康社会 夺取新时代中国特色社会主义伟大胜利》，《人民日报》2017 年 10 月 28 日，第 1 版。
② 胡小东：《1960 年版彩调剧〈刘三姐〉的历史叙事、历史价值及当代启示》，《戏剧文学》2017 年第 7 期，第 86 页。

有强取豪夺，即便是全剧最大的矛盾，也只是阿朗当场悔婚而已。但是姐美以她的善解人意化解了尴尬与矛盾，她认为阿朗的变化是有原因的，她要去寻找这背后的原因，给自己一个交代，同时也不冤枉阿朗。由此引发了故事的进一步发展：一方面是姐美对阿朗悔婚原因的追寻，一方面是姐美联合电商达人莫非带领全村人走上致富路。在新时代背景下，网络、微商、微信成了时代特有的文化符号贯穿着故事的发展，而山歌也作为壮家特有的民间习俗唱响了时代的强音。在这，主创人员思考的不是人物之间的矛盾问题，而是当传统与现代相遇、乡村与城市交集、山歌与流行歌碰撞，该何去何从？亦如从乡村走向城市的阿朗，从城市走向乡村的莫非，在乡村中享用现代科技的姐美，代表了主创人员在编创过程中对人物、生活、现代性的思考，同时，主创也通过该剧给出了自己预设的答案。阿朗唱着流行歌曲想在城里有一番作为，却被骗得负债累累，无颜面对父老乡亲，最后在姐美山歌的引导下，阿朗重新树立了信心，重回乡村寻找失落的人生。莫非在乡下看到了乡村的优美风景、人的淳朴自然、特产的珍贵，一切美好且富有生机，他搞起了土特产的网络销售，把生意做得风生水起，还爱上了人美心美歌美的姐美。姐美生于斯长于斯，深爱故乡的山山水水，唱得了山歌，打得了擂台，做得了生意，经得起考验，她扎根于农村，但却有宽广的视野，她积极调动农村的丰富资源，让生活更美好。一切不言而喻，当代语境下，文艺一直在探索的是融合，融合本身就是两种甚至是多种不同的跨越结合。于此，城市文化与乡土文化、精英文化与民间文化、传统文化与现代文化都是在对彼此的试探中寻找契合点，有成功、有失败，但不应否定探索过程的积极性。亦如阿朗，即便在城里走得如此不堪，主创人员也没舍得让他绝望太久，而是安排他回到家乡，让他看清自己的位置，重新出发。某种程度而言，彩调剧《新刘三姐》不也是在进行一次创作的尝试，探寻文化融合的可能性，探讨山歌文化在当代的价值意义吗？

三、人物形象：从两级对立到合作共赢

《刘三姐》有贯穿始终的人物矛盾，即以刘三姐为代表的农民阶级和以莫怀仁为代表的地主阶级，两级对立，是剧本的核心矛盾。人物的关系也围绕着斗争的主题展开：前半段是刘三姐带着乡亲们以对歌的形式跟地主莫怀仁斗智（斗歌）；后半段是阿牛哥带着众乡亲跟莫怀仁斗勇；即便是故事的结局，阿牛哥带着刘三姐在乡亲们的掩护下远离是非之地，也暗示着这场人民与地主阶级的斗争依然在延续。人物形象也在斗争中塑造起来：刘三姐美丽、聪明、有智慧、疾恶如仇，阿牛哥忠厚老实、勇敢不失睿智，莫怀仁贪婪、狠毒。两级对立的人物性格塑造虽是扁平人物的树立，却也是人物相互成就的过程，正邪双方在斗争中走向两极，正是《刘三姐》立意的表达。

彩调剧《新刘三姐》虽小矛盾不断，却没有一个贯穿始终的人物关系矛盾，无论是阿朗与姐美的人物关系，还是姐美与莫非、阿朗与莫非的人物关系，都处于误解—化解—和谐的过程中。阿朗与姐美的矛盾在于阿朗的悔婚触动了全剧人物的平衡关系，造成了姐美不得不

面对的麻烦，即对各路爱慕者一一劝退，同时姐美也在追寻阿朗悔恨原因。但是如此让姐美丢脸、伤自尊的事并没有使姐美走上报复的道路，相反，姐美最终在理解中化解麻烦、在包容中支持阿朗。可见，相比营造一个和谐、稳定的人物关系环境，人物的矛盾关系在主创人员看来并不显得有多重要。姐美与莫非如果有矛盾，那就是一个不爱而拒，一个爱而不得，但在拒与爱中并不构成隔阂，而是一个笑着拒，一个笑着爱，在笑中化解了尴尬，形成了更加稳固的商业合作关系。阿朗与莫非有一层情敌关系：失意的阿朗讨厌春风得意马的莫非，财大气粗且不断讨好姐美；莫非恨不得阿朗永远不回来，好让姐美接受他的爱意。两情敌彼此看对方不顺眼，还为了争夺姐美展开了山歌之战。但是最后在姐美的说服下，两人抛去成见，为了建设壮美家乡达成了合作关系。纵观全剧，这样的小矛盾实际上很容易因误会触发大的矛盾关系，亦如音乐剧《爱尔兰之花》《西区故事》，不正是这样的故事结构吗？但是主创人员显然是不给矛盾发酵，在矛盾萌芽之时就处理掉，所以全剧的人物关系都处于一种温和的状态，即便偶尔有不和谐，似乎一首山歌就都抚平了。如果说在《刘三姐》的故事里，唱歌是一种武器，是刘三姐拿起来斗争的利器，那么在《新刘三姐》里，歌唱是对话、是牵挂、是思念、是理解，更是壮家文化的化身。也正是通过歌唱，唱出了阿朗逐梦路上的迷茫与纠葛、坚守或放弃，唱出了姐美的理解与包容、深情与寄托，唱出了莫非的大度与爽朗、执着与情深。同时也塑造了一个个鲜明的人物形象：姐美人美心美、能歌善舞、智商在线、目光长远、不拘泥窠臼、有头脑有主见，阿朗有才华、善良、实在、冲动、迷茫，莫非幽默、自信、热情、开朗、乐观。每个人物身上都有着明显的标签，有着时代的烙印。

四、演绎方式：从英雄歌颂到小人物叙事

不难理解，在大时代背景下，宏观叙事是主流的文化呈现形式，在这样的环境下，歌颂英雄是时代的产物，也是主流。刘三姐理所当然被塑造成反抗阶级压迫的斗争女性形象，亦如当时《白毛女》主题："'旧社会把人变成鬼，新社会把鬼变成人'是在党的领导与关怀下升华出来的。"[1] 所以阶级斗争贯穿到全剧，全剧也整合了所有资源来塑造刘三姐。此时，刘三姐已经不是民间传说中的歌仙，她是一个以歌为武器的斗士。《刘三姐》的编者"以革命现实主义和革命浪漫主义相结合的创作方法来处理这个题材，从头到尾都表现了劳动人民的力量和气概完全压倒了剥削阶级，使人扬眉吐气，欣欣鼓舞，这更符合我们已经解放了十一年的劳动人民的心境和精神状态。《刘三姐》受到观众的热烈欢迎不是只有一个原因，但这却是最根本的原因"[2]。可见这样的叙事是符合当时观众的审美要求的，同时也重现了旧社会人民被压迫的情景，刘三姐的出现无疑唤醒了他们的记忆，是他们内心的真实写照：如果自己不能反

① 邓凡平：《刘三姐评论集》，广西民族出版社，1996，第3页。
② 何其芳：《优美的歌舞剧〈刘三姐〉》，载自顾乐真《广西戏剧史论稿》，中国戏剧出版社，2002，第548页。

抗、斗争，那就让刘三姐代表我们去反抗、去斗争吧！因此，在《刘三姐》里，刘三姐不是一个简单的人物，她是人民的英雄，是时代的英雄。正所谓时势造英雄，《刘三姐》中的刘三姐是时代的产物，这样的人物和故事放到现在，或许给我们的触动和思考没有前辈们深。

纵观《新刘三姐》，主创显然不是在创造英雄，也不是在歌颂英雄，他们要赞美新时代里默默耕耘的劳动者，歌颂那千年来有着顽强生命力、承载着一代代壮家儿女梦想的山歌。姐美虽然在某种意义上是对刘三姐形象的继承和延伸，但是她也只是一个生活在壮乡的普通女子，尽管她人长得美、歌唱得好、有智慧，但她和很多壮家女孩并无多大区别。她也没经过什么大是大非，她生活在和平的年代、和谐的村庄，平安喜乐的成长，没有阶级压迫、没有阶级斗争，注定成不了英雄。成不了英雄的姐美，认真地编织着一个小人物应有的故事，在简单的生活中呈现生活的本真。她努力地活成我们羡慕的样子：有自己的理想追求——建设富裕、美丽乡村；能够做自己喜欢的事——唱山歌，且唱出了一定的高度；对人生充满了阳光与自信。阿朗则是我们这个时代典型的逐梦青年，带着理想来到城里，却被城市的现实规训得头破血流。他以乡村的淳朴来度量城市的复杂，注定是失意的，最终只得回归乡村。其实他的失意也暗示着以阿朗为代表的乡村青年在城市的挫败，暗示着城乡融合任重道远。莫非是活得最明白的一个人，他有商人的精明，通透城乡规则，看到了乡村发展的大好前途，他没有放弃城市的优越条件，也充分调动乡村的各项独特资源，他游走于乡村与城市之间，既代表城市也代言乡村，他是城乡融合最好的模样。每个鲜活人物背后，都是现实中的一员，奔走于生活和理想之中。主创想展现的也正是这样一群能歌善舞的壮家人，他们努力编织自己的梦想，以小人物的姿态为观众打开了一扇了解壮家山歌、壮家生活、壮家儿女的门。

五、结语

如果说《刘三姐》是新中国成立 10 周年的献礼，那么其上映 60 年后的今天，彩调剧《新刘三姐》则是致敬经典，献礼国庆 70 周年。《新刘三姐》在延续《刘三姐》的主旋律音乐的基础上，保留了彩调剧诙谐的风格，融入了民族歌舞，舞台有山有水有景有情。"站在巨人的肩膀上"，我们看到了国家 70 多年以来的繁荣发展。而广西几千年的山歌文化，孕育了刘三姐文化，在新时代下，如何推动刘三姐文化创造性转化和创新性发展，彩调剧《新刘三姐》无疑是一次探索和实践。时代需要新的创作，如著名戏剧评论家、剧作家顾乐真在 20 世纪 80 年代呼吁的，希望有新的《刘三姐》出现："作为一个民间传说，当然也可以有几种不同的本子同行于世。'样板'是一种相对的概念，任何剧目都不应该是万世不变的。即使是'经典之作'，也可以在'经典'之外，营造出新的'精品'。"[①]这个"希望"在 40 年后如愿实现：彩调剧《新刘三姐》打破了原有的叙事结构，创造新的故事情节、塑造新的人物形象、树立新的戏剧主题和艺术立场。亦如编剧常剑钧在《新刘三姐》的媒体见面会上所言："通过该剧，

---

① 顾乐真：《广西戏剧史论稿》，中国戏剧出版社，2002，第 559 页。

不仅可以让大家知道山歌文化的珍贵，还能让大家了解山歌对新时代的意义，呼唤传统山歌回归，让山歌在现实、历史、未来之间架起一座桥梁，互通不同时代的美好生活。"而呼吁传统山歌回归，挖掘民间文化，重回民间书写，不正是新时代文艺工作者的使命与担当吗？

作者简介

胡媛，广西民族文化艺术研究院助理研究员。

本文原载《艺苑》2019 年第 6 期。

民歌精神·审美经验·时代价值
——谈彩调剧《刘三姐》及《新刘三姐》

黎学锐　罗　艳

2021 年 4 月至 7 月，中共中央宣传部、文化和旅游部、中国文学艺术界联合会共同举办了"庆祝中国共产党成立 100 周年优秀舞台艺术作品展演"，广西彩调剧《刘三姐》及《新刘三姐》都入选了展演名单，这既是广西地方剧种彩调的辉煌，也是广西刘三姐文化历久弥新的体现。2021 年 6 月，习近平总书记给老艺术家黄婉秋回信，高度赞赏广西"刘三姐歌谣"的魅力，勉励新时代的文艺工作者要把中华优秀传统文化传承好、发展好。应该说，植根于广西深厚民歌文化沃土之中的彩调剧《刘三姐》及《新刘三姐》，都是不同时期的广西文艺工作者响应时代号召、肩负时代使命创作出的体现时代价值的优秀舞台艺术作品。

一、民歌精神的熏陶

"民歌"这个概念是在近代才开始出现的，清末民国初的时候由中国学界译自西方，对应英文中的"folk-song"，意思就是流传于民间的、普通百姓的歌。中国古代典籍中没有"民歌"一词，古人主要用风、歌谣等来对其进行指称，比如《诗经》中的十五国风部分。汉代之后，人们开始用歌谣来指代风，不过汉代之前，歌和谣两者是分开的。《诗经·国风·魏风·园有桃》曰："心之忧矣，我歌且谣。"《诗经》注本《毛传》是这么解释歌和谣的："曲合乐曰歌，徒歌曰谣。"也就是说歌和谣的区别在于，歌可以合琴瑟之乐而唱，谣不合乐徒有歌唱而已。

20 世纪初的时候，即使"民歌"一词已经出现，但是人们仍更多使用"歌谣"这一概念，比如 20 世纪 20 年代周作人等发起成立的北京大学歌谣研究会，以及创办出版的《歌谣周刊》等。那么后来为何歌谣的概念渐渐被冷落，而民歌的概念日益为人们所接受呢？关键在于"民歌"中的"民"字，这个"民"既指代民间，也指代民众。民间、民众在政治话语中是与官方相对立的，官方意味着秩序与程式，而民间则意味着盎然的生机与活力，民间歌谣自然就是具有野性及生命力的歌了。民歌恰恰又可以作为"民间歌谣"的简称，自此，民歌这一概念便被广泛运用了。

中国的民间歌谣与经典诗文最初是同源的。作为中国最早的诗歌总集，《诗经》是这两者的共同源头之一。虽说相传孔子参与编写了《诗经》，但《论语》里面却记载了孔子对十五国风里面郑风的某些看法，"放郑声，远佞人；郑声淫，佞人殆""恶郑声之乱雅乐也"。孔子认为应该禁绝郑国的音乐，因为郑国的音乐萎靡不振，会扰乱优雅的音乐。对孔子来说，雅乐就是齐国的韶乐之类的音乐。韶乐据传是夏商周时期的国家大典用乐，在周武王的军师姜太公册封齐侯时被带入齐国，并且在齐国得到了改良、丰富和发展。孔子认为齐国的韶乐"尽善尽美"，听了可以"三月不知肉味"，并由衷发出"不图为乐之至于斯也"的赞叹。

孔子个人的评判标准影响了后人对民间歌谣的看法，再加上汉朝的独尊儒术，以郑卫之音为代表的民间歌谣只能日趋边缘化。自此之后，以文字书写为主的儒家诗文愈发隆盛，而以口头传唱为主的民间歌诗则愈发绝迹于传统经典文献之中。明代的冯梦龙曾为民间歌诗不受重视打抱不平，认为当今社会"有假诗文，无假山歌"。但是能像冯梦龙这样认识到民间歌诗重要性的古代文人毕竟较少，在绝大多数古代文人的眼里，这种出自民间的乡歌俚曲是不入流的。

当然，民间歌诗传统并没有因为不入文人骚客们的法眼而停止发育，相反，它在民间野蛮生长、蓬勃发展，照样流成了一条蔚为壮观的大河。千百年来，儒家诗文孕育了一个个大文豪，留下了汗牛充栋的经典诗文；然而民间歌诗也并不弱，尽管一代代默默无闻的歌者被无声无息地淹没在这条大河里，但却传唱下了成千上万的经典歌谣。民间歌诗与儒家诗文可以说是双峰并峙，只是千百年来前者的地位没有得到足够的重视罢了。

长期以来，由于地处边疆、远离政治中心，广西的儒家诗文文化一直不兴盛。历史上广西能进学堂读书的人所占地区人口比例在全国排位应该不高，即使是到了今天，根据第七次全国人口普查结果，广西每10万人中受过大学教育的人口所占比例仍为全国倒数第一。然而，广西人或者说老一辈广西人尽管所受教育不多，很多人甚至是不识字，但这并不意味着他们是文盲。用鲁迅先生的话说，不识字虽然当不了文学家，但仍然可以当作家："到现在，到处还有民谣，山歌，渔歌等，这就是不识字的诗人的作品；也传述着童话和故事，这就是不识字的小说家的作品；他们，就都是不识字的作家。"[1]传统农耕社会里的广西人虽然能识文断字的不多，但是能歌善唱的却不少，他们的生老病死、爱恨情仇都会唱到歌谣里。可以说，唱歌是他们面对世界发出的最有效的声音。

一方水土养一方人，广西的山水风物滋养了广西人民的歌唱才情。广西山多、岭多、水多，从一个山头到另一个山头、从河这边到河对岸，直线距离看似很近，但真正走起来没有个一时半晌是到不了的。在劳动的间隙，人们没办法走到一起谈天说地，因此隔河、隔山对歌便是很好的娱乐放松活动。双方你来我往，歌声不断，既添情趣又解乏气，自是其乐无穷。可以说，传统农耕社会里，广西人民在生产生活中时时、事事都离不开歌，他们以歌代言、以歌交友、以歌传情、以歌为媒，歌声飘扬在青山绿水间、峒溪旷野上、田间阡陌中、屋宇火塘边。这些歌不是阳春白雪，而是下里巴人，含着泥土的芬芳、带着山水的神韵、透着野

---

① 鲁迅：《门外文谈》，载《且介亭杂文》，万卷出版公司，2014，第56页。

性的生命活力，是真正属于劳动人民的歌。

"如今广西成歌海，都是三姐亲口传。"这句民歌唱词与"天不生仲尼，万古如长夜"有异曲同工之妙。对于儒家诗文而言，孔仲尼是圣人，是这种文化的源头与集大成者；对于民间歌诗而言，刘三姐是歌仙，是集千百万普通老百姓民歌智慧于一身的传说人物，同样是这一文化的集大成者，没有刘三姐的名声作为号令，天下的民歌又如何能汇聚一起、聚沙成塔、汇流成河？所以说，在千百年来绵延不绝的民间歌诗文化的熏陶下，在成千上万个歌圩歌会的滋养下，在历朝历代无数个不知名的"刘三姐"的传唱帮教下，民歌的种子在广西各地生根发芽、茁壮成长，从最开始的一个个零星的歌圩点，逐渐发展到沿着河流、道路散布开来的连线歌圩点，最终变成覆盖整个广西的歌之海洋。

历史上是否真的有刘三姐这么一个人物，今天的我们已经无从知晓。也许在历史的某个节点上，真的就有这么一个姓刘的又是排行老三的歌又唱得好的妹子曾经出现过也说不定。但可以肯定的是，即使没有"刘三姐"这个名字出现，也一定会有其他"张三姐""王三姐"之类的名字出现，因为歌圩在广西遍地开花，自然而然需要有一个人站出来充当民歌的形象代言人，于是刘三姐便适时出现了，刘三姐文化也随之应运而生了。

今天我们所要传承发展、弘扬光大的刘三姐文化，其灵魂就是广西民歌精神。广西民歌精神主要体现在"真、野、趣"三个字上。

广西民歌精神中的"真"主要指真情实意。也就是我口唱我心，不矫情不造作，喜怒哀乐皆可唱出来。对于歌手来说，唱歌是一种天性，是抒发情感的主要途径，自己想怎么唱就怎么唱，想唱什么就唱什么，不必受制于人。

广西民歌精神中的"野"主要指野气横生。民歌自古以来就是乡歌俚曲，身上透出的是一股子乡野气息。而广西民歌中的许多唱词更是透着一股子"野味"，比如蚂蚜、南蛇、生姜、八角等独具广西地域特色的事物就经常在歌中出现，这些事物在其他地方的民歌中是很少见的，这主要与广西地处南方、阳光充足、雨水充沛、万物生长的野性自然力有关。

广西民歌精神中的"趣"主要指趣味十足。多年以来，广西民歌之所以有一大批忠实的拥趸，其唱词里面嬉笑逗趣、诙谐戏谑的成分功不可没。民歌主要靠唱词，唱词有趣才能吸引更多的观众，才能点燃笑点、活跃氛围，引起观众的共鸣。

长期以来，广西精神一直是众说纷纭、莫衷一是，如果能深刻认识到千百年来民歌精神对广西人民的熏陶与影响，那么往大里说，"真、野、趣"这三个字其实也是广西精神的绝佳概括与体现。唯其"真"，才体现出广西人民的虚怀若谷、正气坦荡；唯其"野"，才体现出广西人的毫无畏惧、勇往直前；唯其"趣"，才体现出广西人的自得其乐、苦中作乐。

可见，没有民歌，何来刘三姐；没有民歌精神的熏陶，何来刘三姐文化的诞生；没有刘三姐文化的滋养，又何来各种与刘三姐相关的舞台剧及影视剧作品的出现。所以当我们谈论彩调剧《刘三姐》及《新刘三姐》时，溯本清源何其重要。

二、审美经验的转变

彩调旧时也称"调子"，所唱的大多是小戏，音乐也多为小曲小调；此外，由于唱腔中经常使用"哪嗬咿嗬嗨"作为衬词，因此也被称为"咿嗬嗨"。与桂剧、邕剧等皮黄系统剧种相比，旧时的彩调很少有文人创作的大型剧本，因此很难见到有两三个小时的整本戏或者是连续几天的连台大戏演出，即使是应主顾的要求唱连台戏，也是由彩调班的师傅根据民间传说故事如《包公传》《济公传》《聊斋志异》等临时编演的，所以常常被观众戏称为"烂布调"，意即七拼八凑如烂布头补缀而成。这主要是由于旧时的彩调艺人多为农民或者是小手工业者，大多没什么文化，唱戏的时候基本不依据戏本，都是由师傅在台下教唱后便登台演出，演出效果全靠台上演员的即兴表演，因此特别注重以诙谐逗趣、嬉笑怒骂来吸引观众。也正是因为这种易懂易学、门槛不高的即兴性、幽默性、讽刺性等特征，使得彩调在广西桂林、河池、柳州等地的农村广泛流传，犹如"凡有井水处，皆能歌柳词"一样，旧时这些地方几乎每个村子都有人会唱彩调。可见，彩调的身上散发出的是浓重的乡土气味及草根气息，是地地道道的下里巴人。1955年2月，鉴于当时彩调的叫法杂多繁乱，为了统一称谓，中国戏剧家协会特意召集当时在北京演出《王三打鸟》《龙女与汉鹏》的广西代表团举行了一次座谈会，会上大家一致同意用"彩调"作为这个剧种的名字。至此，彩调作为一个独立剧种被正式命名。

历史上，广西各地禁歌的事情时有发生，即使是到了民国时期也一样。1933年，主政广西的新桂系颁发的《广西省改良风俗规则》第卅一条就直接指出，"凡海淫之歌会歌圩等恶习应禁革之"。在这一方面，彩调与民歌可谓难兄难弟、命运相似。比如1927年，平乐县出布告称彩调是"伤风败俗，窝匪藏赌"，因此加以禁演；1932年，三江县（今三江侗族自治县）出布告"禁止演唱小调及有碍风化之戏曲"；1933年，桂林县（今桂林市）出布告"严禁演唱花调"；等等。如此看来，作为传统民间小戏的彩调，在土、俗、趣等方面与同为下里巴人的民歌可以说是天然绝配。

民歌按体裁划分，可分为山歌、小调、号子三大类。而彩调最早的形态即"对子调"，多为一问一答式的男女对唱，所用曲调也基本都是民歌中的小调类。与民歌只有唱不一样的是，彩调除了唱，还要配以表演。载歌载舞是彩调的主要表现形式，其表演较自由活泼，较少程式化的东西，这也是其在民间广受欢迎的根本原因。彩调表演以步法表演最为突出，比如生角、丑角的矮桩、中桩、高桩等，旦角的扭步、纵步、碎步、云步、摆步等，都是极具辨识度的彩调步法表演。彩调的手法表演则主要是通过被称为彩调"三件宝"的扇子、手帕、彩带来呈现，所以民间有"唱调学得'三件宝'，东南西北任你跑"的说法。比如传统经典剧目《王三打鸟》里面的比古调等就是脱胎于民歌曲调，而剧中王三的矮步、毛姑妹的碎步以及他们舞的扇花，则是彩调剧最为经典的艺术表现形式。得益于《王三打鸟》等一大批传统经典小戏的熏陶，观众记忆里的彩调剧，来一句"那我们就唱起来哟"，欢乐氛围立马就弥漫开来；唱到中间，来一句衬词"咿嗬嗨"或"哪嗬嗨"，则会让人渐入佳境；到最后，一句"哪嗬咿嗬嗨", 更是让人回味无穷、欲罢不能。

20 世纪 50 年代末诞生的彩调剧《刘三姐》, 是彩调艺术与民歌艺术相结合的集大成者, 也可以说是彩调剧历史上第一部真正意义上的文人创作大戏。广西宜山（今河池市宜州区）业余剧作者邓昌伶最早尝试用彩调剧的形式来表现刘三姐的故事, 1957 年 8 月, 他将自己创作的彩调剧《刘三姐》剧本投给当时主管戏剧创作的广西省戏曲改进委员会。1958 年, 文化部通报全国各省、市、自治区文化主管部门, 要求写出好作品, "放文艺卫星", 向国庆 10 周年献礼。柳州市委宣传部和市文化局经研究认为, "歌仙刘三姐"题材具有民族色彩和地方特色, 可以大做文章, 便下任务让柳州市彩调团写《刘三姐》剧本。当时恰好广西省戏曲改进委员会将邓昌伶的彩调剧《刘三姐》剧本推荐给柳州市彩调团, 柳州市彩调团认为剧本适合该团演出, 决定采用并拟对剧本进行修改。由于彩调团当时没有专业创作人员, 因此特邀柳州第二文化馆曾昭文协助创作改编。1958 年底, 曾昭文写成彩调剧《刘三姐》第一稿（后称第一方案）后, 立即由柳州市彩调团组织排练, 并于 1959 年 3 月在"柳州地区、市献礼剧目会演大会"首演。1959 年 4 月, 彩调剧《刘三姐》作为柳州市彩调团参加全区国庆献礼剧目, 在南宁演出后得到社会各界的高度评价。随后, 柳州市抽调邓凡平、牛秀、黄勇刹、曾昭文、龚邦榕等五人组成"刘三姐创作组", 对彩调剧《刘三姐》进行加工提高。1959 年 7 月, 彩调剧《刘三姐》第三方案出炉, 当即由柳州市彩调剧团组织排练, 并于 8 月 14 日在柳州首演, 接着又到桂林、南宁公演。1959 年 8 月 27 日,《广西日报》开始全文连载彩调剧《刘三姐》剧本, 两天后《柳州日报》也开始全文连载。剧本公开发表后, 广西各地掀起了改编排演《刘三姐》的热潮, 由此也拉开了 1960 年轰轰烈烈的广西全区《刘三姐》文艺会演大幕。当时广西参加大会演的单位有 21 个, 参与演出人员共 1246 人, 演出了包括彩调剧、歌舞剧、歌剧、桂剧、木偶剧、壮剧、粤剧、邕剧、师公戏等各种形式《刘三姐》剧目共 43 场, 仅饰演刘三姐的演员就有 45 人, 是广西规模最大的《刘三姐》会演。

一个剧种要立得住, 必须有代表性剧目。借着"歌仙刘三姐"的名气以及千百年流传下来的经典民歌的滋养,《刘三姐》让彩调剧这个剧种一下子在全国闻名起来, 许多地方剧如越剧、川剧、黄梅戏等都对彩调剧《刘三姐》进行了移植改编, 而此后风靡全国乃至整个东南亚的电影《刘三姐》也是"根据广西柳州同名彩调剧改编"（1999 年 7 月, 彩调剧《刘三姐》和电影《刘三姐》的著作权问题纠纷经过调解以及长春电影制片厂和编剧乔羽的同意, 以后再版《刘三姐》电影时要加注此字幕）。可以说, 一部《刘三姐》成就了彩调这个剧种, 也让刘三姐文化走向了全国。

当年创作彩调剧《刘三姐》时, 为了在剧中表现刘三姐的非凡歌才, 创作组成员多次深入民间向老歌手们采风学习。广西民歌中的盘歌也称"猜歌", 是最能体现歌手聪明才智及反应能力的歌类。剧中刘三姐与众青年盘歌, 最初只有"什么水面打筋斗? 什么水面起高楼? 什么水面撑雨伞? 什么水面共白头"的片段, 创作组觉得这一片段内容放在哪个地方都说得过去, 地方色彩不浓, 因此决定加一段既具有地方特色又充满民族风情的盘歌。创作组先后拜访了鹿寨、柳城、象州和柳州等地的著名歌手，但都未能挖掘出合适的歌。后来到宜山请教吴矮娘、黄文祥、吴老年等民间歌手及彩调艺人，创作组准备了一些茶点、水果，邀请这些歌手齐聚黄文祥家座谈，由于水果中有香蕉，而黄家后园又有柚子、木瓜，歌手们睹物起兴，很快，"什么结果抱娘颈？什么结果一条心？什么结果包梳子？什么结果披鱼鳞"便在大家你一句我一句中唱出来了。彩调剧《刘三姐》中的经典唱词"唱山歌，这边唱来那边和。山歌好比红河水，不怕滩险弯又多"，也是采集自民间的原生态民歌，并采用柳州山歌《石榴青》的曲调进行改编，成为剧中最受欢迎的唱段之一。之后创作的歌舞剧《刘三姐》，主创人员考虑到红水河具有一定的地域局限性，便将原歌词中的"山歌好比红河水"改成"山歌好比春江水"。这首《山歌好比春江水》很快就成了全国各地观众最为耳熟能详的广西民歌之一，一听到它，人们就会想到广西、想起刘三姐。

彩调剧《刘三姐》就是这样集众人智慧创作而成，特别是广西全区《刘三姐》文艺会演之后，人们都愿意将各版本《刘三姐》的长处及闪光点加到彩调剧《刘三姐》的身上，使之更加经典化。2005年，为了适应观众新的审美需求，在彩调剧《刘三姐》及歌舞剧《刘三姐》的基础上，广西彩调剧团推出了彩调歌舞剧《刘三姐》，该版本《刘三姐》获得了2012年全国"第二届优秀保留剧目大奖"。2014年，新组建的广西戏剧院彩调团又在集众家之所长的基础上，对彩调歌舞剧《刘三姐》进行了精雕细琢并最终定型。参与"庆祝中国共产党成立100周年优秀舞台艺术作品展演"的彩调剧《刘三姐》，就是2014年版的彩调歌舞剧《刘三姐》。

作为优秀保留剧目，彩调剧《刘三姐》就像一座大山横亘在当下的创作者面前。彩调剧《新刘三姐》（常剑钧、裴志勇编剧）的执笔编剧常剑钧曾多次在不同场合说过这样的话："彩调剧《刘三姐》不仅是高峰，更是顶峰。当年轰轰烈烈的全区《刘三姐》文艺大会演成就了彩调剧《刘三姐》的经典地位，这样的大会演前无古人，后面也很难再有来者了。"要在经典的基础上别出心裁创作彩调剧《新刘三姐》，其难度可想而知。常剑钧在创作概述中这么说："2019年初，我们接到了创作现代彩调剧《新刘三姐》的任务，致敬经典的崇高感、传承经典的责任感，伴随着诸多难以言说的困惑、迷惘，一起向我们涌来，一时竟无从下手。"① 因为不受古板、凝固的程式所制约，彩调剧很适合演现代戏，并且广西戏剧人也确实创作出了诸如《哪嗬咿嗬嗨》（张仁胜、常剑钧编剧）那样的经典现代彩调剧。不过要用现代彩调剧的形式来表现刘三姐题材，这不光会让编剧感到迷茫，观众也同样很困惑。事实确实也是这样，很多首次观看彩调剧《新刘三姐》的观众，在大幕开启之后，脑海中立马有这样的疑问：这部剧和刘三姐有什么关系？是的，在观众既往的审美经验中，彩调剧里的刘三姐不应该是身穿对襟矮立领衣服、腰围短裙的古代壮族姑娘吗？她不应该是跟在老渔翁后面扭着摇船步乘舟踏浪出场的吗？由于旧有审美经验与彩调剧《新刘三姐》无法匹配得上，观众自然而然就会产

---

① 常剑钧：《听唱新翻杨柳枝——现代彩调剧〈新刘三姐〉创作概述》，《广西日报》2021年6月9日。

生困惑了。等观众逐渐适应剧情之后，才发现《新刘三姐》对《刘三姐》的传承，不是人物、故事层面上的改编创新或延续发展，而是精神上的赓续传承，这一精神就是民歌精神。

当然，彩调剧《新刘三姐》的主创人员有自己的担当与抱负，他们希望对刘三姐文化进行当代转化，通过赋予其现代表达形式，激活其新的生命力，使其能表现新时代人们的日常生活内容。但是，在经典基础上的创新与突围从来都是困难重重的，而且观众也常常是以经典的标准来要求新作品，凡是超出观众以往的审美经验之外的，他们一般都难以接受。所以，为了赢得观众的认可，彩调剧《新刘三姐》在内容上虽然换成了"新酒"，但是"彩调＋民歌"这个"老瓶子"还是保留住了。剧中最吸引人的还是那些载歌载舞的民歌唱段，比如看到壮家姐妹们边舞边唱《采桑歌》时，观众会不由自主地想到彩调剧《刘三姐》中的采茶歌场景；而直接脱胎于原生态民歌的《夜了天》唱段，听了更是让人心旷神怡；而剧中那些经典的矮桩、中桩步法，依然能引发观众的会心一笑。当观众能够借助旧有的审美经验赋予《新刘三姐》新的审美内涵时，他们才会真正接受这样的新作品。就像从小看惯了20世纪80年代经典电视剧《西游记》的"80后"观众，有一天突然发现自己当初嗤之以鼻的《大话西游》竟然是后现代解构主义经典之作一样，这一切都有赖于观众新的审美经验的形成。

三、时代价值的体现

不管是彩调剧《刘三姐》还是《新刘三姐》，它们的创作都与当时的时代背景息息相关。彩调剧《刘三姐》的创作初衷就是向国庆10周年献礼，当时社会主义建设正如火如荼展开，而且戏曲改革运动也在深入推进，通过传统戏曲形式来反映社会主义社会的新人新物新思想，以达到引领风尚、教育人民的目的，是那一时期戏曲工作者最重要的历史使命。

彩调剧《刘三姐》的创作可谓应时而生。在最早的邓昌伶的彩调剧《刘三姐》剧本中，其情节结构主要是围绕传歌、对歌、抢亲、除恶、成仙来展开。在彩调剧《刘三姐》第一方案中，主要情节得到扩充，变成了洗衣、定计、歌圩、说媒、对歌、砍藤、遇救、带信、成仙等。然而这一版本的《刘三姐》上演之后，却遭到了诸多批评，主要的批评声音认为全剧"风格不统一"，演起来"彩调不像彩调，歌剧不像歌剧"，可见当时戏曲改革的重重阻力。不过当时的中国戏剧研究院院长张庚和戏剧家贺敬之在看完该剧之后却对赞赏有加，认为该剧内容新、形式美。由此，彩调剧《刘三姐》第二方案很快就推出，不过这一方案由于不适当地增加了地主老爷父子两人为刘三姐争风吃醋的情节，与原剧风格不搭界，很快遭到否决。到了彩调剧《刘三姐》第三方案，整个故事情节变成了投亲、霸山、定计、拒婚、对歌、阴谋、抗禁、脱险、传歌等，其中对歌和抗禁发展成了重头戏，前者突出了刘三姐所代表的民间歌诗与秀才们所代表的老朽诗文之间的对立，后者突出了底层百姓与统治阶级之间的尖锐矛盾。至此，彩调剧《刘三姐》成功塑造了"刘三姐这个非常突出的具有劳动人民高尚品质的聪明、勇敢、乐观的英雄人物形象"，同时全剧也完成了主题的升华，即"歌颂农民对地主斗争的英勇、坚强而乐观的精神，同时也就要写到地主的愚昧无知和腐朽无力，因此剧中主要是表现农民在斗争中的积极性、主动性，从一个胜利到一个胜利，整个剧中荡漾着紧张、兴奋乐观的气氛"。① 如果说上面的评价还带有当时过于浓重的意识形态色彩的话，那么下面这个评价可以说是对彩调剧《刘三姐》进行了最准确恰当的定位："《刘三姐》是继《白毛女》之后歌剧发展的第二个里程碑，是戏剧民族化、大众化的典范，是中国风格、为中国人民喜见乐闻的范例，是我国艺术宝库的珍品。"② 尽管当时还是将《刘三姐》视为歌剧，但是这个评价可以说非常高屋建瓴地将彩调剧《刘三姐》的时代价值及历史意义概括了出来。

到了彩调剧《新刘三姐》，主创们依然努力"为时代画像、为时代立传、为时代明德"，致力于打造一个具有时代特色、壮乡风格的作品。《新刘三姐》聚焦的是当下的脱贫与乡村振兴主题，作为新时代的"刘三姐"，爱唱歌的壮家养蚕女姐美在面对"诗与远方"的诱惑时，毅然选择留守家乡改变现状，由此也引发了她与青梅竹马阿朗之间的感情冲突。阿朗是一心要"到远方把诗找"，而姐美则是铁心要"在诗中找远方"，这桩因为祖辈摆歌台而定下的娃娃亲由此搁浅。而从城里来到乡下开网店的电商达人莫非则在这个时候对姐美发起了猛烈进攻，导致姐美陷入了两难境地。剧中还专门为此安排了一场"三角灶"对歌，让姐美、阿朗、莫非两男一女轮流对唱，通过彼此的攻防式对歌来试探对方。

剧中除了通过民歌向经典致敬，最重要的是融入了众多当下的日常生活内容，可以说既接地气，又富生活气息。比如电商、网店、快递、网红、RAP 等当下流行的新名词、新概念都被融入了剧中；而在道具的选择方面，除了传统的彩调"三件宝"，舞台上还不可思议地出现了平衡车、电动小汽车等当下时尚商品，这在彩调剧中应该算是破天荒的，在其他剧种中也很少见。由于很多时间里台上的几位主人公都是骑平衡车进行表演，这就带来了新的问题——传统彩调剧最经典的步法表演没有了，取而代之的是一道道流畅的平衡车运行轨迹，这是否意味着旧的彩调剧美学原则在不经意间被摒弃了，它已经无法用来评价这种新的人机结合的表演形式了？尽管今天我们一直在倡导戏曲改革，鼓励戏曲借助高科技手段进行当代转化，以适应当下观众的审美需求，可是当这些高科技产品真的进入戏曲并改变了戏曲的演出形态时，作为观众的我们又感到一脸懵懂、不知所措。当然，这样的尝试与突破是值得肯定的，至于其效果如何，还有待观察。

在彩调剧《新刘三姐》的末尾，那个浪迹天涯的游子阿朗选择了回故乡，选择了兑现因唱歌而许下的承诺。而姐美也成功撮合阿朗与莫非达成了合作协议，让他们为传承家乡民歌文化出力。姐美自己则翻开了新的故事篇章，她要追梦逐梦，为建设美好家乡而奋斗。至于阿朗和莫非这两个男人，姐美到底选择哪一个，或者一个都不选，她不开口，观众不得而知，只能在她撑排飘然而去的背影中发出些许感叹。

① 蔡仪：《论刘三姐》，《文学评论》1960 年第 5 期。
② 李润新：《壮家三姐擅斯文》，《散文》1982 年 8 月号。

四、结语

总而言之，在不同的时代背景下创作而成的彩调剧《刘三姐》及《新刘三姐》，既有相同点，也有不同点。相同的地方在于它们都是以民歌作为故事的载体及情节发展的驱动力，都是响应时代号召、反映时代价值的优秀作品。不同之处在于，彩调剧《刘三姐》是彩调艺术与民歌艺术相结合的集大成者，彩调中最经典的表演以及民歌中最经典的唱词都在剧中体现得淋漓尽致；而彩调剧《新刘三姐》则是在致敬经典的基础上致力于突围与创新，就像执笔编剧常剑钧借用刘禹锡的诗句"听唱新翻杨柳枝"作为自己创作概述的标题一样，主创们要做的就是在刘三姐文化这棵大树上催生出新芽，从目前的舞台演出实践来看，他们正努力达到这一目标。

作者简介

黎学锐，广西艺术学院人文学院研究员。
罗艳，女，广西群众艺术馆副研究馆员。

本文原载《南方文坛》2021 年第 5 期。

血色湘江

演出单位

广西演艺集团有限责任公司

音乐剧《血色湘江》中的"理想信念"艺术表现手法

梁冬华　宋靖雯

摘　要　红色主题文艺创作通过多种艺术手法来达成一定的思想主旨。音乐剧《血色湘江》通过显性与隐性相结合的艺术手法，成功展现了湘江战役中最宝贵的精神财富——红军的革命理想信念。在剧中，理想信念的显性表现，是剧目的歌曲唱词和陈湘的英雄形象；理想信念的隐性表现，则是以"红"元素为表征的舞台造型及女性人物的价值选择。《血色湘江》追求思想性与艺术性的统一，其艺术手法对新时代红色主题艺术创作具有启发作用，其所宣扬的理想信仰亦对当前中国特色社会主义建设具有积极意义。

关键词　音乐剧《血色湘江》；理想信念；显性表现手法；隐性表现手段

音乐剧《血色湘江》，是近年来涌现出来的质量上乘的红色主题舞台艺术佳作。该剧由广西壮族自治区党委宣传部出品、广西演艺集团有限责任公司演出，于 2019 年作为庆祝中华人民共和国成立 70 周年的献礼作品首次亮相舞台，并于 2021 年入选"庆祝中国共产党成立 100 周年舞台艺术精品创作工程"，荣获第十届广西文艺创作铜鼓奖、第十一届广西剧展桂花特别奖、第十一届广西剧展桂花表演奖。《血色湘江》取材于 1934 年的湘江战役，采用人物形象塑造、音乐唱段、舞台造型等音乐剧特有的艺术手法，着重表现了战役中最宝贵的精神财富——红军战士"为苏维埃新中国流尽最后一滴血"的革命理想信念，达到了艺术性与思想性的高度融合，为新时代红色主题舞台艺术创作提供了有益的借鉴。

一、红色主题文艺创作中的思想性追求

红色主题文艺是文艺创作中较特殊的一种类型。它的特殊之处，主要表现在对思想性的追求上。所谓"红色主题文艺"，实际就是用艺术特有的方式去再现中国共产党艰苦卓绝的发展历程、表现中华民族顽强自立的精神品格。从这一界定不难看出，红色主题文艺有着独特的创作内容与思想精神，所有的艺术手法，都是为内容和思想而服务的。换句话来说，红色主题文艺的思想性是首要的，创作者往往通过各种艺术手段来达成一定的思想主旨。认清这

一点，也就真正理解了红色主题文艺的价值所在。

纵观红色主题文艺创作长河，人们从创作素材的选择、人物形象的塑造等方面来强化作品思想性的表现。

其一，在创作素材上，红色主题文艺创作注重挖掘真实的革命历史事件，用革命历史的厚重来铸就作品的思想深度。红色主题文艺的经典之作——电影《永不消逝的电波》，故事素材源于中共地下组织成员李白白天伪装潜伏与敌人周旋，夜晚利用无形的电波向延安传递情报的革命史实。除了电影，这一故事还被改编成电视剧、舞剧等，不同的艺术传播媒介，让李白的革命精神被广大观众所熟知，收到了较好的思想洗礼效果。另一部重要的红色主题电影《红岩》，其故事同样取材于革命史实。影片中的江姐不幸被捕，面对敌人的毒刑拷打，她傲然宣告"只能危害我的身体，动摇不了我的意志"，充分展现出了一个地下党员坚守信仰、忠诚党的事业绝不背叛的品质，正是这种真情实感的流露，让一代又一代人被革命先辈的理想信念所动容。其他如《大渡河》中，中国工农红军长征的队伍来到金沙江到大渡河之间的重叠山川中，被数十万国民党中央军和军阀武装围追堵截，为了能够抢渡泸定桥，红军战士冒着枪林弹雨，匍匐前进，勇敢顽强地向前冲。电视剧《可爱的中国》以方志敏为原型，讲述他投身革命，为中国人民解放事业无私奉献的一生。他们原本只是普通平凡的人，但都愿意为了革命理想而奋斗献身。20世纪50年代的电影《上甘岭》，讲述在抗美援朝进入最关键的决胜阶段时，美军在板门店谈判期间暗中调集大量军队，发动突然袭击，我军连队在连长张忠发的带领下，面对断水断粮的困境，与美军浴血奋战24天，最终为中朝联军大反攻奠定了坚实基础的故事。上甘岭战役是史实，部队战士面对严酷的作战环境仍坚持不懈，不肯放弃，靠的是心中坚定的理想信念。回到不久前播出的《觉醒年代》，该电视剧一经上映便广受好评，该电视剧在尊重史实的基础上，深刻描摹"一个没有信仰的国家是注定衰亡的国家"，将李大钊、陈独秀等人追求真理、坚定信仰的故事刻画到极致。2021年上映的电影《长津湖》，以抗美援朝的重要转折点——长津湖战役为背景，讲述了志愿军战士靠着坚定的革命理想信念，在零下30℃的寒冬里穿着薄棉衣仍誓死战斗，不惧牺牲的故事。总之，取材史实的红色主题文艺作品，因革命斗争的真实性、残酷性而具有很高的思想深度。

其二，在人物形象的塑造上，红色主题文艺创作精于塑造舍生取义的英雄形象，用英雄的理想信念来彰显作品的思想力量。在战争题材的红色文艺作品中，革命战士前仆后继，以排山倒海的力量和视死如归的气概深刻诠释了为实现心中的理想信念可以牺牲一切的坚定意志。电影《董存瑞》从加入共产党之前的小董存瑞开始讲起，直至他成长为一名可以独当一面的共产党员。紧急时刻，他毫不犹豫地用左手托起炸药包，右手拉燃导火索，口中高喊"为了新中国，冲啊！"以自己年仅19岁的身躯手举炸药炸毁敌方碉堡，用牺牲自己的方式为部队开辟了前进的道路。《赵一曼》讲述了赵一曼积极团结和组织群众开展抗日斗争，在与日军作战时不幸被俘，面对日军的酷刑折磨，疼得几次昏了过去，仍坚贞不屈地说："我的目的，我的主义，我的信念，就是抗日。"她没有向日军透露一点有关抗联的信息，故事的最后，她英勇献身。《党的女儿》以曲折的故事情节将李玉梅的形象刻画得深入人心。李玉梅历经重重波折才取得同为共产党员的秀英和慧珍的信任，三位女共产党员一同成立党小组，坚持斗争。李玉梅在一次任务中为掩护通信员小程，挺身而出，英勇就义。这些革命烈士为了心中伟大的革命理想放弃生还的机会，用生命保卫革命事业的顺利开展，革命崇高感油然而生。布拉德雷认为崇高有两个必经的阶段：第一个阶段是否定的，我们似乎感到压抑、困惑、震惊，甚或感觉受到反抗或威胁，好像有什么我们无法接受、理解或抗拒的东西在对我们起作用；接着是一个肯定的阶段，这时那些崇高的事物无可阻挡地进入我们的想象和情感世界，使我们的想象和情感也扩大或升高到和它一样。① 无论是董存瑞还是赵一曼抑或是江姐和李白，这些英雄人物的价值选择可能一开始令人不解，但当观众真正融入那个风云激荡的年代，便能将这种不惧牺牲的崇高感带入，理解英雄人物为守护心中的理想信念牺牲小我的选择，深度感受革命先烈敢于以血肉之躯与邪恶势力搏斗的英勇伟大。

红色主题文艺重视展现思想性的传统，延续到了新时代作品的创作中。音乐剧《血色湘江》作为近年来的红色主题艺术新作，用创新的艺术手法强化了思想主旨的表达，提升了整部作品的品质。《血色湘江》取材于 1934 年的湘江战役，这场战役被认定为"关系红军生死存亡乃至中国革命成败的一个极为重要的战役"②。在战役中，为掩护中央纵队和红军主力过江，第三十四师包括师长陈树湘和政委程翠林在内的全师官兵几乎全部阵亡。在百年党史中，湘江战役象征着宝贵的精神，是革命理想信念的灼灼之光。③ 因此，音乐剧《血色湘江》在艺术还原此段历史之时，突出了对红军战士革命理想信念的艺术表达。

在如何将内在的、精神性的理想信念表现出来这一命题上，音乐剧《血色湘江》继承了红色文艺经典作品中有关理想信念的表达方式，同时又进行了积极的艺术探索。一方面，音乐剧《血色湘江》用光与声渲染出激烈的战争场面，饥饿、伤痛、敌人，一段段炮火的袭击，一位位战友的牺牲，一个又一个的困难，这些全都摆在红三十四师全体将士的面前；另一方面，通过乐段唱词的艺术化编排、人物形象的艺术化塑造以及舞美道具、情节创排映射出的丰富内涵，深刻描摹了红军将士用他们坚定的理想信念去践行"为苏维埃流尽最后一滴血"的诺言。总的来说，《血色湘江》用艺术手段渲染理想信念，以理想信念灌注艺术作品，使新红色题材艺术作品真正成为传承中华优秀传统文化的载体，成为引发人们奋进的风向标。

---

① 朱光潜：《悲剧心理学》，江苏文艺出版社，2009。

② 中共广西壮族自治区委员会党史研究室：《中国共产党广西历史（第一卷 1921—1949）》，中共党史出版社，2021。

③ 习近平总书记在广西考察湘江战役纪念馆时，总结道，"为什么中国革命能成功？奥秘就是革命理想高于天"（《习近平在广西考察时强调：解放思想深化改革凝心聚力担当实干，建设新时代中国特色社会主义壮美广西》见《广西日报》2021 年 4 月 28 日第 2 版）。

二、《血色湘江》中理想信念的显性表现

革命理想信念，是湘江战役胜利的法宝。在战斗中，红三十四师面对敌人疯狂的机枪扫射、渡江水的刺骨冰冷、并肩作战兄弟的牺牲离去等惨烈的作战环境，依然坚持完成了党中央下达的保卫中央部队和红军部队渡过湘江的重任。支撑红军战士誓死拼搏、不惧牺牲的动力，源自其心中的崇高革命理想信念。音乐剧《血色湘江》，通过歌剧唱词、人物形象塑造等显性艺术手法，直观外化了红军战士心中的理想信念。在此理想信念的支持下，即使前路有再多的艰难险阻，红军战士依然英勇奋战、前仆后继，最终夺取胜利。

（一）歌曲唱词：理想信念的明确性指向

歌曲中的唱词，是音乐剧表达理想信念最直接和明确的手段。音乐剧《血色湘江》聚焦于湘江战役的最后时刻，战役已经进行了五天四夜，红三十四师处于伤亡惨重、弹尽粮绝的艰险局面。在这种形势下，歌曲唱词外化了个人的理想信念，促使红三十四师的红军战士重拾勇气，进行生死一战。

首先，从时间发展顺序来看歌剧唱词对理想信念的明确表达。《血色湘江》通过顺序的表现手法推进战局，在时间发展中不断强化人物对理想信念的坚定。《血色湘江》从第一幕第一场就营造了千人作战的激烈打斗场面，当毛主席所在的中央二纵部队开始渡江时，陈湘命令司号员吹响冲锋号："保卫苏维埃！保卫党中央！"一曲《誓死保卫党中央》拉开序幕，通过"弹尽粮绝，以命相抗""前赴后继，血染沙场"等具有雄心壮志感的唱词，将红三十四师所有将士以血肉之躯"誓死保卫党中央"的悲壮感呈现出来，展现的是红军将士们奋勇征战的决心以及以命相搏的勇气。剧目一开始，就将这种激战豪情通过唱词表达出来，让观众直接体悟红军战士坚定的理想信念。紧接着，几千人的作战场面转为陈湘与黄复生两人作为老同学，如今却分属不同阵营的对战场面，"生死情谊放一边，不同路莫谈情"，两人"走上陌路，要亮剑拔刀""钢刀对钢刀"剑拔弩张的对抗，在昔日旧情中展现出师长陈湘绝不苟同、自我坚定的革命立场。从尾声的《桂北民谣》"英雄血染湘江渡，江底尽埋英烈骨，三年不饮湘江水，十年不食湘江鱼"，可以窥见此次战役的悲烈程度，韦江、赖老石头、红米饭和陈湘四人合唱的《誓言兑现》中"粉身碎骨全不怕，留得信念在人间"，不仅展现了红军将士不惧艰难、勇往直前的精神，更是把"誓死保卫党中央"的理想信念以壮烈的方式存留下来，鼓舞世人前行。最终，在敌人数倍于己的情况下，陈湘负伤被俘，以断肠取义的悲壮方式结束了自己的生命，用实际行动将外化为歌词体现出的理想信念进行了升华。

其次，从战士们内心感到迷茫无措时看歌剧唱词对理想信念的抒发。在掩护中央纵队成功渡过湘江之后，红三十四师的战士们接到了党中央的最新指示，命令部队前往灌阳新圩接防，掩护兄弟部队过湘江。陈湘部队继续在密林之中作战，活下来的战士不足四百人。面对电台被摧毁联系不上党中央、政委牺牲、昔日并肩作战的战友不足四百人生还等不利情形，部队战士对前途感到迷茫，壮族汉子韦江唱道"我只是想说越是挫折越要坚定理想信仰"，将

理想信念在战士们迷茫时抛出，给予部队战士们一剂强心针。面对惨烈的战争局面，14 岁的红米饭产生当逃兵的念头，陈湘的一曲《信任》，"是什么让我们手挽手肩并肩走向战场，因为信任，信任毛主席，我们信任党中央。"及时地解答了将士们心中的疑问，并进一步加深了将士们心中的理想信念。"红旗，红色的军旗，红色的军旗插满大地""我们的红军所向披靡，坚定的信念领导有力"，没有什么能比革命信念更具有力量，这进一步鼓舞了红军将士们进行突围战。

最后，从主题曲《红色的军旗》看歌剧唱词对理想信念的表达。在我军寡不敌众的劣势局面下，奔赴战场意味着牺牲。一方面，陈湘带领所剩无几的战士突出重围，为中央转移争取时间，在冲锋号角声下把红军的战歌《红色的军旗》唱起，以此来鼓舞将士们，用以表示党中央的光辉遍布中华大地，表示党中央给予受压迫的工农子弟前进的方向，正因为将士们坚定的理想信念才能促使红军部队所向披靡；另一方面，"红旗"本身就代表着红军将士们的理想信念，《红色的军旗》以合唱的方式在音乐剧的高潮部分重复唱起，旋律回荡，雄浑悲壮的气势加深舞台效果和观众情感认同的同时，能够深刻展现出在兵微将寡的战争局势下，红军战士们不惧艰难、视死若生的大义凛然之气概。

（二）"陈湘"形象：革命理想信念的直观表达

英雄人物形象，承载着崇高的革命理想，是音乐剧直接表现理想信念的重要手段。《血色湘江》中的师长陈湘，既能够在行动上带领部队战士冲锋陷阵，又能在思想上引领部队战士前行，无疑是一位具有坚定理想信念的英雄人物。

陈湘的英雄性，首先表现在"为了信仰一切都可以牺牲"的革命理想信念。对于观众而言，英雄崇拜是永存的，它无处不在，承认我们的同胞身上确实存在某种神性的东西。[①] 这种英雄性的东西，实际就是陈湘身上所体现出来的"红军战士为了理想信念随时可以献出生命"的革命信念。陈湘作为红三十四师的师长亲历战争的残酷，经历过多次战争后，磨砺出冷峻淡然的性格。在电台被打坏、政委牺牲之时，陈湘也没有过多沉浸在哀伤之中，而是将内心的悲痛转化为了"活下去，活下去，天下遍地是红旗"的理想信念。朱大姐生完"小湘江"后大出血，她一心寻死以希望能够减轻部队的负担。面对众人的劝说，陈湘一言不发。直到凤鸣大声质问是否铁石心肠，陈湘才用"为了信仰一切都可以牺牲"的唱词解释了红军战士所作出的选择。这一切都体现出陈湘冷峻坚毅的性格特征。

陈湘的英雄性，还表现为用坚定的革命信仰来指引并渡过暂时的动摇和迷茫。巨大的战争伤亡、众多的战士遗骸，让陈湘不忍直视。他在独唱曲目《红军就是离离原上草》中深情抒发了对逝去兄弟战友的痛惜之情，亦歌颂了红军如同草原之草不惧烈火焚烧的精神。"叙

---

① 托马斯·卡莱尔：《论历史上的英雄、英雄崇拜和英雄业绩》，周祖达译，商务印书馆，2010，第 239 页。

事具有一定的漂流似的片段插曲式特质"①，从而也让战士们的理想信念多了些动摇。"左"倾错误的教条指挥导致了战局失利的局面，红军战士们埋怨仗打得窝囊；面对师团的领导几乎全部丧命的惨烈局面，红军战士们对前进的方向产生了怀疑。此时，陈湘又用与《红军就是离离原上草》相似旋律的歌曲《信任》来抚慰战士们惊慌的内心。陈湘回忆起带领赖老石头走出闽西家乡的情景，回忆起红米饭十岁的时候就想要跟随毛主席，还有为战争奔波远走他乡的韦江……陈湘用温情的口吻唱出了战士们的过往，将众人的初心找回，党中央因为信任选择了红三十四师作为后卫部队，中央信任他们，他们也要信任党中央。在进行突围的前夜，陈湘与凤鸣在两个平行时空演唱歌曲《那么远那么近》。陈湘内心明白突围战的艰险，但为了完成任务，为了心中的理想信念，他不得不带领部队兄弟们进行战斗。陈湘将夜空中的星星喻为信仰、革命，虽然远在天边，但却离他那么近，他想到了自己的革命信念，因此有了向死而生的勇气。从剧中刻画的陈湘形象的多样性可以直观看出陈湘始终守护心中的理想信仰。

三、《血色湘江》中理想信念的隐性表现

从符号学的角度来说，任何意义的生成都离不开能指，离不开语境。对于舞台艺术而言，舞美、道具和灯光都是能指的物质，都包含着所指的意象。显性直观线索的呈现的背后是隐性待解读的部分，与歌剧唱词所呈现出的直观感受不同，《血色湘江》中的舞台布景、道具符号等具有指涉意义的内容，被赋予了不同的现实意义，暗含着红军战士们的理想信念，这些"未尽之言"所体现出的隐含的线索需要人们主动解读、体会，从而挖掘出红军战士抛头颅、洒热血，勇于胜利、勇于突破和勇于牺牲的湘江战役精神。

（一）舞台"红"元素的意义指涉

"舞台造型艺术，像任何其他艺术，是建立在形状、灯光和色彩的基础上的。"②在剧中，颜色红色的运用包含着创作者的精巧构思。其一，是剧名《血色湘江》中"血色"的运用，它不仅仅表现出红军战士们血染湘江的悲壮，也体现出血色男儿的血性奋斗感。其二，红色的军旗。不论是在激烈的战斗场面还是陈湘断肠取义的悲壮场景，都离不开军旗的运用。军旗是体现力量的一个道具符号，在战斗中，战士需要军旗赋予勇气，在迷茫时，战士需要军旗的引领前行。在战士们拼死突围之前，将自己的名字留在了军旗上，让军旗见证自己的英勇无畏。当红军与瑶族村寨的儿女道别奔赴战场时，以红旗为证，承诺双方将重聚在湘江边。韦江在结尾部分唱到"让红军旗帜能高高飘扬，到那时我们也含笑九泉，心欢畅"，红旗就是一种理想信念的象征，寄托着红军将士的美好祝愿。其三，红军将士红色的热血洒遍湘江大地。在剧中，用树干搭建的舞台犹如炭烧过的枯树枝，因为战争，它们已经失去了原有的活力，只剩下死寂般的黑色。创作人员便将这些树干内置了红色发光的装置，一来有遍地血色

———————————

① 大卫·波德维尔：《电影诗学》，张锦译，广西师范大学出版社，2010。

② 阿道尔夫·阿庇亚：《西方演剧艺术》，吴光耀译，上海文化出版社，2002。

的感觉，象征着红军战士血洒湘江的壮烈感，二来暗暗的红光，犹如跳动的火苗，隐隐地象征着红军战士心中永不熄灭的红色信念。在政委程林牺牲之时，舞台上空深红色的树干，线条凌厉，好似一把利剑插入每一位红军战士的内心，是政委牺牲的悲伤，也是战局失利时的心痛。音乐剧即将结束时，还用到了全息投影。《血色湘江》呈现的是湘江边的故事，江水是难以展现的舞台部分，全息投影的运用，将红色元素加入其中，血水与江水混在一起，不仅表现出江水的滔滔不绝，也进一步表达出湘江战役的悲壮。

（二）女性角色的价值选择

在剧中，对于女性形象的刻画集中在凤鸣和朱大姐身上。凤鸣是少数民族的代表，这样的设置一方面体现出军民一家的情谊，另一方面也展现了民族共同体的构建。而朱大姐作为女红军战士，在关键时刻选择牺牲小我，成就大家，具有极高的思想觉悟。剧中对于二者的描绘也从侧面反映了她们心中的理想信念。

一方面，从女主人公凤鸣前后态度的转变看理想信念对平民百姓的影响。瑶族群众在第一幕第三场中演唱着原生态民歌出场，迅速把观众拉入山林丛中的瑶寨去，湘江战役发生在桂北地区，故将瑶族群众加入故事中，使其具有明显的地域色彩。瑶族女首领凤鸣与陈湘的见面，归功于红米饭偷吃酸笋。酸笋是广西具有代表性的一个独特饮食符号，政委程林吩咐红米饭将银圆和道歉信一并放在老百姓的酸菜坛子上，还特意叮嘱"瑶"字不要用反犬旁而应用单人旁。此举加深了瑶族人民对红军战士的好印象，使得对官兵避而不见的瑶族人民愿意出面帮助红军。女主人公凤鸣这一角色在与陈湘初遇时便表现出豪爽泼辣之感，她所在的瑶族村寨曾受桂军兵阀的压迫，凤鸣的父亲带领村民起义失败后含恨而亡。因红军正在与瑶族的仇敌桂军作战，凤鸣便对作为"头"的陈湘说："只要你带着队伍为我父亲报仇，打垮国民党桂军，我凤鸣从今天开始就是你的女人！""你不是我的男人，就是我的仇人。你们红军不是我们的兄弟，就是我们的仇敌！"起初，凤鸣的目的仅是打垮国民党桂军为父报仇，她对陈湘等众红军的崇拜之情停留在"过家家"层面。当红军战士在密林作战中受到重创，陈湘使得革命理想动摇的士兵重燃信心，全体红军战士以昂扬的斗志、坚定的信念誓死奋战时，凤鸣的态度发生了转变，她跳脱出"小家"思维，转而为"大家"贡献力量，产生了要当红军的想法。凤鸣前后态度的转变，是对红军精神的体悟，是受红军战士一次次勇于牺牲的战斗精神的影响。

另一方面，从红军战士朱大姐的选择中看理想信念的重要地位。朱大姐作为怀孕八个月的女战士，是同韦江一起掉队的中央二纵成员，在遇到陈湘的部队后，她强烈要求跟着陈湘的部队一起向前走，但却在生完孩子之后以自杀的方式结束了自己的长征路。朱大姐在生完孩子之后大出血，身体虚弱，一曲《不要救我》唱出了朱大姐的英勇无畏：如果救了自己，一来会浪费掉给战士的药品和给养，二来自己虚弱的身体也会拖累整个部队的前行速度。从"穿上军装的时候，就已把生死抛在脑后，戴上红军的军帽的时候，就已把信仰注入血肉"中可以看出朱大姐作为一名红军女战士的思想觉悟。最终，朱大姐不顾众人苦口婆心地劝说，将刚出生的"小湘江"托付给瑶寨村民，便毅然决然地掏出了手枪，告别了自己刚出生的孩子，选择与自己的丈夫长眠在湘江畔。朱大姐的故事是当年红军的真实写照，红军在长征时，婴儿的啼哭声会暴露红军的位置，也会因此拖慢红军的行军速度，因而红军长征的队伍中只有极少数的女战士。朱大姐考虑到了这一点，通过自杀的方式去守护全体红军将士们的理想信念。留下"小湘江"，让"小湘江"长在瑶寨，也是让"小湘江"远离战火，让红军战士的理想信念在"小湘江"身上得以传承。作为一名红军战士，他们都拥有舍小家为大家的深明大义，他们"为了革命一切都可以放弃，为了信仰一切都可以牺牲"。

四、《血色湘江》理想信念艺术手法的意义

作为一部新时代的红色主题舞台作品，《血色湘江》既有传统表现革命理想信念的方式，又创新性地展露出思想性与艺术性高度统一的优良品质。该剧的思想性，即其展现的革命理想信念的内涵，而艺术性则是剧目的歌曲唱词、人物形象、舞台造型等艺术手段，二者各自独立又相辅相成。从《血色湘江》看同类红色主题文艺创作，可以得到两方面的启发。一方面，思想性就是红色题材艺术作品的源头活水，是能够阐发人物行动合理性、给人深深回味的艺术作品中至关重要的内容，也是艺术作品历久弥新、经久不衰的保证。如果《血色湘江》中缺少了对理想信念的塑造，那么人物行动便失去了内在发展的动力和源泉，再动听的歌词唱腔、再宏大华丽的战时场景塑造，也只是听觉和视觉上的震撼，不能引起观众共鸣，很难在观众的脑海中留下长久的印记。另一方面，新时代新红色题材艺术作品中的艺术性是思想性的载体，是体现我们民族精神与文化的关键一环。对于红色题材艺术作品而言，作为具有深刻思想内涵的物质载体，其必然在岁月的长河中留下属于自己的印记，经过时间的洗礼后仍焕发生机与活力，也注定会受人追捧，代代传承。对于观众而言，红色题材艺术作品无形中的感召力和教育功能使得人们能够树立起正确的历史观和价值观，增强自身的民族认同和文化认同。

《血色湘江》用舞台艺术的方式表达出近百年前革命先烈的崇高理想信念，对于深入贯彻落实习近平新时代中国特色社会主义思想具有重要现实意义。邓小平曾指出："为什么我们过去能在非常困难的情况下奋斗出来，战胜千难万险使革命胜利呢？就是因为我们有理想，有马克思主义信念，有共产主义信念。"[1] 习近平提到："革命理想高于天，理想信念之火一经点燃就会产生巨大的精神力量。"[2]《血色湘江》中，一众红军战士将生死置之度外，前赴后继地为"保卫苏维埃，保卫党中央"献出自己年轻的生命，直至生命的最后一刻也没有丧失对革命的理想信念。在建党百年之际，在朝着第二个百年奋斗目标前进的重要节点，加强对理想

---

① 邓小平：《邓小平文选　第三卷》，人民出版社，1993，第 110 页。

②《习近平在广西考察时强调：解放思想深化改革凝心聚力担当实干，建设新时代中国特色社会主义壮美广西》，《广西日报》2021 年 4 月 28 日，第 2 版。

信念的宣传教育，有助于增强中国特色社会主义道路建设的精神动力，严防思想滑坡对党和人民造成的巨大破坏。习近平总书记曾指出"理想信念的动摇是最危险的动摇，理想信念的滑坡是最危险的滑坡"。① 丧失理想信念的人，会严重阻碍中国特色社会主义的发展，《血色湘江》以艺术作品独有的感染力警醒世人，对实现中华民族伟大复兴的中国梦具有重要启示意义。

五、结语

"红色文艺经典记录着党领导人民创造的历史伟业，是中国共产党人初心使命和精神谱系的生动载体。"② 音乐剧《血色湘江》用艺术手法塑造了红三十四师战士的崇高理想信念，是对党中央领导中国人民排万难、渡艰辛，最终取得胜利的生动体现。在战争局势不利的情况下，舞台上革命战士们崇高理想信念的塑造，源于直观体现的歌剧唱词创编、英雄人物形象的建构和隐含着特殊意义指涉的道具符号的营造。《血色湘江》真正做到了思想性与艺术性、内容与形式的统一，其作为一部新时代的红色文艺作品，对奏响时代主旋律、传递正确的价值观具有重要意义。

作者简介

梁冬华，广西艺术学院，教授，博士。

宋靖雯，广西艺术学院艺术传播学方向研究生。

---

① 习近平：《在庆祝中国共产党成立 95 周年大会上的讲话》，《人民日报》2016 年 7 月 2 日，第 2 版。

② 炜熠：《时代和人民呼唤新的红色文艺经典》，《中国文艺评论》2021 年第 4 期。

红色经典的艺术探索与价值

——以《血色湘江》为例

董迎春　覃　才

广西演艺集团有限责任公司创排的《血色湘江》作为一部少数民族题材的红色音乐剧，以 1934 年发生在广西的湘江战役为历史背景，演绎了中央红军陈湘师团与广西桂北瑶族人民相遇、相识及生死相托的真实革命故事。从题材上看，《血色湘江》所挖掘、表现的中央红军与民族地区人民命运与共的革命故事，既在现代音乐剧或者说是当前红色音乐创作趋势之下具有明显的开拓音乐剧表现领域与审美维度的艺术价值，又起到了在民族地区传播革命精神与红色文化的作用。

一、广西少数民族红色故事与红色音乐剧

中华人民共和国成立以来，中国音乐剧创作的主要任务与使命即是弘扬、表现党的革命精神与红色文化。这种弘扬、表现革命精神、红色文化的艺术创作态势，实际上建构了红色音乐剧这种类型。红色音乐剧的创作不仅以革命历史题材为主，而且是历史观、民族观及国家观的高度统一，进而表现出重要的时代意义。中华人民共和国成立以来（特别是新时期以来）的红色音乐剧的革命历史题材"以特有的戏剧语言和创作格调寄托深厚的情感，引发时代共鸣"[1]。这种革命特征、原创性明显的红色音乐剧所表现出来的类型特征与意义，"不仅有对社会新貌和个人情感的解构，还将创作视角转移到革命历史题材方面"[2]。

作为一种成熟的舞台艺术，音乐剧既能够驾驭、表现传统题材，又能不断深入时代，展现具有现代气息的内容。这种传统与现代的艺术表现力，使音乐剧极富现代审美价值与时代价值。红色音乐剧自然在传播红色文化、塑造革命精神方面负有更重的责任和使命。

《血色湘江》演绎了 1934 年中央红军湘江战役的历史故事，这对重新认识历史具有重要启示意义。湘江战役是红军突破的国民党的第四道封锁线，在湘江战役结束后召开的遵义会议是中国革命事业的重大转折。湘江战役的主要战区在广西的兴安县、全州县、灌阳县，这

① 李严梅：《新时期我国革命历史题材音乐剧的个性化艺术形态分析》，《四川戏剧》2020 年第 8 期。
② 任彦洁：《钩沉历史　告慰英灵——原创音乐剧〈血色湘江〉的艺术特征》，《中国戏剧》2020 年第 11 期。

些是广西少数民族人口较多的地方。中央红军在这片区域作战，因此许多故事也与广西的少数民族相关。基于这段历史，广西演艺集团有限责任公司在创排《血色湘江》时，所设计的一个重要演绎场景即是中央红军陈湘师团在桂北群山中迷路，误闯当地瑶族同胞居住的山寨。之后的故事也在瑶族山寨展开。纵观全剧，《血色湘江》的亮点也是"在突出红军英勇战斗的同时，添加了瑶族人民热爱红军的质朴情感以及冒死帮助红军渡过难关的情节，并塑造了凤鸣这个令人深感亲切和慰及的角色"①。对于《血色湘江》展现出的这种题材与艺术表现特征，张玢认为该剧"开创了一条红色题材舞台艺术创作的新范式"②。

《血色湘江》演绎的是中央红军陈湘师团与桂北瑶族人民共同战斗的红色故事，故事与广西少数民族息息相关，这种少数民族题材的红色音乐剧，讲述了中国历史，讲好了广西故事，对铸造中华民族共同体意识极具当代价值。作为庆祝中国共产党成立100周年舞台艺术精品创作工程重点扶持项目，《血色湘江》的少数民族题材红色音乐剧的类型意义与时代价值更为彰显。这一演绎中央红军与广西少数民族地区人民可歌可泣的勇于抗争、不怕牺牲故事的红色音乐剧，无疑是既展现了现代音乐剧在红色题材方面具有的新内容、新特征，又以少数民族题材红色音乐剧的形式演绎了党与少数民族地区人民的彼此信任、命运与共的时代关联。

质言之，在中国共产党成立100周年之际，《血色湘江》除了可以讲述红色故事、展现红色文化、传递红色精神之外，还有彰显中国共产党与少数民族是血浓于水命运共同体的作用。在新时代，像《血色湘江》"这样的优秀文艺作品既引领观众重温伟大的红色历史，也鞭策着今天的年轻一代不忘初心，砥砺前行"③。同时，《血色湘江》作为突显少数民族特征的红色音乐剧，它还彰显了我党与少数民族地区人民那种深刻、牢固的命运关联的历史与时代意义。

二、共同体意识审视与表达

作为一部少数民族题材的红色音乐剧，《血色湘江》最大的亮点即是表现、演绎了中央红军与少数民族地区人民之间的那种深刻、牢固的命运关联。纵观全剧，这种命运关联主要以陈湘师团与桂北瑶族人民命运与共的共同体意识加以呈现。当然，在剧中，中央红军陈湘师团与桂北瑶族人民的这种共同体意识不是一下就形成的，而是经历了从对抗到信任、从矛盾

① 景作人：《可歌可泣的血染风采——观原创音乐剧〈血色湘江〉》，《音乐天地》（音乐创作版）2019年第9期。

② 张玢：《一曲悲歌恸天地　长征路上铸英魂——评音乐剧〈血色湘江〉的宏大叙事与红色精神传承》，《艺术评论》2019年第11期。

③ 任彦洁：《钩沉历史　告慰英灵——原创音乐剧〈血色湘江〉的艺术特征》，《中国戏剧》2020年第11期。

到认同的变化过程^①。这一变化过程既是《血色湘江》演绎的红色故事，也构成其显著的共同体意识审美视点。

首先，中央红军陈湘师团与桂北瑶族人民提防性的共同体相遇。在音乐剧开始部分，当陈湘师团在桂北群山中迷路，误闯当地瑶族山寨时，中央红军陈湘师团与桂北瑶族人民的关系还是一种对抗或者说是提防的状态。这种状态最直接的表现是当陈湘师团刚进到山寨时，寨里最先看到的人就喊："官兵来了，快敲锣！快敲锣！"然后全寨都躲起来闭门不出。从表面上看，经由这一略为戏剧性的情节，我们可以想象到饱受军阀压迫的瑶族人民对官兵的害怕、提防的实际情况，也正是这种情况造成他们对陈湘师团的出现具有相同的反应。然而，深层的缘由是，正如斐迪南·滕尼斯在《共同体与社会》中所说，民族是一种建立在家庭血缘、邻里地缘及地域精神之上的共同体^②，他们在历史发展中形成了相对独立、完善的土地与群体的共同体认同。从音乐剧所使用的瑶族吊脚楼舞台背景和瑶族人民舂米、打糍粑等生活场景中，我们可以感受到瑶族人民具有的这种共同体意识与观念。因而，当陈湘师团（相当于另一个共同体）闯入瑶族人民共同的土地中时，两个共同体的接触必然是提防与对抗的状态。

其次，中央红军陈湘师团与桂北瑶族人民的共同体认同。陈湘师团要想走出群山，跟上中央大部队，就需要瑶族人民的帮助。而要想得到瑶族人民的帮助，就需要消除瑶族人民的提防之心，赢得他们的信任。在剧中，构成瑶族人民对陈湘师团提防之心转变的事件，就是几天没有吃东西的通信兵红米饭偷吃瑶族人民酸笋。陈湘在知道红米饭偷吃瑶族人民的酸笋之后，给了红米饭两个银圆，让他去给老乡道歉与赔偿。陈湘（象征中央红军、中国共产党）这种把瑶族人民当人看、当人尊重的行为，弱化了瑶族人民的提防之心。经历这一事件之后，凤鸣（即女一号）作为瑶族山寨寨头的女儿，第一个走出来和陈湘说话，并表示如果红军能够打败桂军，为她死去的父亲报仇，她不仅愿意带领瑶族同胞帮助红军，还愿意嫁给陈湘。通过红米饭偷吃瑶族人民酸笋这一事件和凤鸣与陈湘的对话，我们可以想象与理解中央红军陈湘师团与桂北瑶族人民这两个原来没有交集的共同体，已经形成了基本的共同体认同（共同对抗桂军）。

最后，中央红军陈湘师团与桂北瑶族人民相交融共同体的形成与延续。在得到瑶族人民的帮助之后，陈湘师团与围剿部队发生了一次以一敌十的战斗。在这次战斗中，陈湘师团的人数从 2000 多人锐减到 400 多人，师团将领几乎全部牺牲（包括政委）。余下的将士，坚守革命初衷，依然决定再次发起突围，兑现他们"为苏维埃流尽最后一滴血"的承诺。陈湘师团这种舍生取义的决心与信念，深深打动了凤鸣。在突围的前一晚，凤鸣向陈湘表白，并表示要追随陈湘参加红军，与陈湘一起突围。但为了替陈湘照顾刚出生的红军朱大姐的女儿

① 胡薇：《一曲悲壮的英雄史诗——观音乐剧〈血色湘江〉》，《文艺报》2019 年 11 月 25 日。
② ［德］斐迪南·滕尼斯：《共同体与社会》，林荣远译，商务印书馆，1999，第 65 页。

"小湘江"(突围的前一晚,红军朱大姐生了女儿"小湘江",但她产后失血过多,为不拖累部队而选择了自杀,全寨为她举行了哭丧仪式),凤鸣留在寨子里。在离别之时,凤鸣决然地将自己的瑶族金刀送给陈湘,陈湘也把军旗交给凤鸣,以作爱情与誓言的生死约定。很显然,从这些战斗、哭丧、托付、交换信物等情节中,陈湘师团与桂北瑶族人民相交融、相信任的共同体已经形成,并且还以朱大姐刚出生的女儿"小湘江"隐喻着这种共同体的延续。

显然,《血色湘江》以中央红军陈湘师团与桂北瑶族人民的相遇、相知及生死相托为叙述主线,跌宕起伏地建构起中央红军与瑶族人民相交融的共同体意识。这种交融的共同体意识,既有瑶族人民那种传统的血缘、地缘及精神共同体特征,又有中华民族整体的共同体意义。

三、《血色湘江》的艺术价值与时代意义

作为少数民族题材的红色音乐剧,《血色湘江》演绎了中央红军陈湘师团与桂北瑶族人民相遇、熟识及生死相托的历史故事,在现代音乐剧发展或者说当下热门的红色音乐剧创作趋势之中,该剧有着题材的特殊性与非常明显的时代导向价值。大体而言,《血色湘江》的艺术特殊性与时代价值主要表现在拓宽现代音乐剧的表现领域与审美维度、表现革命精神与红色文化的现代传播价值及以文艺形式铸牢中华民族共同体意识三个方面,这三方面建构了《血色湘江》作为现代音乐剧的艺术价值与时代意义。

(一)拓宽现代音乐剧的表现领域与审美维度

在任何时代,艺术的发展都有"变"与"不变"的层面。音乐剧也是如此。在新时代之中,音乐剧"不变"的层面依然是歌唱、表演、舞台演绎等构成其艺术本体的东西。"变"的层面是其紧跟新时代所需,在题材驾驭、表现上有了新的探索。《血色湘江》作为凸显革命精神和红色文化及涉及少数民族的剧目,无疑极大拓宽了现代音乐剧的表现领域与审美维度。我们知道,现代音乐剧或者当前热闹的红色音乐剧,它们通过少数民族元素的运用(如少数民族音乐、舞蹈、装饰等),其实都或多或少地有一些少数民族特征,但这些特征并不能让这一剧目构成严格意义上的少数民族题材音乐剧或少数民族题材红色音乐剧。在这一意义上,《血色湘江》就非常有其特殊性,因为它所演绎的中央红军陈湘师团与桂北瑶族人民的相遇、熟识及生死相托的叙述主线,是从故事、情节、舞台风格等本质上建构了自身具有的少数民族题材属性的。很明显,《血色湘江》在题材层面上拓宽了现代音乐剧的表现领域与审美维度。王海平认为虽然中国红色音乐剧的现代发展与美学追求还处于探索阶段,但《血色湘江》在中国现代音乐剧"创新和发展的道路上迈出了可喜的步伐"[1]。

---

[1] 王海平:《血色涂染战旗红——大型原创歌剧〈血色湘江〉观后》,《中国艺术报》2021年1月20日。

（二）表现革命精神与红色文化的现代传播价值

革命精神与红色文化作为中国共产党成立 100 年以来凝聚的智慧结晶，它在鼓励、号召新时代的人去奋斗、改变命运及创造新的生活等方面无疑有着重要的精神指引意义。我们知道，红军长征二万五千里，途经多个省区。在不同的地方必然会与不同的人发生不同的交集与故事，这些淳朴、悲壮、凄美的交集与故事，是最能反映、凸显中国共产党的革命精神与红色文化的。换言之，对革命精神与红色文化的总结，要结合事件发生的具体地点去挖掘与提升，这样才能形成更具民族与国家特色的革命精神与红色文化。《血色湘江》作为一部现代音乐剧，它是以红军长征途经桂北地区之时，红军陈湘师团与桂北少数民族地区人民的相遇、熟识及生死相托的故事创编而成的。这种中央红军与广西少数民族地区人民的题材选择与演绎，对挖掘广西地区的革命精神与红色文化，加深革命精神与红色文化在广西的现代传播有直接与重要的现代价值。

（三）以文艺形式铸牢中华民族共同体意识

中华人民共和国成立以来，在人民心中，个体与国家、民族与国家已然成为一个共同体。这种显著的共同体意识与观念，经由全球化的强化，已经朝向了实体性质。新冠疫情的暴发与世界性蔓延，更是让全人类再度认识到我们作为一个区域共同体及人类命运共同体，是具有并处于相同的时代命运之中的。正如费孝通所说，中华民族自古以来就是一个"多元统一体"[①]。在新的世界形势之下，在每个民族人民的心中铸牢这种具有历史传统又有现代"民族—国家"认同的共同体意识，对地区与国家的现代发展无疑具有重要的价值。《血色湘江》作为一个演绎中央红军陈湘师团与桂北瑶族人民的相遇、熟识并最终成为一个生死相托、命运与共的共同体的少数民族题材红色音乐剧，在很大程度上起到了以真实历史讲述新中国（即中华民族）是有牢固血脉和命运关联的共同体。在当前强调铸牢中华民族共同体意识的时代背景之下，《血色湘江》无疑发挥了以文艺形式铸牢中华民族共同体意识的时代作用。

总而言之，《血色湘江》作为一部少数民族题材的红色音乐剧，它所挖掘、演绎的中央红军陈湘师团与桂北瑶族人民命运与共的故事，无疑是既具有拓宽现代音乐剧的表现领域与审美维度的意义，也体现了革命精神与红色文化在广西地区、少数民族地区的现代传播价值，还发挥了以文艺的形式铸牢中华民族共同体意识的时代作用。

四、结语

就红色音乐剧的创作趋势而言，《血色湘江》所表现、挖掘及演绎的中央红军陈湘师团与桂北瑶族人民命运与共的故事，具有非常显著的题材探索价值。这是《血色湘江》作为少数民族题材红色音乐剧独树一帜的地方。少数民族题材的红色音乐剧显然是有自身的民族特色

---

① 费孝通等：《中华民族多元一体格局》，中央民族学院出版社，1989，第 1 页。

与审美维度的,《血色湘江》最显著的民族特色与审美维度即是融于剧中的"红色"探索与共同体意识。在当今需要强调、铸造命运共同体意识的时代背景之下,或者说是在中国共产党成立 100 周年的时间节点上,《血色湘江》关于民族、国家的共同体意识显然有铸牢中华民族共同体意识的价值。当然,作为一部现代音乐剧,《血色湘江》除明显的共同体意识之外,还具有拓宽现代音乐剧的表现领域与审美维度,表现革命精神与红色文化的现代传播价值。

作者简介

董迎春、覃才,广西民族大学文学院。

本文系广西高校人文社会科学重点研究基地"广西民族文化保护与传承中心"建设专项的阶段性成果,项目批准号:桂教科研〔2019〕17 号,刊发 2021 年第 5 期《南方文坛》。

流淌在血情中的英雄赞歌

——评音乐剧《血色湘江》

全 婕

一部好戏，往往是让人看后有动情的感受和精神的洗礼。在中国共产党成立 100 周年之际，由广西壮族自治区党委宣传部组织策划、广西演艺集团有限责任公司创排，以湘江战役这一历史事件为题材的音乐剧《血色湘江》，在众多以红军长征为题材的戏剧作品中令人耳目一新。该剧是"庆祝中国共产党成立 100 周年舞台艺术精品创作工程""广西当代文学艺术创作工程三年规划""广西舞台艺术精品工程"等项目重点组织创作的优秀剧目。自 2019 年首演以来，该剧在成千上万的观众心中重新燃起了红军长征的火种，激发了他们追忆革命先烈、传承红色基因，从中汲取革命精神动力和革命信仰力量的热情。

一、以情感人的题材选取

习近平总书记对湘江战役在党和人民军队历史上的重要地位十分重视，高度评价湘江战役。湘江战役不仅是关系中央红军的生死存亡之战，还是决定长征前途的命运之战。中央红军从 1934 年 11 月 25 日进入广西，到 12 月 13 日离开广西，虽然只有短短的 19 天，行程也只有 296 公里，但在这期间，红军进行了抢渡湘江、突破敌人第四道封锁线的湘江战役，翻越了长征以来的第一座高山，顺利通过了多民族聚居的越城岭山区，最终赢得了战略上的胜利。在湘江战役中，红军以损失过半的代价彻底粉碎了敌人妄图全歼中央红军于湘江以东的阴谋，保存了红军主力，赢得了战略上的胜利。红军长征经过广西时，中国共产党开展的宣传工作和实行的民族政策等，赢得了各族人民的拥护，对广西地方产生了深远的历史影响。

音乐剧《血色湘江》正是取材于这一特殊的历史事件，用戏剧化的视角再现了红军长征经过广西时经历的最壮烈、最关键的湘江战役。其中，剧中男主角以红三十四师师长陈树湘为创作原型，讲述了他鏖战到弹尽粮绝，腹部中弹不幸被捕后，宁死不屈、断肠明志的悲壮故事，再现了长征途中悲壮惨烈、恢宏的战争场面。剧中还加入了凤鸣、韦江、程林、朱大姐、赖老石头、红米饭等带着各自不同的命运的人物，他们都是最普通的战士和群众，在各自的矛盾和冲突中挣扎、前进。剧中不只描写红军是否要往前走或者怎么往前走的争论和斗争，还加入了鲜活的生命碰撞和爱情波澜，表现在长征道路上除了出生入死还有生离死别的伟大抉择。是什么给予他们这样巨大的精神力量？是伟大的共产主义信念激励着他们，面对挫折，百折不挠，面对死亡，勇于牺牲，从而最终塑造了一个个鲜活而又真实的歌剧舞台新形象，这是对这次浴血战斗的悲壮展示，并在展示中延伸情节、塑造人物、宣叙感情，给观众以震撼和感染。

二、以情贯穿的音乐形式

在剧中，你能听到许多音乐旋律悦耳、宣叙风格多变的唱段，将其融入整个作品的戏剧性构思中，并通过各种音乐元素不断推进剧情的展开，营造出了戏剧化的音乐场面。第一幕第一场陈湘和黄复兴的二重唱《钢刀对钢刀》，表现的是信仰之间的冲突；第一幕第三场陈湘、程林、韦江的三重唱《怎么办》，表现的是面对危机时的抗争；第二幕第二场陈湘、朱大姐、韦江、凤鸣的四重唱《不要救我》，表现的是生与死、爱与痛苦矛盾的挣扎。合唱是红军精神的表达，表达了红军英勇善战、雄健阳刚的气势。第一幕第一场及第二幕第三场的合唱"誓死保卫党中央，今日承诺来兑现，粉身碎骨全不怕，留得信仰在人间"，相互映衬，为《血色湘江》营造了宏伟壮阔、崇高悲怆的悲剧性基调。

整部音乐剧用桂北瑶族民歌的特征音调和旋律来串联展开。剧中广西传统音乐的运用主要表现在鸣凤这个人物身上，她的每一次出场都带有桂北瑶族民歌的特征音调和旋律，由此塑造了一个性格泼辣爽直，略有霸道的少数民族女性首领的形象。当那些被广西人所熟知的民族音乐旋律在现代西洋交响乐的演奏下，通过咏叹调、宣叙调、重唱、合唱等音乐形式有机组合展现出来，整部剧的风格显得严峻悲壮。但部分场次的音乐设计又让人感觉明亮又流畅，如第一幕第三场开始的原生态合唱《蝴蝶与雄鹰》以及凤鸣和瑶族姐妹的女声对唱、重唱，都是歌剧的基本演唱形式和广西传统音乐的有机融合。尾声还使用了瑶族原生态无伴奏民歌清唱"三年不饮湘江水，十年不食湘江鱼……桂北古道红军路，寸土千消红军血"，同时将轻灵、温情糅于其中，像是悲壮历程中有一湾潺潺流水，让我们感觉到了新意。

三、以情为重的人物形象

音乐剧《血色湘江》中人物形象的塑造，是人性的情感表达。其中一对人物是陈湘与黄复生，两人既是同窗旧友，又是战场仇敌，两者的人物关系十分微妙，正所谓"亦敌亦友，惺惺相惜"，两人的关系徜徉于冰与火之间，他们感慨世事无常，却又感激天赐知己。两人在第一幕进行了第一次激烈的交锋，在最后一幕进行了悲壮的了断。红军三十四师的师长陈湘，是英勇、正气、果断、明朗、无畏困难的共产主义革命者形象；黄埔军校的一师之长黄复生，其身上有着军人无比威严的气质，声音中无不透露着战火纷飞的硝烟味道，是一个让人恨不起来的反面角色形象。在陈湘断肠取义之后，黄复生内心痛苦、悲鸣，这样的表达使黄复生的性格充斥着矛盾的色彩。此刻，人性已经超越了一切，它让人们产生了如此唏嘘不已的联想：如果没有战争，兄弟情应该会延续。当陈湘不顾一切地为革命献身时，这其实是一种不可抗拒的感召力，他是在为一种理想和信念献身，体现的是一种家国情怀。

另一对人物是凤鸣和朱大姐这两个女性角色，一个是泼辣活泼且坚强正义的瑶王女儿，一个是沉稳悲情以大局为重的红军女战士。凤鸣为了替父报仇，大胆追求陈湘，显示了她毫不掩饰的真性情；星空下，她与陈湘倾诉衷肠时，柔情似水的一面又在歌声中和表演中尽情展现。她性格豪放，敢爱敢恨，真实地体现了她对爱情、对亲情、对红军的情感。她与陈湘在相遇时产生了激烈的争论，而后两人的感情却向着和谐的方向发展，自然而真挚，总的来说，两人的关系既发展层次清晰，又极具复杂性。朱大姐这一人物的出现则完全体现了战争的残酷性，为了不成为部队突围的累赘，怀有身孕的她在生下小湘江之后，怀着对人生的美好憧憬饮弹自尽，那一声枪响洞穿了观众的耳膜，也具象化了人们对战争残酷的想象。朱大姐的经历在那个革命年代是可信的，这个悲剧画面淋漓尽致地体现了信仰的力量与人性的光辉。

　　音乐剧《血色湘江》在思想上和艺术上的感染力，来自剧组导演、音乐、编剧、舞美、服装等各个方面的工作人员对作品思想性、艺术性和观赏性的积极探索。剧中用一个个以情动人的细节，浓墨重彩地表现了中国共产党人的顽强意志和大智大勇，细致入微地揭示了人物的内心和情感世界，展现了他们为革命事业做出的巨大牺牲精神。所有的这些，都体现了无产阶级革命志士的坚定信念，在戏剧舞台上铸起了一座闪烁着不朽的红色革命精神的丰碑。

　　如今，湘江战役的硝烟已过去八十余年，党和军队的历史早已翻开新的一页，国家已经全面建成小康社会。在这个新的时期，音乐剧《血色湘江》的创作演出，对于当前的现实意义不言而喻，是学习我们党的光荣革命历史和传统的重要组成部分。我们需要从党史中学习，认真回顾历史，重温我们党的优良传统，这有助于我们从中汲取红色革命的精神力量，继承和发扬革命传统，熔铸民族的生命力、创造力和凝聚力，保持昂扬向上的精神状态，为新时代新发展奏响一曲重温革命传统、凝聚民族精神的壮丽乐章。

作者简介

全婕，广西民族文化艺术研究院文化产业研究部主任，副研究员。

本文原载《当代广西》2021年第8期。

永不褪色的信仰
——观歌剧《血色湘江》有感
陈欣荣

"英雄血染湘江渡，江底尽埋英烈骨。三年不饮湘江水，十年不食湘江鱼。"这是湘江人民对红军最诚挚的情感，对湘江战役最深切的悼念。随着剧末桂北原生态民间小调的唱响，由广西演艺集团有限责任公司创排、陈蔚担任总导演的音乐剧《血色湘江》收获了一片掌声与好评，这部以湘江战役为背景的作品经过多次打磨，于中国共产党成立 100 周年之际再次与观众见面，以厚重沉郁的曲调和豪迈激昂的唱腔诉说着 87 年前先烈们的坚守与悲壮。

一、绝境中的信念与希望

1934 年是中国共产党历史上极为艰难的一年，由于第五次反"围剿"失利，国民党对中央红军进行层层封锁，企图将诞生不久的红色政权绞杀于摇篮中。为了突破国民党的第四道封锁线，中央红军在桂北地区游击作战、分批突围，而奉命掩护中共中央、中央革命军事委员会抢渡湘江的红三、红五和红八军团与敌军展开激烈战斗，这就是决定中央红军生死存亡的湘江战役，也是《血色湘江》的历史背景。

经过湘江战役，中央红军虽然突破了国民党的第四道封锁，但是战斗力却从 8.6 万人锐减到 3 万人，红八军团番号撤销。此役是红军历史上极为惨烈的一仗，而湘江战役的特殊性也为《血色湘江》奠定了主旨基调。这部作品并没有一般红色题材的激昂奋进，带着胜利的喜悦，反而是一片肃穆沉郁，红五军团三十四师的全体将士从大幕开启的那一瞬间，便已是在枪林弹雨中身陷绝境。但是，他们有坚定的信念，掩护战友渡江，即便舍身成仁也要保卫党中央，如同剧中唱到的："血肉之躯筑起屏障，掩护中央渡过湘江。"

本剧的主创希望观众通过一部舞台作品去了解一段历史，所以展现的不仅是这一历史时期发生过的事，更有历史事件中的人在当时情境下的状态和想法。主创也希望在真实的历史事件和艺术创作中找到平衡，既不让历史失真，又能让观众在观演过程中感受到严肃悲壮，看到信仰坚定的红军指战员在绝境中的坚持和希望。

《血色湘江》在悲壮情绪的表达上，不是通过"牺牲"完成的，而是让观众看到：战士怀揣着生的希望，却已然明了即将赴死的前路；他们因为心中有着坚定的信仰，坚信自己的牺牲能够换来中央军委和战友的安全；他们寄希望于新生的婴儿传承红军的精神和灵魂，寄希望于孩子们长大后能看见他们为之奋斗的理想世界，即便他们自己已经无法看到。在这样的情绪渲染下，观众和剧中人最大限度地产生了情感上的共鸣，从而真正理解他们崇高的革命情怀。

如果说剧本是一剧之本，那么音乐便是歌剧的灵魂。《血色湘江》能够在情绪上刺激观众，令观众产生情感共鸣和战栗，音乐设计起到了极大的作用。音乐将故事的情节、人物的情绪、紧张的战斗、舒缓的元素有序且紧凑地串联到一起。序曲在大幕还没开启之时便已经营造出深沉肃穆的氛围，《誓死保卫党中央》重点表现红军战士与敌人的激战，《血染的湘江》凸显战斗的惨烈、伤亡的惨重，《信任》和《活下去》是战士们在绝境中发出的对生的呐喊和对死的无畏，《红军军旗》《名字》《红军的孩子》是战士即将赴死的英勇和对理想世界的希望。可以说，《血色湘江》呈现给观众的震撼力，表现出的绝境中的信念和希望，是通过剧情对历史事件的讲述、人物的塑造和音乐的渲染共同完成的。

二、宏大叙事下的细腻人物

从内容上来说，《血色湘江》是典型的宏大叙事、史诗题材。碍于时长的限制和空间调度的不易，叙事宏大的历史、战争题材，尤其是现代战争题材一直是舞台创作的难点。如何在两小时内将战争的惨烈以最真实、最触及灵魂的方式展示给观众，始终是舞台艺术创作者不断实践探索的方向。《血色湘江》的成功在于主创人员没有将重心放在湘江战役本身，而是聚焦于参与战役的英雄们，由陈湘这一主要人物串联起中央红军在湘江战役中的众多烈士，从英雄的无畏反向投射战争的残酷。因此，从戏剧结构上来讲，本剧并非如同《麦克白》《李尔王》那种人物于大时代背景下的成长、抉择、毁灭的严格意义上的开放式史诗结构，而更像是一部人像展览式结构的作品，是在宏大叙事下，以细腻的人物刻画承托起历史和主旋律的厚重。

《血色湘江》最大也是最成功的点之一，就是没有将人物脸谱化、标签化，剧中的每个人物，无论是红军战士、瑶族老乡，还是国民党军官，他们都有符合自己身份和立场的逻辑动线，有内心的矛盾和挣扎，鲜活又生动。

本剧的核心人物陈湘，原型便是断肠明志的红五军团三十四师师长陈树湘。历史上对于陈树湘烈士的记载几乎都集中在他的革命军旅生涯。他是一位信仰坚定的红军优秀指挥员，在他出色的指挥能力之上，本剧的主创赋予了人物更有层次的情感表达。首先，陈湘是一名红军指挥员，对党和革命绝对忠诚，对战士犹如亲兄弟，他可以"不惧牺牲鲜血流淌，誓死保卫党中央"，也会拼尽全力将自己带出来的小战士带回家乡。其次，陈湘是黄埔军校的高才生，和奉命阻击他们的国民党军官黄复生曾经有着深厚的同窗之谊和生死交情，但他们的信仰和政治立场水火不容，最终只能在战场上兵戎相见、以钢刀拼杀。最后，陈湘作为一名29岁的青年男子，他和瑶寨首领凤鸣有着欲说不能的爱情。红军指挥员、黄埔高才生、青年男性这3个身份让陈湘这个人物呈现出3种不同的情感状态，他身上不再是观众传统认知中革命者的标签，而成为一个有着坚定革命信仰却又情感细腻丰富的活生生的人。

作为本剧的女主角，凤鸣这个人物有着瑶族女性特有的开朗、坚韧、彪悍。她是瑶寨的首领，身手了得且勇敢，更是毫不犹豫地表达自己对陈湘的欣赏。而若凤鸣仅是这样的性格，那人物便显得单薄了，因此，主创又赋予她更深刻的内容。比如，她的父亲因国民党而死，她一个女孩子独自撑起寨子。最初为了报仇，她才要和陈湘结婚，加入红军。后来，陈湘决意带领队伍突围，两人于寨中作别，陈湘的感情和承诺始终不曾明示，但凤鸣已经全都懂了。他们之间的誓言不是甜蜜的海誓山盟，而是陈湘若战死，凤鸣和瑶寨必会将红军的精神代代传扬；陈湘若不死，必会回到瑶寨。他们之间的感情是战火纷飞下的共鸣，是一种厚重的浪漫。舞台作品于红色题材宏大叙事中加入爱情辅线，稍不留神便落于俗套，甚至会破坏人物形象的统一。但《血色湘江》中陈湘和凤鸣的爱情，不仅不显累赘，反而丰富了人物层次。这段感情充满了遗憾、悲壮，令人油然生出敬佩之情，和全剧的整体情绪相吻合。

除了两位主要人物，其他红军战士的群像也得到了非常立体的展现。参与过4次反"围剿"的赖老石头不明白，为什么这场仗打得如此憋屈、伤亡如此惨重，这是对当时"左"倾错误和"逃跑主义"的质问；14岁的通信员红米饭当了逃兵，因为他知道自己很可能死在战场上，可临死前他想回家，希望自己可以埋骨家乡；政委程林重伤不治，牺牲前他满怀对战士们活下去的执着和对理想世界的殷殷期盼；女战士朱大姐面对产后大出血，为把药品资源留给更多的战士，毅然选择放弃治疗，饮弹自尽。这些角色是舞台上的配角，是红军队伍中的群像，更是历史洪流中革命烈士的真实写照。

值得一提的是，主创对于国民党军官黄复生的塑造也令人惊喜。这一人物不仅撕掉了很多舞台作品和大众认知赋予敌军的标签，而且通过他可以反思战争带来的创伤。黄复生对于陈湘有同窗情谊，对自己的政治信仰又是坚定的，可他在面对派系争斗、战斗力疲软、国难当头却仍要"攘外必先安内"的命令时发出质问："这打的是什么仗！"

长期以来，红色主旋律题材作品所表现的人物大多是大无畏的革命者，弘扬的是革命大于天的理想主义。而音乐剧《血色湘江》却是红色题材中少有的对战争进行质疑和反思的作品。可以说，《血色湘江》是从历史事件切入人的视角，去反映人物的心路历程，折射他们的命运，让今天已经远离战争和牺牲的我们，不仅在剧场环境的渲染下对那些舍生取义的烈士产生情绪共鸣，而且在走出剧场之后，依然记得他们那坚定的革命情怀和永不褪色的革命信仰。

作者简介

陈欣荣，南宁师范大学音乐与舞蹈学院教授。

本文原载《中国戏剧》2021年第10期。

杂技剧

英雄虎胆

演出单位

广西演艺集团有限责任公司

杂技剧的技术语汇与戏剧文化分析

——广西杂技剧《英雄虎胆》印象

李 艳 符 蓉

摘 要 杂技与戏剧的联袂是拼凑还是融合，这个课题在杂技界存在了十年有余。杂技本身的独特性在于能为常人不可为，是单纯而纯粹的技艺呈现。经过几十年的探索，"杂技只有拥有美感才能成为杂技艺术"，早已成为杂技界创作的崇高宗旨。新世纪以来，杂技剧在中外舞台开花，而近年来因为有了"红色"这一题材，中国杂技艺术创作迎来新一轮的创作和实践热潮，也吸引了许多优秀人员对杂技剧的文学性和文学内涵进行评价。

广西本土红色题材杂技剧的评价在关于剧对杂技本体性——技艺设计、技巧展示的拓展、延伸方面还较少。本文就杂技剧《英雄虎胆》杂技技术与戏剧的融合，其表现手法等进行探讨。

关键词 杂技；戏剧；红色题材；杂技剧；技术动作

杂技与广西的深远渊源可以追溯到抗战时期的 1944 年，"西南剧展"在广西桂林举行，参加展演的 79 台剧目中，有一台由周氏兄弟马戏团担纲的自杂技。[①] 以一种主题晚会的方式予以呈现，迈出了推动杂技进入舞台艺术主流的步伐。中华人民共和国成立后，杂技正式成为中国舞台艺术的一分子。广西的工作者加入中国杂技勇敢创新的潮流中，于 20 世纪 80 年代中期创排《仿古杂技》，该剧以情景剧的形式问世，展演后在全国获得巨大反响。剧中大量的诗、词、乐等文学内容被采集与运用，为杂技向杂技艺术的迈进贡献了力量，同时，该剧的编排思路也拓展了戏剧的表现形式。进入新世纪，有中国杂技元素的主题晚会和杂技剧相继出现在中外舞台，随着信息时代的来临，表演行业与旅游行业产生接触，广西杂技创作者摘取本土山水及动植物因素与民族民俗文化特征创作的《赶太阳》，在情景剧的基础上融入情节，有效将"广西故事"在杂技的主题晚会对剧的成分进行开采，使杂技剧有了剧的外壳，

---

① 顾乐真：《广西戏剧史论稿》，中国戏剧出版社，2002 年，第 437 页。

实现对杂技在技巧之外的文化意义和叙事功能的开掘和展示。①

2021 年是中国共产党成立 100 周年的重要时间节点，以积极向上的杂技形式诠释红色题材，以与戏剧的联袂回首并铭记发生在广西的真实英雄事迹，传递进步思想，创新杂技观赏理念，让红色精神直抵人心，是杂技剧《英雄虎胆》呈现的杂技技艺风貌与当下舞台艺术的杂技审美价值。

一、影像搭台，戏剧布局，杂技获利——杂技剧先是剧，其次是杂技剧②

（一）利用科技手段描摹快节奏的策略

《英雄虎胆》的开场，利用声、光、电等元素大篇幅、大力度渲染舞台效果，加上调度最能直观表现剧目成分的影像载体，直接了当地交代清楚事件的背景、地点，做好讲故事的铺垫，创设了一种正在观看电影或话剧的氛围。这种预热效应对杂技剧来说是非常有利的，它可使剧中的杂技技艺不受技术难度的制约，让整部剧现实"杂技剧首先是剧，其次才是杂技剧"的理念。

全剧的开场铺垫以杂技节目《车技》，以行驶在舞台中的吉普车为引子，技巧动作内容是车上三处的单杠表演，加上皮条、大绳技术动作，使车前进的动态感非常真实。随后剧目很快聚焦于杂技与戏剧的结合，进而更好地用杂技讲故事。

用声、光、电、影像和前进的车轮描摹出快节奏的视觉效果，这些杂技的元素，拓展了观众的杂技剧体验。

（二）以简洁、明了的单个技术动作刻画人物及其立场的策略

杂技之杂，是对各艺术门类的包罗与拿来。《英雄虎胆》已然昭示了自己是一出杂技剧，基于电影版中试探桥段——曾泰的应变、匪首的偷窥、阿兰的色诱给观众留下的熟悉程度，以及曾泰、匪首、阿兰三者间的互相心理较量的复杂性，杂技剧着重对这部分内容进行了描摹。

因为角色的关系结构，如何使人物在杂技之杂的空间里获得肢体语言，对杂技之技这一硬核进行辨识度很高、很强的施展及演绎，使得电影中的经典桥段在杂技剧中能得到合理表现，创作者提供了广阔的想象空间和不拘于泥的设计。

人物一曾泰。深入敌营的曾泰接受敌人的轮番试探，曾泰团身后空翻落地，随着桌子"呼"的声响，曾泰穿靴的双脚稳稳落地，技巧动作的空中屈、落地直表明人民解放军能屈能伸。

① 尹力：《理性审视杂技剧中的杂技创作问题》，《中国杂技金菊奖理论作品奖获奖论文集（上）》，中国戏剧出版社，2015 年，第 17 页。

② 任娟：《红色题材杂技剧的时代价值与艺术路径——以杂技剧〈桥〉〈战上海〉〈渡江侦察记〉为例》，《中国艺术报》2021 年 7 月 19 日，第 5 版。

人物二匪首。一再观察曾泰举动的匪首出场，以双飞燕的姿式从桌子后方跃上空中，再由空中跃下，这一跃，跳得再高再漂亮都不是展翅，而是土匪如跳梁小丑一般，隐喻强盗时日不多。

人物三阿兰。阿兰从军装到裙子的换装是秒变魔术效应，有效强化了角色的神秘感。背带裤式的军装与裙子的强烈反差为剧情设下试探手段的谜团，这本身就是一个具有戏剧性的切入点，从魔术技术分析，这也是一个难度极高的技术动作——服饰的转换、颜色的变化推动杂技之技的硬核进行承续。

以翻、转、跳的技术技巧近乎一笔式带过又很鲜明阐释角色人物特征的"快笔速描"方法，起到明晰、明了人物性格与立场的作用。

二、以技说戏的成立——杂技演戏

（一）完整传统杂技节目表现经典与情节的策略

曾泰与匪首的智斗，用中国杂技核心技艺——倒立予以表现。双把顶、单手顶、单把推桩等一系列倒立技巧全面铺开，从平地开始，接着上到桌面，再到沿着桌边，最后加上板凳，一张接一张地叠加，通过技艺和道具堆砌出一个完整的杂技节目——《椅子顶》，同时以杂技技能突出戏剧的冲突性、提升剧情的谍战效应。

阿兰试探曾泰的情节则用马戏技艺的典型高空节目《空中圈操》覆盖表演过程。阿兰随大圈升向空中，演绎人物的高高在上；倒挂劈叉、卡脖旋转等传统空中技巧动作，影射人物从正面、侧面、明处、暗处等各角度窥探曾泰的一举一动；从圈的一起一落到圈的再起再落，由阿兰独自一人表演到和曾泰一起表演，是由单人到双人的技术难度进阶，是观察到试探的剧情进阶，加大了戏剧冲突，加固了谍战效应。

在被捕的耿浩遭受酷刑这一情节中，杂技节目《空中皮条》《鞭技》的技巧合二为一：敌人手执长鞭一挥，发出"啪"的鞭打声，被皮条缠裹于舞台顶部阴暗处的耿浩从空中翻滚坠落，直至接近地面时才戛然而止，以皮条技巧创造出遭受酷刑的戏份。道具皮和鞭本身就能触痛人的神经，加上用杂技对这两样道具的传统难度动作进行演绎，更加刺激了观众，让观众如同亲眼看见和深切见证革命先烈不畏流血、不惧牺牲的壮烈之举。

上述几处的设计来自正面、反面人物的刻画，双方较量过程里难的杂技技艺维度与险的戏剧冲突维度相互契合。

（二）运用人海战术加强大场面的策略

广西是拥有 12 个世居民族的地方，是大山云集、秀水长流之地。不管是这里的山水，还是这里的居民，都充满着人杰地灵的特征。杂技剧《英雄虎胆》将"三月三"歌圩节这一壮族的重要民俗文化载体与民间技能资源进行大方融合，着力弘扬广西民族之风。

从民间技艺提炼而出的中国杂技杂耍技艺，其范畴内的单场型节目《手技》《蹬技》《水流星》《中幡》等，技能底蕴深厚，在剧中实行人海战术。将技巧分散并进行人手一份的技术调度，将道具改良为广西人民平日生活常见的物件，动用《魔术变伞》的出托技术呈现，在伞一把接一把变出后，将伞抛向空中以丰满空间画面。这种单人的变伞和集体的蹬鼓是《手技》《蹬技》的手与足、单人与集体的对比表演设计，勾绘出多姿多彩、场面宏大的效果。

在该幕的尾声对情报传递环节的处理聚焦于魔术节目中最后变出的大伞，曾泰与耿浩在伞的掩护下达成情报传递。其目的明显加强修饰剧的特征。

三、戏剧对杂技本体的拓展与杂技对戏剧的执行力

（一）以分辨率高的杂技技艺说重头戏的蓝图

在红色题材的文学艺术作品里，对英雄的歌颂是重要的一部分。英雄形象的塑造是建立在正义与悲壮，或是险境的基础上，故事的发展多是艰难曲折的。纵观杂技剧《英雄虎胆》，因为题材是红色的，所以要追求杂技的宏大审美境界，因为展现的是英雄主义，所以要拓展杂技的非凡技艺能力。

全剧在布景搭好的戏台上，对电影版经典的较量情节用杂技技术之祖——倒立来演绎，对故事真实发生地点的民俗文化节日用杂技技艺之本——杂耍来呈现，旨在用这些技术性较强的杂技符号在戏剧化的舞台上凸显杂技本体，同时，对英雄主义光芒的呈现进行铺陈演化。

对于曾泰、耿浩两位英雄的重头戏都采用对手技巧来表现。无论是杂技技术的对手类型节目，还是戏剧表演中的对手戏份，都是一种相互关系。两位正面人物在剧中杂技表演的对手分别是"我"、匪首、阿兰、叶荔，是按一正一反的顺序进行安排。

人　物	剧中对手及技术戏份			
	正面人物	技术表现节目	反面人物	技术表现节目
曾泰	"我"	对手技巧	阿兰	圈操（空中）
耿浩	叶荔	绸吊（空中）	匪首	皮条（空中）

与反面人物的对手技巧表演中，在相互关系中各自表演个人动作的技巧份额更多，强调拼技的戏剧成分，由此制造出更多技的矛盾冲突。由此可以看出，创作者力求以技术含量相对高的杂技本体来丰富戏的内涵。

（二）杂技讲故事的效果与蓝图的一些落差

还是从人物的技艺书写落笔。表现军民鱼水之情的曾泰与"我"演绎的《对手技巧》，这里开始泼墨点染对手节目类型。到了中段深入敌营时，与阿兰的《空中双人圈操》表演在前奏时，双方在平地先展开了一小段对手技巧，是且舞蹈且技巧的形式，实现了对电影版那段伦巴舞杂技式的演绎。舞蹈与杂技的交互变阵非常有新意，加上双人空中表演，加重了对谍情和色诱的着墨。但是同一表演内容的同质化形成了重复感。而后两人从空中回到平地再跳一段伦巴舞，更加重了重复感，埋下审美疲劳的种子。

耿浩除了有帅气，还有伤痛及苦难。对耿浩杂技戏份的处理和曾泰的相似，使用同质节目——双人表演的《皮条》《绸吊》。《皮条》和《绸吊》同属空中节目，这两个节目的重复性使得到尾声时，用杂技舞蹈化节目《绸吊》表现我们伟大英雄战士恋人间那纯真的爱情在时空里生死诀别时，化空中惊险于舞蹈美感的杂技艺术华彩在前面《皮条》的技术同质下、在超乎舞台份额的灯光效果中被削弱。

回顾到这里，进而设想：如果将杂技剧《英雄虎胆》的主题曲作为《绸吊》的背景音乐，是可以用音律的渲染力来覆盖技术技巧的重复感的，以更好释放表演的力量，更加唤醒我们对生的敬畏。

四、结语

杂技是一项逆人体正常行为的技艺，是一种逆行技艺。这种技艺具有冲突的特点，与戏剧的冲突性可谓狭路相逢。杂技和戏剧的联袂自 21 世纪初便在中国的文艺舞台上绽放光芒。杂技剧，尤其是红色题材杂技剧的，其创作之风创作近年来在全国兴起，提供了思量杂技的观赏性与可看性的素材。杂技表现方式从单纯炫技到意象杂技剧、情景杂技剧、杂技舞剧、红色杂技剧，是由技入艺的一种创新，而艺的内容首先是对演员外形的打造，使表演杂技的人本身就有一种艺术质感。

杂技剧《英雄虎胆》因为有了人物，特别是英雄人物，而使杂技演员不再是单纯的表现技术，当杂技因角色而融入剧情时，角色是第一因素。[1]演员需要从一招一式的细微处表现剧中人物的内心世界，事实上这给杂技技术表演增加了难度。要看到，表演过程中演员个人的零碎小技术动作的漫溢，破坏了杂技本体技巧节奏上的连续性、完整性。但是，杂技剧的诞生是编剧的一种创新，编剧包括编杂技的成分，舞台上包括杂技在内的一切，要为人物和剧情服务，杂技剧的创新是可以在故事情节的范畴里虚化技的难度系数，使杂的范畴更新颖。故在杂技剧先是剧，其次才是杂技，在此前提下，杂技剧《英雄虎胆》对技的设计兼而有之，对戏剧化的杂技表现得侧而重之。总的来说，杂技与戏剧的联袂就是技和剧的互相成就。

杂技剧《英雄虎胆》是根据八一电影制片厂同名电影改编创作而成的。红色题材杂技剧是在中国共产党成立 100 周年这一特殊时期出现的具有特殊意义的新载体，是建立在爱国主义精神基础上弘扬英雄主义的产物。对杂技而言，这是走向杂技艺术美学新高度的阳光路径。杂技剧《英雄虎胆》演出以来收获的好评，得益于这部红色题材作品创作于中国共产党建党百年之际，它的"亮"，得益于中国杂技这门古老的技艺经过大半个世纪的对外交流与学习，在与马戏文化和世界魔术不断相互借鉴、相互交融的当下，获取其精华并大胆尝试戏剧演绎。《英雄虎胆》以丰富的技艺内容、鲜明的表现形式，为广西本土观众提供了用杂技剧重温经典

---

[1] 李艳：《谈角色定势对杂技情境化的影响》，载广西壮族自治区民族文化艺术研究院编《广西舞台艺术评论》，广西师范大学出版社，2017，第 188 页。

艺术、铭记英雄事迹的契机。

特别值得一提的是，杂技剧《英雄虎胆》在第十一届广西剧展中的亮相和当年"西南剧展"时的周氏兄弟马戏团参加展演，有着共同的意义——以杂技技艺名义与时代、与国家共呼吸，以杂技艺术弘扬时代正气，彰显舞台艺术的杂技价值。

作者简介

李艳，国家一级演员，广西艺术学校科研评估办副主任。

符蓉，高级讲师（教育学硕士、文学学士），广西艺术学校信息室主任。

杂技剧化技为戏的艺术审美

——以广西首部红色杂技剧《英雄虎胆》为例

韦苏娜

摘　要　本文以广西首部红色杂技剧《英雄虎胆》为例，通过对杂技剧化技为戏塑造人物、以情串戏、以戏达情及舞台美术的多方面配合的探究，分析杂技剧化技为戏的艺术审美追求，探寻杂技剧的审美价值和意义。

关键词　杂技剧；化技为戏；艺术审美；意义

为庆祝中国共产党成立 100 周年，贯彻落实习近平总书记视察广西重要讲话精神，广西壮族自治区党委宣传部组织策划，广西壮族自治区文化和旅游厅、广西文化产业集团联合出品，广西演艺集团有限责任公司杂技团创排演出了一部思想精深、技艺精湛、富有广西特色的广西首部红色杂技剧《英雄虎胆》。《英雄虎胆》以捍卫新中国英勇牺牲的英雄故事为主题，以高超的艺术水准演绎英雄故事，打造了广西首部红色杂技剧，向英雄先烈致敬，向建党百年献礼。该剧为广西当代文学艺术创作工程三年规划扶持项目、庆祝中国共产党成立 100 周年广西艺术精品创作重点扶持项目，荣获第十一届广西剧展桂花金奖、桂花表演奖。

一、杂技剧《英雄虎胆》的化技为戏

2014 年首部杂技剧《天鹅湖》的诞生，标志着杂技剧在我国逐渐兴起和形成。杂技剧由杂技技术与戏剧艺术相结合、杂技和戏剧高度融合后发展而成，是一种新形态的戏剧，杂技因有了戏剧而有了更多的故事性，戏剧因拥有了杂技而更具观赏性。

杂技剧《英雄虎胆》的化技为戏，完美地表现了英雄与土匪的智斗，赋予了角色灵魂，成功塑造了侦察科长曾泰、女匪阿兰、叶荔等人物形象。

（一）化技为戏，塑造人物

戏剧能通过台词或简单的肢体表达情感，而杂技没有台词，是无声的艺术，那么由杂技和戏剧融合而成的杂技剧要如何向观众传递剧情和感情呢？杂技剧《英雄虎胆》采用了开放式的戏剧结构，运用并行推进老军人讲述故事的形式，回首了广西大山深处的那段历史和那些人物，通过钻圈、浪桥、蹦床等高超的技艺，让杂技惊险、刺激、柔美的特质助推剧情的发展。

杂技剧《英雄虎胆》的演员几乎全是杂技演员，从小接触到的都是倒立、跳跃、翻滚等技术动作训练，最困难的就是以技化戏。如剧中第一幕"乔装打扮，深入匪巢"，杂技演员在四方桌上倾情地表演的桌技《较量》，通过灵活地在多张桌上和凳子上攀爬、倒立、跳跃，彰显了他们高超的杂技技术，展现战士们的智勇双全。同时，又将侦察科长曾泰乔装打扮伪装成土匪副司令深入匪巢与敌人周旋的生死较量展现得淋漓尽致。匪巢内漆黑一片，背景音乐分段使用纯弦乐和大量大鼓加小鼓的纯鼓点，通过音乐节奏的变换来配合剧情的变换，鼓点越来越密集，战局越来越紧张，较好地营造出阴森恐怖的匪巢氛围和激烈的战斗氛围。

杂技剧《英雄虎胆》以 70 多年前的广西十万大山剿匪战役为历史背景，化技为戏，实现技与戏的有机交融，通过惊心动魄的杂技动作、生动细腻的表演，较好地利用杂技的技巧给观众讲好了一个情怀与大山的故事，展现了一段生者与逝者的对话，传唱了一曲昨天与今天、生命与理想的颂歌。

（二）以情串戏，以戏达情

杂技剧《英雄虎胆》中老年的"我"，是当年被解放军战士从土匪的杀戮中解救的幸存者，更是杂技剧《英雄虎胆》整个故事的讲述者，他将内心的情感通过话语表现出来，满怀对解放军战士深厚的感情。

曾泰的扮演者阅读了大量有关原型人物的相关资料，更专门去柳州拜访了该人物原型林泰的后人，以便对剧中人物的性格和特点有更深刻的理解。如剧中第三幕皮吊《宁死不屈》，土匪在曾泰的面前对耿浩严刑拷打，耿浩是曾泰的战友，曾泰却不能表现出悲痛，而应演绎出即使看到战友被折磨得遍体鳞伤，依旧镇定自若、临危不惧，假装不认识并不为所动，他将悲痛藏在心中，以小爱化大爱，忍痛完成了上级的伪装剿匪任务。

女匪阿兰是国民党女特务，她冷酷狡诈，城府极深。在剧中，阿兰要魅惑曾泰，因为要探清他的底细，所以必须展现得风情万种、冷艳十足，但又不能演得过于妖娆或过于冷漠，演员对该角色的把握恰如其分。

叶荔是一个有性格、有温度的角色，她美丽善良、温柔细腻。在塑造叶荔这个角色的过程中，情感方面的演绎是演员最大的挑战。导演提议让演员以耿浩的身份给叶荔写一封信，通过写封信，演员一下子就理解了耿浩对叶荔那份珍贵的感情。

杂技剧《英雄虎胆》结合语言、戏剧、影像艺术、音乐、舞蹈，生动刻画了解放初期为了人民做出牺牲的解放军战士的鲜活形象，讲好了解放初期那段震撼人心的斗智斗勇的英雄剿匪故事，把那场战争重现在观众眼前。惊心动魄的杂技动作，变幻无穷的魔术，恢宏绚烂的舞台美术、灯光，丰富多彩的民族风情，激情澎湃的音乐，使这部杂技剧传递给观众的情感情怀更浓烈、更纯真、更具时代感，给观众带来了一场精彩十足的剿匪大戏。

（三）舞台美术的多方面配合

舞台美术是戏剧及其他舞台演出的一个重要组成部分，杂技剧《英雄虎胆》的布景、灯光、妆容、服装、道具等，在尊重历史的同时，又根据剧本的内容和演出要求不断进行创新，在统一的艺术构思中运用多种造型艺术手段，创设出悲怆又大气的背景环境和生动贴切的人物造形，渲染舞台气氛。

该剧是一部带有极强壮族色彩和地域色彩的艺术作品，同时又是具有谍战性质的革命历史军事题材作品。在舞台美术设计上，杂技剧《英雄虎胆》延伸了杂技语汇的内涵和外延，在剧情的推进中融汇使用多种艺术形式和现代化的舞台艺术表现手法，着力追求故事叙述结构的立体交织，在有限的舞台空间里描绘时间的长河，让历史照亮未来。

这部具有全新创作理念和艺术追求的史诗性杂技剧，格外适合用来演绎那些70多年前走进大山剿匪、艰苦卓绝战斗的军人的故事，他们怀揣着的美好情怀与不朽灵魂，他们有非同寻常的胆识和不畏牺牲的英雄气概。高科技与舞台美术设计的完美结合，广西壮族地域特色与军事类题材杂技表演巧妙地融为一体，从而达到思想性、艺术性、观赏性与革命英雄主义、浪漫主义的完美统一，实现技与戏的有机交融。该剧在红色电影的基础上，融入现代手法、红色记忆、谍战谋略等艺术元素，通过杂技剧所独有的表现形式，结合广西多彩的民族元素，对红色经典进行全新演绎。在舞台上，运用丰富的杂技手段体现出谍战的紧张氛围，紧贴当下审美，重塑了共产党人为中国人民谋幸福，为中华民族谋复兴而艰苦奋斗、鲜活生动的英雄形象。

1. 布景

舞台美术设计除了作为装饰，还可以调动整个舞台的气氛、辅助人物刻画等。主创团队对《英雄虎胆》的剧本进行分析，结合广西独有的人文、地理等要素来进行舞台美术设计。背景板参照广西独特的山川地形，结合广西山元素和战刀，以刀锋为主要个体，利用舞台自身空间，提炼出一组智控的机械大幕。刀锋以不同的动作切割舞台空间，形成不同的构图，刀锋反映出环境的残酷，带来强烈的压迫感；刀锋也是投影的载体，增加了叙事的艺术功能；转台配合刀锋使用，为该剧提供了更多的表演空间和支点，营造出紧张的谍战气氛。同时，舞台的美术设计着重突出当地的人文特色，融入广西地域文化，对吊脚楼、壮锦、榕树、凤尾竹、铜鼓等元素进行深度挖掘与创作，以辅助展现杂技剧《英雄虎胆》的故事线，生动地描绘剿匪英雄们历尽艰险、困苦，最终取得胜利的波澜壮阔的革命历史画卷。

2. 灯光

杂技剧《英雄虎胆》整体的灯光风格简练、时尚、震撼。戏剧与普通的晚会不同，灯光在戏剧中的整体风格必须与整个剧相辅相成，所有的灯光都要随着剧情的发展而变化，两者是一个整体。杂技剧和其他剧种不同，杂技剧具有很高的观赏性。杂技剧《英雄虎胆》在灯光中融入了非常多现代化的设计，让绚丽多彩的灯光渲染剧情氛围。

3. 妆容

杂技剧《英雄虎胆》的造型设计把整个剧的人物造型风格定位在民族与时尚之间，既尊重历史、还原真实，又体现出民族元素的张力和现代元素的时尚，既在符合当代群众的审美价值下，又呈现出一个个轮廓鲜明、个性十足的人物形象。

4. 服装

杂技剧《英雄虎胆》的人物服装大致上分为三种类型：中国人民解放军服饰、国民党残匪服饰、广西少数民族服装。服装款式上，基于现实主义题材，在尊重历史真实的前提下进行了再现与再创，突出了杂技剧的服饰功能特征。服装纹理设计上，以山石为灵感来源，运用多种面料堆积再加以创新设计。服装色彩上，采用高级灰的调子，明亮而不张扬。服装的整体调性还烘托出历史战争中有剿匪的乱世现象，强化了服装的时代美感和戏剧性特征，赋予每个人物形象独特的视觉效果。

5. 道具

在保证安全的情况下，杂技剧《英雄虎胆》道具的设计必须配合杂技演员高难度的动作技巧，将人与物的完美融合呈现在舞台上。除此之外，道具的外观都大气典雅，部分道具体现出浓浓的民族特色，彰显了桂风壮韵。如四方桌、打油茶器具等这些道具，既展现了广西多彩的民族风情，又饱含戏剧张力。

二、杂技剧《英雄虎胆》的艺术审美

（一）杂技本位

杂技剧的基础是杂技，每一项杂技表演必须出现在剧内的重要阶段，杂技在剧里起着不可替代的作用，推动着剧情不断向前发展。只有如此，杂技自身的艺术、美学价值才能凸显出来。杂技的新、难、奇、绝、美是杂技的审美核心。杂技剧《英雄虎胆》以高超的杂技技巧为创作基础，将叙述重点放在展示人物行动上，通过人物行动展示杂技技巧。杂技技艺不仅展示出高难度的精湛，而且致力于表现故事情节与人物情感。杂技本身所蕴含的顽强拼搏、自强不息的艺术精神，也与全剧所要传递的锲而不舍、勇往直前的革命精神融为一体，富有强烈的艺术感染力。

（二）技与剧的有机结合

剧情的设计要迎合当代观众的艺术审美，因为杂技剧《英雄虎胆》是根据电影改编而来的，所以不能脱离电影。杂技剧《英雄虎胆》根据 1958 年经典同名电影改编。这部电影上映至今已有 60 多年，虽然电影非常经典，但由于这部电影太久远了，很多年轻的观众都不怎么了解它，因此把过去的经典与现代的审美完美融合是非常重要的。时代在进步，杂技剧《英雄虎胆》必须跟上现代观众对艺术的审美追求，剧本在不脱离电影的大框架下，尽量选择电影里比较经典的片段进行改编和创作。该剧以广西党政军成立的、由侦察科长曾泰带领的剿匪小分队与国民党残匪浴血奋战为主线，用富有创造性的艺术表现形式，再现解放初期发生在广西十万大山的英雄剿匪的峥嵘岁月，为观众讲述了一个感人至深的红色故事。《英雄虎胆》反映了中国人民解放军、人民英雄为解放广西而浴血奋战的艰苦历程，弘扬了共产党人不忘初心的革命理想和共产主义精神，使人们在缅怀英烈的同时，珍惜今天来之不易的和平时光。

（三）剧场审美

杂技剧的欣赏可以成为连接浅层审美与深层审美心理的中间层。美学研究表明，人的审美是具有层次性的，即生理、心理、精神三个由低到高的层次，人的审美需要对应的审美价值也相应分为这三个层次，即生理感知由对象感性形式直接产生，心理愉悦来自有意味的形式，精神的升华与超越源自对象的深邃的内涵。杂技以惊险奇特著称，直接给人以感官刺激，使人们产生快感或娱乐感。但也正是杂技强烈的外在表现，遮盖了其深邃的内涵，容易让人们一笑了之，缺乏回味，却不知道杂技其实是人类挑战自我、超越自然的崇高理想。确如美学家鲍列夫所说："杂技不是创造纪录，而是表现自己最高能力的人的形象。"

三、杂技剧《英雄虎胆》的审美价值和意义

（一）审美价值

杂技剧的审美是多元化的，应通过引导观众的艺术审美，来规范杂技剧的行业模式，进而促进我国杂技剧的发展。

1. 传承红色基因，汲取奋进力量

杂技剧《英雄虎胆》强大的视觉冲击力，让观众穿越回新中国成立初期广西十万大山里英雄剿匪的峥嵘岁月，还原了新中国成立初期惊心动魄的剿匪风云，精彩十足的剿匪大戏，震撼人心的场面，刻画了中国人民解放军坚强不屈、勇敢无畏的英雄形象。该剧传承红色基因，汲取奋进力量，让人们永远铭记我们现在的美好生活是革命先烈用鲜血换来的。因为"我"是剿匪小分队从土匪的枪口下解救的，红色精神会永远激励着"我"的一生，这是非常有教育意义的。

2. 提升杂技的艺术地位

杂技剧通过剧情，引导观众从"高精尖"的感官刺激过渡到追求精神超越的境界，剧情叙事的存在就成为关键因素。我国代表性的杂技剧《天鹅湖》就实现了生理和精神的跨越。杂技剧《英雄虎胆》较好地化技为戏，用今天的追忆回顾曾经的烽火岁月，刻画永不褪色的情感世界、永不消逝的美好情怀。其情节叙事容易让人理解，并产生心理愉悦，进而达到情感升华。因此，杂技剧是杂技与观众之间较好的桥梁与纽带，是提升杂技艺术地位的理想方式之一。

（二）意义

1. 用杂技来呈现战争的意义

2021 年是中国共产党成立 100 周年，党中央决定在全党开展党史学习教育。习近平总书

记在党史学习教育动员大会上的重要讲话精神在广西壮族自治区广大党员干部中引发热烈反响，广西壮族自治区党委迅速作出部署，要求各级党组织和广大党员干部掀起党史学习教育热潮，学党史、悟思想、办实事、开新局，从党的百年伟大奋斗历程中汲取继续前进的智慧和力量，为加快建设壮美广西、共圆复兴梦想努力奋斗。

为创新和丰富党史学习教育形式，切实做到学史明理、学史增信、学史崇德、学史力行，广西采取灵活多样的形式开展宣讲，面向基层，重点面向青少年群体，用喜闻乐见的方式讲好党的故事、革命的故事、英雄的故事，包括结合历史与现实创作杂技剧《英雄虎胆》，巧妙融合杂技技巧，营造紧张激烈的战斗氛围，充分展示中国共产党百年光辉历程和伟大功绩。

2. 持续推动文旅深度融合

1958 年拍摄的电影《英雄虎胆》的故事就发生在广西防城港市上思县十万大山，同时广西十万大山森林公园也是该片重要的拍摄外景地，影片的上映使十万大山扬名全国。多年以后，将改编的杂技剧《英雄虎胆》放在故事发生地再次精彩演绎，以红色文艺作品为载体，以红色文化助推广西红色十万大山旅游软实力提升，可以持续推进文旅深度融合，把讲好广西故事、传播广西红色文化、传承红色基因落到实处，推动广西的文化旅游高质量发展。

作者简介

韦苏娜，广西壮族自治区民族文化艺术研究院《民族艺术》编辑部副主任，副研究员。

在惊叹中感受红色力量

——评杂技剧《英雄虎胆》

刘世臻

　　每一部舞台艺术作品都会释放出它的力量，观众能从中感受到多少力量，取决于观众的审美趣味、心理认知、价值取向和精神追求，有时也取决于作品自身的释放能力和表现能力。

　　由广西壮族自治区党委宣传部组织、策划和指导，广西壮族自治区文化和旅游厅、广西文化产业集团联合出品，广西演艺集团有限责任公司杂技团演出的杂技剧《英雄虎胆》，于2021年7月1日至4日在广西文化艺术中心大剧院连续公演4场，参加庆祝中国共产党成立100周年广西优秀舞台艺术作品展演暨第十一届广西剧展。我是在公演的最后一场观看的，它给我的感受是对力量的惊叹。

一、惊叹杂技的戏剧力量

　　杂技剧《英雄虎胆》取材于经典电影《英雄虎胆》，讲述了解放初期中国人民解放军深入广西十万大山剿灭国民党残匪，解放军侦察科长曾泰潜伏在国民党残匪藏身的老巢，协助大部队将匪徒一网打尽的故事。该剧刻画了侦察科长曾泰、侦察员耿浩、粮食工作队队员叶荔等解放军战士的英雄形象，讴歌了共产党人对党忠诚、坚强不屈、英勇斗争、不怕牺牲、不负人民的革命精神。

　　《英雄虎胆》的情节看似不算复杂，但敌我之间的心理斗争和深入虎穴的谍战较量却让剧情变得复杂。剧中制造了关乎故事发展和人物命运的种种悬念，刻画了曾泰与土匪头子的较量、阿兰对曾泰的诱惑、曾泰与耿浩的情报传递、耿浩与壮族少年的亲情相处、耿浩与叶荔的爱慕情愫等人物之间的矛盾和人物情绪变化，形成了本剧的矛盾冲突和戏剧张力。这对许多艺术手段来说比较容易实现，但对杂技剧来说那就相当于一个高难度动作。

　　在第一幕"匪窟较量"中，曾泰接受任务，伪装成土匪副司令深入匪巢。面对土匪的试探和盘问，曾泰与土匪斗智斗勇，进行较量。这是一场无声的斗争，只能用杂技动作来实现，其难度可想而知。但主创人员巧妙地借助戏剧及其他艺术手段，以各种惊、险、难的桌技动作来塑造曾泰的形象。在这场戏里，观众看到的不是演员在炫技、炫硬功夫，而是"于无声处听惊雷"，看到的是曾泰与土匪在大桌上各自盘算、互相较劲，以及匪窟里危机四伏、充满险恶。这与其说是一场实力斗争，不如说是一场心理斗争，它揭示了敌我之间明与暗、心与力、生与死的较量，反映了谍战斗争环境的复杂性和危险性。而且，随着这场较量的继续，剧中情节和人物关系也渐渐清晰起来，让观众不知不觉地进入到剧情，领会剧中的人物心理和剧情叙述，彰显出杂技较量与敌我较量、力量较量与心理较量的戏剧张力和表现力，完成了该剧戏剧力量的表现。

《英雄虎胆》鲜有台词、歌词和唱词，但它却用杂技特有的方式反映剧情、表现人物、表达情感，带有哑剧、轻喜剧、舞剧、音乐剧等多种戏剧的特征，释放出杂技独特的戏剧力量。这不仅没有违和感，反而会让人感到亲近，看到杂技剧独特的戏剧表达方式，感受到本剧溢出的革命英雄主义与浪漫主义有机结合的戏剧美和意境美。

二、惊叹杂技的艺术力量

以往，我对杂技有这样的习惯性审美思维：它大多是以单个表演节目呈现的，体现的是体能和技能上的艺术，呈现的是杂（多种表演样式）与技（技能、技术、技艺、技巧）。因而我看杂技节目多是看它的动作、热闹、技巧及其难度、惊险度，很少将杂技与一个有故事性、有审美意境的舞台艺术作品联想、联系起来。这是杂技表现出的力量对我之前审美的影响。然而，在看了杂技剧《英雄虎胆》后，我对杂技的习惯性审美思维被打破了。这部剧呈现的艺术美、力量美、意境美和人性美，让我感受到它释放出了与以往杂技节目不一样的艺术力量。

第一幕"匪窟较量"中的吊环表演，如果按以往的杂技印象和审美思维，我只会看到表演者的动作惊险、难度较高、技术过硬、基本功扎实，而不会联想到其他。但在这幕中，我却感受到吊环表演在释放出一种新的艺术力量，看到的是演员在"反戏正演"，打破常态，摆脱反面人物脸谱化的角色积弊，以每个吊环动作和角色肢体语言，无声地塑造出剧中女特务阿兰妖艳的人物形象和放荡不羁的人物性格，以及她以诱惑的心理与姿态挑逗、试探剧中主人公解放军侦察科长曾泰的内心情绪，细致地揭示了阿兰矛盾复杂的心理。这场吊环表演被赋予了"魅影诱惑"的艺术内涵，表现的是解放军侦察员面对美色诱惑、与敌智斗之际，坚强忠诚、沉着冷静、不为所动、机智勇敢的信念与定力，经受了住人性与信仰的多重考验。其中，表演者双腿勾脚倒挂闪托的高难度惊险吊环动作，更是表现了曾泰与阿兰之间跌宕起伏、无言无声而又激烈的内心较量，反映了隐蔽战线中充满险恶、无名英雄随时会牺牲的情境。

而在第三幕"1951 广西大山"的"青春如虹"这场戏里，演员以绸吊表演来表现粮食工作队队员叶荔对牺牲的解放军侦察员耿浩的思念和对他的爱，反映了青年干部把青春化为彩虹、追求革命理想的精神境界。尤其是表演者双脚夹腰翻下闪托的杂技动作惊险、优美，更是把两人的爱慕之情推向了高潮。这段绸吊杂技演绎的情景，触及观众心底，点燃了飘逸跳跃的红色之心和青春之情，催人泪下、引人颤动，观众无不跟随着绸吊上的这对恋人一起加速心灵的跳动。此景此情，寓意着无数的解放军战士怀揣着青春情怀与不朽灵魂，为赢得人民解放、实现国家富强和人民幸福而前仆后继、浴血奋战、奉献青春，谱写了气吞山河的英雄壮歌和青春之歌。

《英雄虎胆》在表演上也许无法与其他剧相比，但演员每一个惊心动魄的杂技动作，都像一句精彩的台词、一个动情的眼神和表情，叙述着剧中的故事，表达着人物的情感，揪住观众的心理，让观众沉浸在剧情中。这是杂技的艺术价值、存在价值和力量价值，也是本剧让我感到惊叹的艺术力量。

三、惊叹杂技的红色力量

红色力量是一种最能打动人、感染人的精神力量。杂技剧《英雄虎胆》充分利用广西红色资源，汲取广西红色养分，演绎一段广西党史里的感人故事，释放出了一股能打动人、感染人的红色力量。

在第三幕"1951 广西大山"里，有一场耿浩因救壮族少年而不幸被捕的戏。在这场宁死不屈的戏里，演员是以皮吊表演来表现耿浩面对匪徒的严刑拷打却宁死不屈的悲壮情景的。戏中的皮吊象征着皮鞭，皮吊动作象征着被敌人鞭打，皮吊的动作力量象征着信念与毅力，表现的是耿浩宁死不屈、对党忠诚的精神与行为。在表现过程中，演员运用大砸扣、滑下、缠腰五周翻下等惊险、高难度的动作，表现了耿浩以临危不惧、宁死不屈的坚毅性格和精神气势压住匪徒的穷凶极恶，舍身保护曾泰的安全，展现了一名共产党员在任何情况下都不可动摇的坚定信念和精神意志。而从观众频频发自肺腑的掌声中，也能感受到这股红色力量的感染力。

在第四幕"胜利剿匪"中，这种红色力量再一次得到了加强：用飞檐走壁、凌空对决的爬杆来表现进山剿匪的军民攀缘峭壁；用弹跳式的浪桥、蹦床来表现解放军跳过壕沟，冲上战场；用矫健敏捷的钻圈来表现解放军奋勇冲锋，穿过枪林弹雨，英勇杀敌……这一连串惊险刺激的杂技动作表现，不断地将剧情向前推进，描绘了广西剿匪战斗的激烈场景，再现了解放军战士经受的血与火的洗礼，表现了人民解放军不畏强敌、不惧风险、敢于斗争、勇于胜利的风骨和品质。这是技与戏的交织、人与情的交融、精神与力量的交辉，是在提醒人们不忘历史，珍惜今天，珍爱这片用革命鲜血和青春生命换来的山河。

"你们流干了青春的血，你们燃尽了生命的火，为了人间开满花朵，历史天空永远记得，用青春换来这阳光山河。"这是杂技剧《英雄虎胆》所表达的主题，也是它所要释放和传递的精神力量，给我留下了许多思考和回味。

作者简介

刘世臻，广西戏剧院艺术创作部副主任，研究馆员。

本文原载《当代广西》2021 年第 16 期。

鸡毛信

演出单位

广西演艺集团有限责任公司

从受众心理需求看儿童剧创作

——以木偶剧《鸡毛信》为例

贺沐荣

摘　要　随着儿童剧市场的发展，受众的选择开始变多且他们更加主动地关注自身的内心需求。为庆祝中国共产党成立 100 周年，由广西壮族自治区党委宣传部策划，胡红一导演的面向儿童的木偶剧《鸡毛信》，充分考虑受众在剧目筹备和演出中的潜在作用，运用独特的表现手法将中华优秀传统文化元素融入红色主题故事中。该剧上演后广受好评。本文以《鸡毛信》为例，从儿童剧受众心理需求出发，对其游戏心理、娱乐需要、审美需要、自我构建需要和亲子互动需要等五个方面进行分析，希望对我国当前儿童红色题材与儿童戏剧相结合剧目的创作与发展有所帮助。

关键词　儿童剧；受众心理；自我构建；情感认同；《鸡毛信》

"没有观众就没有戏剧。"这是法国 19 世纪的戏剧理论家弗朗斯科·萨赛提出的著名论断，戏剧不能在没有观众的情况下独立存在。这说明两个重要事实：观众的反馈决定着演出的成败；戏剧创作者在创作过程中要顾及观众的存在和感受。受众不仅对戏剧演出的质量和成败起决定性的作用，而且也对戏剧作品的创作起重要的作用。一部儿童剧的成功应该是其本身与受众之间良性互动的结果，而把握当下儿童剧受众群体心理需求的变化是创作一部优秀儿童剧的第一步。

一、儿童剧受众群体分析

1. 儿童

伴随着移动互联网和智能设备成长起来的当代儿童，被称为"信息时代的土著"。受到网络虚拟世界和电子媒体的冲击，他们的心理机能和变化与成长于 20 世纪的儿童有较大的不同，复杂多变的信息对于儿童来讲触手可及，课堂之外的社会生活非常丰富。当代儿童的概念是超出了儿童概念本身的，它是受当代思想的影响和启迪而"进化"成的当代儿童。

主要观众为儿童的儿童剧，其创作理念也应该随着儿童概念的变化而进一步发展。新世纪因丰厚充足的物质生活而为当代儿童的身心发展提供了基础养料，精神层面的追寻成为当代家长和当代儿童新的关注点，儿童成为儿童剧创作的中心。传统的儿童心理已经难以适应新环境带来的发展条件，相对于传统年代学生的思维模式单一和行为动态乖巧来讲，当代儿童的思维更加跳跃，心理特征和需求更加多样，这来自心理压力、情感压力、学业压力大，表现出的性格个性化特征明显，有强烈的自我认同感，认知范围扩大和道德意识增强，成因由家庭和学校带来，渴望被尊重、被关注和需要更多的话语权，这些都是当代儿童鲜明的心理特征。[①] 故儿童剧的创作要关注作为主要受众的儿童，把握儿童的心理需求和发展，挖掘他们内心深处的所思所想。

2. 家长

新世纪的家长登上舞台，他们出生和成长在政治、经济、文化和社会转型的大背景之下，具有不同于其他时代的精神面貌和时代特征。20 世纪 80 年代，中国重新掀起启蒙思潮，整个社会处于现代性追求的转型期，开始关注个体的自我意识和自我价值。背负着国家民族、社会政治标签的"人"转变为具有现代个体意识的"人"。在这种背景下成长的家长，他们自我意识的觉醒及对自我价值的关注达到新高度，他们的世界观、生活观、消费观、育儿观都与他们的父辈、祖辈截然不同。

在整个大环境倡导教育改革、给孩子减负、科学培养方式的背景下，以及随着新世纪家长消费模式和育儿观念的改变，儿童戏剧教育作为素质教育、艺术教育、全人教育的重要组成部分，开始受到家长的重视。创作者须明白，儿童剧的受众不单单是儿童，还有带着孩子进入剧场的家长。如何吸引家长带孩子进入剧场，也是当代儿童剧的研究课题之一。

二、幻景造境体现游戏心理的需要

传统艺术理论中关于艺术的起源有很多不同的说法。有种说法认为艺术起源于游戏，艺术活动或审美活动起源于人类所具有的游戏本能，艺术是一种以创造外形外观为目的的审美自由"无利害性"的游戏。[②] 叶艳琳也在《美国儿童电影中的游戏精神》中指出，游戏是儿童与生俱来的心理和生理的本能，是儿童的生活方式及认识世界的方式。[③] 这也表示受众在观看戏剧演出时是怀揣着不带功利性目的的游戏本能进行戏剧欣赏活动的。

儿童剧是以儿童为核心，在儿童的兴趣和经验基础上，如果用游戏体验为故事主线，成功诱发儿童产生内在的学习动机，那这时戏剧对于儿童来说就是游戏。在《鸡毛信》中，导演为受众创造了双重游戏体验。首先是将故事背景放置在与我们现实世界相似的未来：海娃

① 杨洋：《中国儿童音乐剧发展现状研究（2000—2019）》，硕士学位论文，哈尔滨音乐学院，2021。

② 藏燕：《埃伦·迪萨纳亚克的生物进化艺术观研究》，硕士学位论文，河北大学，2018。

③ 梁雅芮：《奥飞儿童动画的游戏性研究与反思》，硕士学位论文，四川师范大学，2020。

爸爸送了一个极具科幻感和未来感的 VR 游戏机给海娃作为生日礼物。在这个世界里出现的语文书课本、连环画和小英雄海娃的故事是真实存在的，为这个假定故事增加真实性。整出剧因其本身的假定性与想象性为受众创造了一个与现实有勾连的虚幻世界，这个世界本身就带有很强的游戏性。

导演把海娃想改名这一情节作为第二重游戏体验的契机，让海娃和受众作为 VR 游戏体验者回到 1941 年秋天的晋察冀边区抗日根据地进行冒险。为表现一个孩子赶着一群羊给一帮鬼子带路的场景时，导演在有限的平面舞台空间里利用旋转舞台来表现群山起伏和陡峭的山路，并安排控制双环轨道来表现在海娃和日本鬼子山间兜转的剧情。整个舞台空间变得充满立体感和运动感，不仅没有降低儿童戏剧的艺术维度和审美高度，还巧妙地塑造了机智勇敢的海娃形象。整段剧情像在进行追赶游戏，通过灯光来剪辑场景，从而最大限度地吸引孩子、感动家长。

为剧中人物设置游戏情节，会让受众在心理层面跟随剧中的游戏情节的变化而变化。这种间接的参与可以让观众感受到游戏的快乐。导演用充满童心的木偶来区分剧里的游戏世界和现实世界，活泼可爱的穿戴偶小羊、可以"开炮"的甲虫战车、可以供小英雄海娃摆脱鬼子的旋转山体和紧张、充满对抗感的剧情都充满了趣味性。只要符合儿童观众的精神特征，儿童就会依照自己的游戏规则和逻辑对舞台呈现的东西展开构思。海娃在游戏里经历危险和恐惧，最后还是在爸爸妈妈和朋友的鼓励下，克服困难成功送出鸡毛信。整部剧先以趣味化的形式吸引受众的注意，确保剧中体现的内容与受众的兴趣相统一的，让受众在看剧中这个过程获得内在愉悦和满足；再通过形式与内容，在海娃进行冒险游戏时引导受众感受自身的存在和价值，体验快乐与自由的游戏精神。由此，受众就会在游戏中接受导演传达的价值观。

三、释放本能满足娱乐心理的需要

虽然在互联网和电子媒体发展的今天，人们日常生活中的娱乐方式和艺术欣赏方式发生了改变，挤压了戏剧的生存空间，但是戏剧还是因为现场演出的独特性而占据人们艺术生活的一部分，人们希望通过现场欣赏演员的表演来获得娱乐体验和情感体验。"'快乐原则'是弗洛伊德的理论，在他看来人格中的本我是唯一与生俱来的人格结构，所以本我遵循的是'快乐原则'。"[1] 许多心理学家与哲学家都认为人类的行为在很大程度上都是趋利避害所致。观众观看儿童剧最本能的需求就是追求快乐以达到心理上的满足。[2] 当下不管是孩子还是家长，都被越来越快的生活节奏裹挟，学业或工作压力、生活压力和精神压力像三重枷锁，牢牢压制着想要追寻快乐的脚步。孩子和家长都需要一个可以短暂逃离压力的精神庇护所以获得喘

① 顾犁：《儿童剧观众心理分析——兼论儿童剧《森林护卫队》的创作策略》，硕士学位论文，上海师范大学，2020。
② 卢英：《论儿童剧观众的心理需求及启示》，《四川戏剧》2012 第 1 期。

息，而儿童剧就是这个物欲横流的社会里供孩子和家长歇息的桃花源，孩子和家长可以在儿童剧所搭建的虚拟世界里肆无忌惮地追求快乐。

孩子在追求快乐时并不是说要以理解剧情为前提，他们可以不理解为什么两个海娃一起在舞台出现，但是他们还是会被现代海娃摔倒的动作逗笑。《鸡毛信》里幽默的台词和演员夸张的行为常引起大人和小朋友的开怀大笑，整体呈现轻松愉悦的气氛。比如在开场时，小海娃发现爸爸送自己的礼物是关于《鸡毛信》的游戏时候，爸爸说："儿子，这款游戏，可是量身定做的啊，保证叫你'回回都上当'，可是'当当不一样'。"还有翻译官得知小海娃在故意给日军带错路却还大言不惭时，怒道："怎么跟我说话呢？小兔崽子……（佯装发怒）厕所里头打灯笼，找屎（死）啊你。"歇后语和谐音梗的台词再配上胖胖的翻译官的动作，成功把在场的孩子和家长逗笑。他们也更能被小海娃与日军之间对话误会、话语错接、突转带来的新奇感所吸引，在笑声中获得愉悦的体验。在剧场里受众会受"快乐原则"支配，剧情和演员的表演会逐步松解掉他们身上的枷锁，让他们释放被压制的本能冲动，在自由和欢乐中享受宁静。

四、舞台效果满足审美心理的需要

审美需要是受众精神生活的一个重要组成部分，人要满足自己的审美需要就必须进行审美实践活动。现代心理分析学派认为，审美愉快就是欲望在想象中的替代性满足，而儿童剧观赏的特点正好适应了受众审美心理的潜在需要。人本主义心理学家马斯洛的一个重要观点：驱使人类的是若干不变的、遗传的、本能的需要。本能和欲望是人的生理和心理需求，娱乐和寄托是人的精神需求。人的生理、心理、精神需求催生了戏剧。由模仿和扮演所构成的戏剧，使人们从生理和心理上觉得有趣、好玩、开心，能够产生审美愉悦。[1] 观看儿童剧，无疑是接受艺术的熏陶，能有效地促进受众审美心理的发展。所以儿童剧中舞台美术的设计、服装造型、歌舞等都要具有美感，这样才能吸引儿童的注意力。儿童剧的审美教育功能以内容所表达的思想所体现，只有让儿童感受到愉悦，才能进行美的欣赏与吸收。

而儿童剧《鸡毛信》不管是在人偶的设计方面，还是在舞台和音乐设计等方面，都能够完全以与现实不同的方向地展现给受众，呈现一种假定的带着梦幻色彩的真实感。在人偶的设计方面，以视觉的方式加强受众对于故事时空的心理认定、对角色的把握等一系列有关人物隐形设计的感知，如鬼子狼的人偶设计。鬼子狼的设计分为两个部分，一部分是穿戴式的狼头，一部分是演员主体穿着军服。这样在视觉上受众能很快感受到鬼子的凶狠和与实力强大的特点，也明白海娃的现实处境与他的羊群的处境是一样危险的，这样具有创新意义的人偶设计可以加快受众沉溺剧情的速度，也让受众感受到了人偶带来的审美意义。

整个故事发生在极具中国山水写意风格的舞台上，受众可以在舞台灯光颜色和明暗变化

---

[1] 戴平：《戏剧美学教程》，上海书店出版社，2010。

里看到时间的流逝和空间的转变。除了用灯光和 VR 眼镜配合使用来表现极具科技未来感的穿越，在表现一个孩子赶着一群羊给一帮鬼子带路的场景里，利用旋转舞台来表现起伏的群山和陡峭的山路，通过控制双环轨道来表现在山间兜转的剧情。整个舞台空间变得充满立体感和运动感，既没有降低儿童戏剧的艺术维度和审美高度，又将演员操作木偶的短处适度隐藏，更能巧妙塑造机智勇敢的海娃形象，从而最大限度地吸引孩子、感动家长。

主创在设计音乐时，将流行乐与中国民乐相结合，在开场木偶第一次亮相时搭配中国传统乐器唢呐，粗犷和极具穿透力的开场一下就吸引了所有人的注意力。在表现 80 年前的场景时，用山西左权民歌《开花调》的精华部分作为主题音乐贯穿始终。整部剧还有近百人的乐队及民乐合唱团共同演出。

这些都征服了观众的耳目，充分突出作品生动、趣味、独特的浪漫主义故事情调，具有巨大的情感感染力，能让观众既获得了感官上的满足，又获得了情感上的享受，从而引起观众的兴趣和期待，调动了观众审美的内在驱动力。整场戏剧演出成为跟孩子一道去感知世界、体验人物、想象和创造艺术呈现方式的审美心路历程。

五、主角蜕变完成自我构建的需要

在全球化背景下，经济与科技话语被推向极致，由过度推崇实用主义与技术主义导致的物化、拜金等侵蚀着个人的自我意识。个体因失去了对于自我本真与信仰的坚持，而陷入精神的荒芜与空虚。自我认同在现代条件下成为具备永久性和强烈变化性的问题。[1] 在儿童成长过程中，自我认知是不断发展的，成长过程是一个自我价值追寻的过程。认同危机映射于影像直观地呈现为角色的身份困惑与现实困境，如在《鸡毛信》中，用现代小海娃改名这一行为作为开场，两个小海娃互为一体，但拥有各自的意识和性格，在送信的途中共同经历危险和考验。现代海娃在第一次与敌人交锋时，害怕到中断游戏，产生了退缩的心理，但最终在父母和朋友的鼓励下重回游戏，与小海娃一起推倒消息树，把信送到八路军手里。现代海娃通过游戏经历冒险，最终从小英雄海娃身上获取了榜样的力量。整个故事其实隐含了个体意识觉醒的身份追问与自我寻找，而角色历经冒险终究达成对自我的正确认知，找寻到存在意义的故事架构，即从"我是谁"的追问转为了对"我要成为谁"的探讨。现代小海娃这个形象可以看作是受众的一面镜子。镜子是一种隐喻，可以看作是中介并基于此获得关于认知自身的映像。[2] 自我的建构离不开自身也离不开自我的对应物——他者，这个"他者"就来自于镜中自我的影像。[3] 现代海娃对小英雄海娃的投射也投射在受众与现代海娃这一角色上，剧中

① 安东尼·吉登：《斯现代性与自我认同：现代晚期的自我与社会》，中国人民大学出版社，1998。

② 陈歆、曹建斌：《试论拉康的镜像理论》，《江苏工业学院学报（社会科学版）》，2008 第 3 期。

③ 刘文：《拉康的镜像理论与自我的建构》，《学术交流》，2006 第 7 期。

海娃找寻自我的过程其实也是受众获得情感认同的过程。

真实感知是引发情感认同的前提，儿童和父母双方都能在儿童剧中找到自己生活熟悉的部分，可能是人物角色经历，也有可能是人物情感变化过程。这些行为引起受众回忆起现实生活中与儿童剧产生关联的片段时，就会让受众对角色产生代入感，使其将自身的情感映射到角色身上，就能寻找到一种情感宣泄的入口，达到移情满足。现代海娃在游戏中体验小英雄海娃送信的过程，其中现代海娃产生的情感变化把观众裹卷，通过现代海娃的一系列意志行动，观众的情感状态升腾为一种送信成功的炙热渴求，由意志行动带来的情感的深化与升华。观众从无法控制地相信到以自己的情感直接参与舞台生活，这就是观众情感的出发点和归宿。一名三岁孩子的妈妈在看完整个剧后表示，现代海娃接过小英雄海娃手里红缨枪这幕，令她印象深刻和感动："红缨枪代表着勇气和信念，接过红缨枪就代表着两代人之间的传承与交流，希望自己的孩子也能够以小海娃为榜样。"

对于英雄小海娃正义勇敢的行为，方明星在《对话与融合——动画艺术成人思维与儿童思维的对接研究》中将这种行为称为儿童"反叛性"，它们都显示出儿童试图突破儿童状态的心理动向。儿童对力量的渴望不仅是对它们单纯地拥有与使用，而是更多地折射出儿童自我意识的觉醒与扩张，带来的是自我能力的挖掘与内在精神力量的觉醒，儿童由力量带来精神的蜕变才能实现真正的成长。[1]受众从两个小海娃身上见证成长，在这种有趣和新颖的讲述方式中感受红色经典的魅力。在受众产生情感认同后，再对内容形式进行创新，观众会不自觉地去接受作品，并且在这个过程中由被动变为主动接受儿童剧的教育意义。《鸡毛信》中对儿童个性的张扬与表达，对儿童自我意识的觉醒不再是一味地忽略和抹杀，而是合理的承认与满足儿童剧受众对自我认同的需要，通过设置年龄、经历相仿的榜样形象来让受众完成对理想化自我的构造，也在剧情中播撒教育的种子，潜移默化地影响受众。

六、搭建平台满足亲子互动的需要

受互联网影响成长起来的家长与孩子，两者间的亲子关系主流上趋于平等，家长也越来越重视与孩子的情感交流，但是很多家庭的亲子关系还是不容乐观。出生在互联网时代的儿童，拥有多种途径获取高速化、海量化、流行化的信息。当这样的信息浪潮扑向儿童时，儿童在情感上是单向且碎片化的。随着家长社会压力与孩子学业压力的增大，父母与孩子相处的时间变少了，孤独与缺乏双向交流让当下的亲子关系上蒙上一层薄薄的雾。

在这种情况下，儿童剧场所营造的情感场里，能够让他们在其中找到在一丝慰藉、找到情绪的宣泄口。从家长的角度来看，剧场是一个特殊的公共场所。在进行观剧体验时，家长可以看到小观众们的喜悦、伤心、激动和兴奋，这一系列情绪的产生及发展，家长们也是同时参与的。小观众们通过人物角色与剧情而产生的感想体会和想要交流的欲望，可以让家长

---

[1] 梁雅芮：《奥飞儿童动画的游戏性研究与反思》，硕士学位论文，四川师范大学，2020。

们探寻到孩子们的内心世界。儿童剧为家长与孩子之间搭建起一个共同交流的平台，孩子可以在此抒发自己的真实情感，家长也可以及时解答孩子们的疑问，通过讨论和引导让孩子理解一些知识。这种特殊的情感体验也解释了为什么要在儿童戏剧中融入家庭主题、融入父母和孩子的冲突，就是为了引起家庭各个成员的共鸣。比如在第三场，由爸爸演唱的《海娃的故事天下流传》一歌中，歌词是这样的："海娃从此成为我的标签，小英雄的高大逐渐变成负担。这种逆反爆发在留学之前，自己改名字辜负了父辈期盼。父母去世后，懊悔很多年。直到儿子你出生，取名弥补遗憾。"这段歌词是这个时代许多父母的影子。现代海娃的名字代表着父母对孩子的期望，父母希望孩子能按自己希望的路走，完成自己这一辈未完成的愿望，成为自己生命的延续。孩子们的心声也随着海娃的台词传达给父母："爸爸，你自己做不到的事情，为什么要我替你做呢？"

随着剧情的发展，观众与角色一起经历紧张、迫切和喜怒哀乐，一同面对难题，又一起解决问题。通过体验儿童剧中各方的立场、观点、情感和感受，可以培养受众的同理心，以便更好地互相理解。主要观众虽是儿童，但是家长也可以在其中反思以往的教育方式，改善与孩子的说话和相处方式。在实施"双减"后，教育部严厉打击学科类培训，并将艺术、体育类科目规划为了非学科类，其根本目的是让孩子们跳出"鸡娃修罗场"，提高艺术教育的地位。利用美育教育帮助孩子发散思维、丰富想象力、提高审美能力，让艺术教育与学科教育相辅相成，进而养成更加健全的人格。孩子参加校外艺术培训和艺术活动的时间变多了，接受艺术教育的机会同样得到了增加。很多家长也更加愿意让孩子选择一些课外艺术类兴趣班，让孩子利用课余时间更加深入地学习一项本领、掌握一项技能，并且走进剧场，观看演出，让孩子身临其境地感受艺术的氛围。

七、结语

儿童剧从根本上讲就是为受众创作的，通过对受众的心理接受情感进行分析，能够明确受众在观剧过程中产生的复杂心理过程。当导演的创作思想与观众的心理需求相结合，并尺度刚好，才能使受众产生代入感，走进导演所设定的虚拟世界中。在儿童的思维活动中，往往会认为表演者就是剧中的角色，跟表演者的互动与交流，会被认为是与塑造的角色的沟通，这就要求儿童剧在有趣味性的同时还需要有教育性，使孩子收获心灵的修养。对于孩子来说，观看儿童剧不仅是一个审美的旅程，还能培养他们的表达能力，丰富他们的语言积累，提高他们的审美情趣，学会与他人协作，懂得真善美的过程。[①]一部优秀的儿童戏剧应该起到桥梁和纽带的作用，这些对孩子的成长比儿童剧本身更重要。

对于儿童剧创作者而言，儿童剧应该迎合儿童受众的心理需求，想孩子想的、说孩子说的、做孩子做的，这样孩子就能获得更多的知识，更好地与人交往，从而促进儿童心理的健

---

① 何梦婷：《我国儿童电视剧产业发展研究》，硕士学位论文，江西财经大学，2012。

康发展。对于家长观众来说，儿童剧的创作者也应使家长在观看儿童剧的过程中，发现自己在亲子教育中的心理偏差和不足，学会正确引导孩子，与孩子和睦相处，并且教育孩子与他人的正确相处之道。只有把握受众的心理需求，加强叙事与观众情感的互动，将民族文化与时代精神相结合，在借鉴上进行创新，才能使儿童和家长在观剧时都获得情感满足。

作者简介
贺沐荣，广西大学艺术学院，戏剧硕士研究生在读。

立足当代、对话经典

——木偶剧对鸡毛信故事的创新改编

何荣智

摘　要　以海娃送抗日情报为主要内容的鸡毛信故事，是一个影响了几代人的经典故事。自文学领域诞生了海娃这一形象后，鸡毛信故事在美术、影视和戏剧等领域也都有作品出现。木偶剧《鸡毛信》通过"今天的海娃"对"当年的海娃"的回望，实现了跟经典故事的对话，并以独特的视角和方法，完成了对鸡毛信故事的创新改编，使送信的意义得到强化，并在大人与孩子、孩子与孩子、过去与现在等多重影响中深化了成长主题。

关键词　鸡毛信；木偶剧；对话；影响；成长

2021 年，广西壮族自治区党委宣传部、广西壮族自治区文化和旅游厅共同主办"永远跟党走"庆祝中国共产党成立 100 周年广西优秀舞台艺术作品展演暨第十一届广西剧展。在本次展演活动中，涵盖戏曲、话剧、音乐剧、木偶剧、杂技剧等艺术门类的革命题材剧目成为一大亮点，该类题材也斩获许多奖项。木偶剧《鸡毛信》便是其中一部获得金奖的作品。

一、创作的历史与现实背景

20 世纪 40 年代，同为战地记者的华山与汤洛，分别创作了《鸡毛信》。华山的《鸡毛信》体裁为小说，讲述的是抗日战争时期名为"海娃"的小英雄送信的故事。汤洛的《鸡毛信》体裁为人物通讯，描写的是解放战争时期名为"双虎"的小英雄送信的经历。从发表时间看，小说《鸡毛信》发表时间更早 [①]（华山的《鸡毛信》首发于 1946 年 7 月出版的《长城》（文艺月刊）创刊号；汤洛的《鸡毛信》最早刊于 1948 年 4 月 25 日的《晋绥日报》）；从传播效果看，也是小说《鸡毛信》的影响更大，得到多种文艺样式的改编，海娃送信的故事还入选了小学语文教材。木偶剧《鸡毛信》选取的正是海娃送信的故事。

抗日战争胜利是中国人民以巨大民族牺牲赢得的反法西斯战争胜利。为打败日本侵略者，

---

① 王建军：《〈鸡毛信〉版本溯源及人物原型考辨》，《文汇报》2018 年 2 月 5 日。

一切爱国力量团结在抗日民族统一战线的旗帜下，这也包括积极投身于抗日战争的广大青少年。"在中国共产党领导的敌后抗日根据地，普遍建立了抗日儿童团的组织，青年抗日救国联合会和中华民族抗日先锋队等青年组织受中国共产党的委托，直接领导了抗日儿童团及其他儿童组织的工作。""对于儿童团的主要任务，正如当年的儿童歌曲所唱的那样：'宣传大家打日本，侦察敌情抓汉奸，站岗放哨送书信，尊敬抗战官和兵，帮助抗属来做事，学习生产不稍停'。"① 小说《鸡毛信》即是由广西作家华山取材于敌后抗日根据地火热的斗争生活而创作，讲的是日军出炮楼进山抢粮之际，龙门村儿童团团长海娃在他父亲的安排下，给八路军送一封装有重要情报的鸡毛信，路上经历了遭遇日军、藏信、失信、寻信、摆脱敌人等过程，拿到情报的八路军成功摧毁了日军炮楼据点。20 世纪 50 年代，这一故事还被改编成连环画、电影等，进一步扩大了影响力。除了在国内广泛传播，《鸡毛信》还被翻译成外文连环画向世界发行；1955 年电影《鸡毛信》参加英国第九届爱丁堡国际电影节，是新中国首部获得国际大奖的儿童影片。自文学领域诞生海娃形象后，经过几代人的接力与传承，鸡毛信故事在美术、影视和戏剧等领域也都有作品出现，作为全民抗战故事库里的一道亮丽风景，人们不断传播着海娃的英雄事迹。

2021 年初，中共中央决定在全党开展党史学习教育，激励全党不忘初心、牢记使命。2021 年 2 月，习近平总书记《在党史学习教育动员大会上的讲话》中强调，"要抓好青少年学习教育，着力讲好党的故事、革命的故事、英雄的故事，厚植爱党、爱国、爱社会主义的情感，让红色基因、革命薪火代代传承"。重温历史、讴歌英雄，传承红色基因、革命薪火，是新时代文艺工作者的重要使命。在庆祝中国共产党成立 100 周年、开展党史学习教育的 2021 年，木偶剧《鸡毛信》的出现恰逢其时。

二、艺术构思的新突破

鸡毛信故事的原著小说，主要是围绕海娃送信路上遇到的阻力和克服困难等内容展开叙述的，它用"单纯又不单调，推进中充满变化"② 的情节塑造了一个"有孩子的幼稚、顽皮，更有英雄的机智、勇敢"② 的小战士形象。电影《鸡毛信》在对鸡毛信故事进行改编时，选择了以讲故事的方式来引导观众进入抗战情境。影片中的旁白成为叙事和抒情的重要手段，配合画面起到了交代故事背景、介绍主要人物、表现人物心理、预示情节走向等作用，使影片具有了娓娓道来的亲切自然感，易于被儿童所理解和接受。

面对"鸡毛信"这个已成经典的抗战故事，以怎样的方式进行讲述，从而激起新时代观众对少年儿童抗战历史的认识和对成长问题的思考，是摆在主创面前的难题。木偶剧《鸡毛信》编剧、总导演胡红一认为尊重原著绝不等于原样照搬人物故事。在苦思冥想木偶剧《鸡

---

① 罗存康：《少年儿童与抗日战争》，团结出版社，2015，第 70 页。
② 张永健：《20 世纪中国儿童文学史》，辽宁少年儿童出版社，2006，第 141 页。

毛信》如何改编鸡毛信故事的过程中，他突然冒出一个念头："让今天的海娃头戴 VR 眼镜，以亲历游戏的方式穿越到 80 年前，去跟当年的海娃一起去送鸡毛信，小朋友和大朋友们会不会更喜欢？"[①]

从现场的观剧效果来看，这样的切入角度和结构方式，达到了创作者的预期目的。在这样的艺术构思下，"今天的海娃"及其父母、同学，一方面是当代生活中的剧中人；另一方面又被作为抗战情报故事的"亲历者"，"观看"海娃送信并分享各自的感受，甚至与海娃进行对话。这种双线推进的叙事方法、灵活的舞台时空处理，巧妙地将当代故事与抗战故事融为一体，在立足当代、回望过去的过程中，不断增强"今天的海娃"对"当年的海娃"的认同感和当好"今天的海娃"的责任感，完成"送出人生中最重要的鸡毛信"的思想表达。

三、故事呈现的新内涵

（一）突出对送信意义的追寻

书信作为人们进行情感交流或信息传递的工具，在漫长的历史时期中曾发挥过重要作用。原著小说通过送信的故事表现了当时的少年儿童爱国爱家的情怀、善于斗争的智慧。木偶剧《鸡毛信》从当代的角度切入，将当代故事中的成长困惑与抗战故事中的送信困境进行对比，让观众在感受抗战精神的同时思考成长问题。在剧中，"今天的海娃"想在 12 岁生日当天改自己的名字，因为有同学嘲笑他名字土气，让他感到自尊心受到伤害。他父亲在他宣布这个决定前，给他创造了一个体验晋察冀边区龙门村儿童团团长海娃送鸡毛信的机会。于是，1941 年的抗战故事呈现在了观众眼前。

由于日军进村扫荡，炮楼敌军力量薄弱，这是打击敌人的好时机，这个紧急情报由谁送去给八路军呢？父亲想到了守着光秃秃的"消息树"放哨又放羊的海娃，把鸡毛信交给了他。但海娃急匆匆出发，忘了把会暴露身份的红缨枪和帽子交给父亲保管，让父亲不免担心起来，于是让海娃回答鸡毛信是什么。海娃答道："虽然说不出是什么，可我知道送信为了啥；为了狠狠地打鬼子，把敌人赶出我们的家。"在送信途中，海娃遭遇了日军。虽然海娃对放了六年、不舍得打也不舍得让它们挨饿的羊群有深厚感情，但是他阻止不了敌人杀羊，更被敌人逼迫着吃羊肉。在日军的压迫中，海娃进一步明白了送鸡毛信给八路军、打胜仗保护家园的意义。

在全民抗战时代，少年儿童也被号召完成属于自己的抗战使命，为胜利做出自己能做的贡献。在华山所著小说《鸡毛信》中，送信是海娃完成父亲交办的一项抗战任务，这反映了那个年代少年儿童的思想觉悟。时光流转，后来者能从这个故事中感知那段历史，学习革命精神，汲取成长的力量。木偶剧《鸡毛信》正是从这个角度强化了送信的意义，在"当年的海娃"与"今天的海娃"之间建立精神上的联系。正如当代故事中，父亲对海娃所说的："在每一个孩子手中，都有一封重要的鸡毛信，人家海娃的送到了，你的呢？"对于"今天的海娃"来说，名字的困惑和送信过程中的逃避心理，反映出他成长的困惑。消除成长的困惑，必须对成长有新的认识、对困难有新的思想准备。引导"今天的海娃"送信，既是表达信任与期望，在孩子自卑脆弱时，给予孩子理解与鼓励；也是强化责任与担当，通过分享先辈故事，用正能量激励孩子寻找办法走出困境。孩子在观看并参与送信的过程中，思想获得了启蒙、精神得到了振奋。从旁观者到参与者，再到"我就是海娃"，体现了"今天的海娃"对"当年的海娃"的理解，对历史文化的了解、对自身责任的认知，从而叫出自己响亮的名字，迈出坚定的成长步伐。

（二）突出大人对孩子的影响

重新梳理鸡毛信故事，代际关系是一个重要的切入口。在木偶剧《鸡毛信》中，"今天的海娃"的父亲给儿子创造了一个比较宽松自在的家庭环境。父亲得知儿子要改海娃这个名字，并没有马上否定他的想法，而是开玩笑地对他说："呵，长本事了，儿子啊，只要你不让我改口叫你老爸就行。"虽说尊重孩子的选择权，但他巧妙处理的方式，是引导孩子认识过去，让他明白海娃这个名字的意义，再重新判断和选择。在孩子因为受到 VR 游戏中日本人的惊吓，半途退出了游戏。之后，海娃的父亲分享了自己年轻时成长的故事，原来他之前的名字也是叫"海娃"。名字体现了父辈的爱与期望，而他因为逆反心理改了名，辜负了父辈期盼，之后懊悔多年，直到儿子出生，取名"海娃"弥补遗憾。当"今天的海娃"反问为何要他去完成父亲做不到的事情。父亲答道："儿子啊，这可能是我们这一代人应该反思的地方，总把自己做不到的愿望，寄托到子女的身上。"这番意味深长的对话，拉近了父亲与儿子的心理距离，增加了海娃对父亲的理解，使海娃明白了这个名字所具有的分量并增强了再次投入抗战故事去送信的勇气。

在抗战故事中，当海娃在山头一边放哨一边放羊时，看见羊群的领头羊"二郎神"和一只叫"哮天犬"的公羊打架，嘴里蹦出从父辈那里听来的话："二郎神，作为领头羊，就要有当领导的觉悟和姿态，你可不能跟群众打架呀！""按照民兵中队长赵铁锤同志——也就是我爸爸的话说，'你们之间的这些小摩擦啊，那都属于人民内部矛盾，眼下咱们最大的敌人就是日本鬼子'，明白了吗？"他模仿大人的口气来教育羊群，既充满童趣，也体现了当时抗战环境中父辈对孩子的深刻影响。所以海娃接到父亲安排的送信任务，他一点也没有犹豫退缩，因为作为抗日儿童团团长的他之前也完成过送信任务。而当海娃看到日本兵时，在舞台呈现的跨时空对话中，"今天的海娃"提醒他赶快跑，而他又想起了爸爸的话："这办法总比困难多！"情急之下，他把信藏了起来，从容地面对日本人。再后来，日本人威逼海娃：不吃羊肉就要掉脑袋。海娃又想起来父亲说的"信比天大"的话，为了活下来他不得不吃自己心疼的羊的肉，并且他也深感成功送信，能让八路军帮助大家脱离魔爪。可以说，与日本人的遭遇，让他进一步明白了敌人的凶残，也更加体会到父辈话语的分量，并努力将父辈期望内化为自己前进的力量。

（三）突出孩子对大人的影响

在木偶剧《鸡毛信》中，孩子对大人的影响，主要是通过抗日儿童团团长海娃与翻译官这个日军阵营里的中国人之间的关系表现出来。这里的翻译官形象与小说《鸡毛信》和电影《鸡毛信》等中的伪军形象有着明显的不同。小说《鸡毛信》里穿黑衣服的伪军，被海娃称作"黑狗们"，而负责盯海娃的，被海娃称作"歪嘴黑狗"，小说把他塑造为一个帮日本人压迫海娃服从命令的反派人物。在电影《鸡毛信》的伪军中，主要是"歪嘴"和"黑狗"两个人盯着海娃。他们是为虎作伥，但电影也呈现了他们在完成日本人安排任务时的私心与敷衍。木偶剧《鸡毛信》没有沿着原来伪军群像的模式进行创作，而是集中笔墨塑造了翻译官一人。在剧中，他虽主动讨好日本人，但在日本人那里仍是个受气包，被他们当作"东亚病夫"践踏人格和尊严。他信奉着"命比天大"的格言，但具有讽刺意味的是，"命比天大"恰恰反衬了他的卑微。他虽然是在敌人的部队里，但介于日本人和海娃中间，是个可以团结的对象。木偶剧突出了翻译官作为中国人的身份意识，并经由海娃的影响而得到强化。虽然最初海娃认为自己与翻译官有着本质的区别，自己是放羊的，而翻译官是吃羊的，但后面他改变了看法。因为当他受到日本人威胁时，翻译官几次出面保护，让他感受到翻译官本性依旧保持的善良和内心尚存的民族情感，正如翻译官对他所说的那样："咱们都是中国人嘛。"

在被日本人命令带路时，为了摆脱日本人，海娃故意带他们走难走的山路，并且甩开他们越来越远。翻译官追上来，跟海娃强调逃跑被抓会没命。海娃则劝翻译官脱离日本人的队伍，和他一起去找八路军。翻译官是两头都害怕，说想跑回家。而海娃则问他："你还有家吗？"翻译官答："我的家……早就沦陷了。"当翻译官听海娃说了对自己的印象和准备去八路军那里帮自己说情时，他感动地说："多谢小英雄，我指天发誓，我绝对没有伤害过中国人！"当日本人开枪伤到了海娃时，翻译官保护着海娃往山上走，并对"连孩子也不放过"的日本人怒吼："老子不伺候了！"最后他中了日本人的子弹。临死前，他问海娃："孩子，我们现在是一样的人了吗？"海娃哭着答道："嗯，是，是，咱们都是中国人！"一个为了活命而将家园情感和民族气节埋藏在心底的人，其抗争精神最终被仍是孩子的海娃唤醒。他因苟且活着而显得可怜，而最后又因不屈服于压迫而捍卫了为人的尊严。在抗日战争时期，在侵略者和反侵略者之间的中间派，具有摇摆的特征，存在着可以团结起来、共同抗日的可能性，这正是当时统一战线工作的重要内容。通过对原有情节的改编，木偶剧《鸡毛信》将统一战线思想有机地融入了海娃的送信故事之中，丰富了送信过程中的情感表现内容，成功塑造了翻译官这个在海娃影响下内心获得成长的人物。

（四）在多重影响中深化成长主题

成长不只是身体方面，更重要的是心灵方面。而心灵的成长是终身的，既需要独自探索，也需要相互激励。木偶剧《鸡毛信》从成长的角度回望"当年的海娃"送信之路，充分发挥舞台艺术的交流功能，使当代观众感受到抗战精神与心灵成长之间的内在联系。该剧把大人与孩子一起放到了"成长"这一问题前，既表现了大人对孩子的影响，也表现了大人受到了孩子的影响，如当代故事中父亲在儿子反问时对教育观念的反思，抗战故事中翻译官在海娃影响下的思想转变。孩子对孩子的影响，则体现在两位同学对"今天的海娃"的陪伴和鼓励，"当年的海娃"的勇敢送信使"今天的海娃"获得的心灵感悟。而整部剧，则是在现在与过去的时空"往返"中进行着，表现的是现在的人对过去的认识、过去对现在的人产生的影响。"成长"这一主题的内涵，正是在大人与孩子、孩子与孩子、过去与现在的多重影响中得以深化。

木偶剧在该剧的末尾表现了"送信"成功后的皆大欢喜之情，并为观众呈现了三个具有仪式感的场景。抗战故事的末尾，海娃被八路军和乡亲们看作小英雄和大功臣。张连长率八路军给海娃敬礼，海娃一开始笑着没当真。而当八路军第二次集体向海娃敬礼时，海娃则认真地还礼。从笑着看敬礼，到认真地还礼，海娃仿佛是经历了一个成人仪式。当代故事末尾，海娃也因完成了"送信"任务而感到幸福，并为叫"海娃"这个名字而感到自豪，在他生日的许愿仪式上表达了对未来的美好祝愿。而到整剧末尾，历史与当代奇妙交汇，从鸡毛信故事中得到感动与启发的"今天的海娃"，接过"当年的海娃"递给他的红缨枪，站在已是叶满枝头的"消息树"下，精神的传承通过红缨枪交接仪式得以形象地体现。

四、结语

木偶剧《鸡毛信》是由广西演艺集团木偶剧团演出的作品，该团在传统杖头木偶的演出方面有着明显的优势。该剧则是创新地将杖头木偶与演员身体充分结合，形成了杖头铁枝穿戴偶的表现方式——由演员将木偶"穿"在身上、上半身藏在木偶背后，将操控木偶表演和演员自身的肢体活动统一为角色动作，由此实现了更为逼真的演出效果。音乐上民歌与戏曲等传统音乐元素的运用、乐队与合唱团的现场演绎，舞美上旋转山体装置实现的场景切换，舞蹈上表现狼的威胁与羊的反抗、军民共庆打胜仗等，让观众在故事情境中，感受特定历史氛围和戏剧情感、思想的传达。通过"今天的海娃"对"当年的海娃"的回望，木偶剧实现了跟经典故事的对话，并以自己独特的视角和方法，完成了对鸡毛信故事的创新改编。这既是"借力传统经典，唤醒红色记忆"①的一次成功尝试，也是对广西革命先辈华山的一次深切怀念。

作者简介

何荣智，广西民族文化艺术研究院，副研究馆员。

---

①《送出人生中最重要的鸡毛信——木偶剧《鸡毛信》主创谈创作》，《广西日报》2021 年 7 月 13 日。

红色经典《鸡毛信》的创新表达

黄怡鹏

由广西壮族自治区党委宣传部出品、广西文化产业集团联合出品、广西演艺集团木偶剧团演出的木偶剧《鸡毛信》以新创剧目参加了"永远跟党走"庆祝中国共产党成立 100 周年广西优秀舞台艺术作品展演暨第十一届广西剧展，于 2021 年 7 月 10 日至 11 日在南宁剧场精彩上演。

木偶剧《鸡毛信》以生动鲜活的艺术形式重温历史、讴歌英雄，在青少年心中播下红色的种子，赓续红色血脉，传承红色精神。整场演出充满童趣和正能量，演绎流畅，一气呵成，现场还配备了近百人的民乐团与合唱队，演出规模庞大震撼，视听效果华丽惊艳。演出得到了观众的热烈反响。演出结束时，全场观众起立鼓掌，演员多次谢幕后，小观众们仍兴奋鼓掌，久久不愿离场。

可以说该剧是第十一届广西剧展中演出效果、戏剧表现形式最好的一部儿童剧，可谓是一部叫好又叫座的舞台艺术作品，体现了广西儿童剧的最高水平。

一、红色主题的新颖表达

木偶剧《鸡毛信》根据广西老一辈作家华山的中篇小说《鸡毛信》改编。《鸡毛信》是中国几代人耳熟能详的抗战故事，小说成功塑造了海娃这位机智、勇敢的抗日小英雄形象。中华人民共和国成立以后，小说《鸡毛信》被改编成连环画、电影等，也被编入小学教材。刘继卣的绘本《鸡毛信》是中华人民共和国第一代连环画的优秀代表，是连环画的经典。电影《鸡毛信》在 1954 年 6 月 1 日上演，并于 1955 年获得第九届爱丁堡国际电影节优胜奖。可以说，小说、连环画、电影中小英雄海娃的艺术形象，影响了中国几代人。将这样一个几代人耳熟能详的红色经典故事以木偶剧的形式重新演绎，确实需要勇气和智慧。

重新演绎红色经典，不是对过去时光的回味，而是一种面向当下年轻大众的向前姿态，即与当下青少年观众相对接，与青少年的审美心理相通，从而走入青少年观众的内心深处、俘获青少年观众的心灵，激励他们为人生、为理想而奋斗。从这个意义上来说，木偶剧《鸡毛信》是成功的，该剧既突出了红色主题，在青少年心中播撒下红色的种子，使红色基因在青少年心中生根发芽，又设置了成长主题"人生最重要的那封鸡毛信"，使青少年从故事里汲取成长的力量，树立正确的人生观、价值观。

木偶剧《鸡毛信》讲述了当代一个名叫海娃的 12 岁少年通过 VR 游戏穿越时空，回到 80 多年前晋察冀边区的抗日小英雄海娃身边，亲临其境、亲身体验，克服困难、战胜恐惧、超越自我，历经千辛万苦终于将"人生最重要的那封鸡毛信"成功送达，完成了不同年代主人公的共同成长。

全剧有一个主题思想，那就是"鸡毛信是什么"。这个疑问使得青少年观众与舞台上的演员一同思考、一起经历、一起成长，从一个小疑问牵出人生的大道理，使青少年观众领悟到了"鸡毛信是责任，是担当，是勇气"，并且与剧中人物——两个海娃一起重温了历史革命故事，获得成长的力量，激发红色基因在心中生根发芽。

二、红色叙事的创新视角

木偶剧《鸡毛信》采用真人与木偶的分幕表演，使该剧形成了双线叙事的结构，以当代小海娃的视角重新回顾和审视抗战时期的革命精神，重温历史革命故事，用传统戏剧的艺术形式讲好中国故事，用艺术的力量根植爱国情操。双线结构的好处是可以从不同的角度来讲述同一件事情，让整个情节更加的丰满，让线索埋得更多。

全剧共分五幕。第一条主线讲述一个名叫海娃的少年与同学、家长一同庆祝自己 12 岁生日的故事，使用当下青少年喜闻乐见的审美视角和艺术手段，由真人担纲表演，充分运用青少年喜爱的流行摇滚说唱、演唱元素，节奏充满愉快的律动；第二条主线讲述抗战小英雄海娃给八路军连长送鸡毛信的经历，由演员操纵穿戴杖头、铁枝木偶进行艺术呈现，以地方戏曲音乐贯穿始终，通过乐队与合唱团的现场配合，音乐的张力与厚度自然得到升级。两个时代的海娃通过音乐进行了角色和环境的区分。两条叙事线索共同铺展，同时推进，将整个故事逐渐展现在观众面前。两条叙事脉络通过一个名字——海娃——形成了交织，有了共鸣点，两条线索在各自的叙事节奏中演进，第一条线索引导观众去重温抗战时期的红色故事，第二线索引导观众思考当今青少年的成长观，在抗战小英雄海娃成功给八路军连长送鸡毛信后，两条线索得以交织，产生共振，形成一个主题，即红色的血脉通过故事的推衍，形成了赓续，当代青少年的人生观、成长观与红色的革命精神产生了共振共鸣。

该剧通过当代小海娃与抗战时期的海娃小英雄进行时空对话，勾连当代与历史，同时又把故事发生的地点放在了南宁，与首演地一致，拉近与观众的距离，让观众产生亲切感、入戏快。运用了时下流行的 VR 游戏技术的增强现实技术效果进行情景设置和剧情叙事的推展，既满足了当代青少年的好奇心，又进行了一次体验式的红色教育活动，让青少年身临其境地体验了当年抗战时期海娃送鸡毛信的经历，是一场特别的红色之旅。这样的剧情设置使这样一场红色教育生动、充满童趣，并有一种炫酷的色彩，使得这场体验式教育有了生活的温度和人文的光晕。

三、红色经典的艺术创新呈现

华山的小说《鸡毛信》是影响了中国几代人的红色艺术经典，《鸡毛信》创作发表后，有过多种艺术表现形式，如连环画、电影、舞剧、动漫等，通过众多艺术家的再创作、演绎和建构，让小英雄海娃的艺术形象日渐丰满和立体，成为新中国的红色艺术经典之一。

木偶剧《鸡毛信》的主创人员在舞台呈现上也做了各种巧思，使用了超过 100 个木偶及皮影，用青少年喜爱的木偶艺术形式演绎了一个抗战小英雄的故事，通过海娃这个抗战小英雄的理想、信仰和行动重新焕发《鸡毛信》对大众的精神感召力，在赓续革命传统的正当性中融入对社会主义核心价值观的诉求，寓教于乐，使红色革命精神在红色经典的演绎创新中得以展现和传承。人偶艺术丰富了导演手法，为舞台美术创作提供了遐想空间，将其与当代社会语境结合，使其在艺术性上得到创新发展。

广西木偶剧团以传统杖头木偶表演在中国木偶界占据一席之地。杖头木偶由演员手持木杖来操纵动作完成，木偶内部虚空，眼嘴可以活动，颈部下面接一节木棒或竹竿，表演者用手掌握两根操纵杆进行表演，因而又称"举偶"。杖头木偶的造型体量不是很大，比真人身高体量要小很多。杖头木偶的优点是可以通过面部表情来表达情感，眉毛、鼻子、嘴、眼睛、耳朵、下巴甚至面部肌肉，都能得到控制，可以呈现很多细腻的表情，能够更好地刻画角色的性格特征，使角色形象更加鲜明。杖头木偶的缺点是其主要靠面部表情进行视觉传达，造型比例又受到局限，远处的观众难以真正看清角色的表情细节。

传统杖头小木偶显然无法满足当代大舞台演出的审美要求，因为木偶的大小直接关系到演出剧场的大小、观剧的人数及观剧效果。《鸡毛信》的主创人员为了使演出满足当代社会大舞台演出的需求，在木偶制作、操控及人偶同台、音乐制作、舞美设计等方面，都做了不少可贵的艺术探索。

木偶剧主要是通过"偶"的设计、制作与表演技艺来完成艺术形象的塑造的，木偶是剧中绝对的主角，观众在观剧过程中所有的注意力都会放在木偶上，它们造型设计和服装形象等都影响着观众的观剧印象。为了达到良好的大型戏剧舞台演出效果，广西木偶剧团联合中央美术学院偶剧系、江苏扬州市木偶研究院、广东木偶艺术剧院有限公司，进行针对性的科研攻关和工艺改造，融汇发展穿戴杖头、铁枝木偶、桌偶和皮影艺术的艺术优势，在设计演出时将广西木偶剧团的传统优势小杖头木偶与穿戴偶巧妙结合，创新木偶表演样式，主要角色如海娃、爸爸、张连长、翻译官、日本指挥官等都用真人大小的杖头穿戴偶进行表演，使得人物造型更加完整，演出效果更加立体、逼真。杖头穿戴偶可很大程度上弱化木偶形象被操控的感觉，让其能更主动、更独立地演绎故事，既体现了木偶的意象特征，又能将角色复杂的情感物化出来，舞台形象更加生动、灵活，富于生命力和感染力。这是《鸡毛信》在舞台艺术呈现上的一大创新。

木偶的造型和服装的设计，符合当代青少年的审美观念，让青少年观众在人物上场时能很快区分每一个木偶造型的角色特征，如海娃的活泼、机智和勇敢，张连长的勇敢聪慧，翻译官的阿谀奉承，仁丹胡的奸诈凶狠。还有作为主要演员的羊群，其木偶造型设计既有动物本身的特性，又有童趣，还能灵活地在舞台上进行各种高难度的舞蹈表演。狼群的设计，主要用意象化造型来表现动物和幻觉。狼的造型，取其头部形态，抽离骨架，表演时，表演者的身体与狼的头部结合构成狼的整体造型，也是一种创新的木偶样式。

木偶剧《鸡毛信》用儿童视角、木偶形式演绎了抗战时期的红色经典故事，将红色基因和木偶"非遗"戏曲巧妙结合，融革命题材和艺术之美于一体，做到了用传统艺术形式讲好中国故事，传播好中国声音，演绎、传承红色精神，同时也是一堂成功的体验式教学课程，使红色基因在青少年心中生根发芽，让红色血脉在青少年体内赓续。

作者简介

黄怡鹏，广西民族文化艺术研究院研究员，《民族艺术》副主编。

本文原载于《当代广西》2021 年第 21 期。

苍梧之约

演出单位

广西戏剧院　梧州市演艺有限责任公司

以生命之名，行信仰之约

——壮剧《苍梧之约》的启示

胡　媛

摘　要　壮剧《苍梧之约》是献礼建党 100 周年的红色现实题材戏剧，也是第十一届广西剧展竞演剧目之一。它根植于广西本土红色文化，以广西第一个党支部的创建为出发点，塑造了一群年轻共产党员以生命之名，践行理想与信念的成长故事。作品从创作、舞美、剧种、音乐等方面创造艺术特性：解构红色历史题材对宏大叙事的依赖，建构以普通人物为核心，结合革命斗争的日常的微观叙；传统戏剧舞台设计与当代舞美技术结合，立体画面感突破传统舞美的平面性；以广西少数民族剧种——壮剧来演绎，并融合粤剧表演；根植壮剧元素的主导性，同时融入梧州地区的民间音乐、现代交响乐因素。以此，通过壮剧《苍梧之约》的展演，展现广西红色现实题材戏剧创作的自信和个性，传递红色文化的精神与力量，引发思想的共鸣和反思。

关键词　壮剧《苍梧之约》；红色题材；原创戏剧；人文启示

壮剧《苍梧之约》由广西戏剧院与梧州市演艺有限责任公司于 2021 年联合排演，是献礼建党 100 周年的红色现实题材戏剧，也是第十一届广西剧展竞演剧目之一。它根植于广西本土红色文化，以 1925 年苍梧之野、西江之畔，周恩来指导创建广西第一个党支部为契机，塑造了一群年轻共产党员以生命之名，践行理想与信念的成长故事。故事发生在 1927 年四一二反革命政变的白色恐怖期间，在列强与军阀的夹击下，革命斗争举步维艰，共产党员、国民党左派及革命群众命悬一线，民不聊生。在一片枪击声、炮弹声、哀鸣声中，剧中人物历经磨难与分离、误解与怀疑、牺牲与背叛，却始终保有对信仰的坚持、对人民的热爱、对革命的忠贞、对解放事业的追随。通过对故事的戏剧性展演，壮剧《苍梧之约》开辟了自己的创作视角，彰显了本土原创戏剧的自信和个性，传递了红色精神的价值与力量。

一、从宏观到微观的转变：红色现实题材的创作视角

红色现实题材长期以来的创作理念：依附于对宏大历史的叙述，塑造"高大全"的中心

人物形象，强调理念而忽略艺术的真实和对细节的关注。广西有丰富的红色文化资源，如何充分地挖掘广西的红色文化，并结合历史语境和文艺现实，对红色文化的创作进行创造性的转化和创新性的发展，使之契合社会主义核心价值观，是广西红色戏剧创作的指导思想。壮剧《苍梧之约》立意明确，立足于广西红色文化，旨在探索广西红色题材戏剧的创作规律，挖掘广西红色现实题材戏剧当代传承的精神和价值。可以说，壮剧《苍梧之约》是一部关于成长的戏剧。戏里——广西地委的建立从希望到失败的过程；人物从幼稚到成熟、从冲动到稳重、从怀疑到信任、从隔阂到认同的转变，潜含双重隐喻：一是关于共产党成长的步履维艰，二是关于人成长的阵痛，二者相互成就。戏外——壮族《苍梧之约》是对广西红色现实题材戏剧的探索性尝试，撇开宏大的革命历史事件，以革命时期的日常斗争推演共产党和人物的成长，以此作为推动事件发展的动力，从而完成故事的叙事。

　　四幕壮剧《苍梧之约》的故事集中且层次分明、逻辑性极强，幕与幕之间虽有时间上的跨度，但旁白与留白的铺垫，情节之间相互关联、环环相扣。该剧以时间为线索，从1925年的序言开始，交代了故事的背景——广西第一个党支部的建立。第一幕是1927年，在白色恐怖时期，共产党遭受了国民党的迫害，在性命攸关之时，年轻共产党员如何面对恶劣环境，确保生命安全，保护革命的星星之火？剧中主人公林铭与叶洲、梁宿庭与舒云是两对恩爱的情侣，但为了革命之火，叶洲避走广东，林铭与梁宿庭假扮夫妻，个中滋味，是无尽的苦涩、无奈。第二幕呈现的是林铭和梁宿庭如何以夫妻的名义生活，以及与组织联系、执行党安排的任务的日常。最终因舒云一己之私，私会梁宿庭，而遭受清党组长高苍的围困，引发了中共梧州地委生死存亡的危机。在关键时刻，梁宿庭与舒云点燃房屋，葬身火海，向外传递"此地已暴露"的信息，成功阻拦中共梧州地委的到来。梁宿庭与舒云的牺牲，保全了广西地委的安全，却也引爆了社会关于梁宿庭、舒云、林铭的"三角恋"报道。林铭一方面承受同志牺牲的痛苦，一方面遭受周围人的欺凌、污蔑、唾弃，一方面经历组织被破坏后的不知所措。无甚斗争经验的林铭南下寻找叶洲，无意中暴露了叶洲的身份和藏身之地。林铭的上线龙飞在与清党组长高苍的打斗中牺牲，导致叶洲对林铭的怀疑。至此，有情人因误解各奔东西，誓意永生不再见。多重打击下，林铭北上自证清白和忠诚。第三幕，10年后的1937年，林铭成为黄河边上一位培养革命人才的校长，但他的证明人龙飞已牺牲，他的身份得不到证明，故被迫退党。林铭与叶洲意外相逢，叶洲惊叹于林铭对党的坚守与信仰，两人终于解除了误解与隔阂。两人决定回到苍梧，携手直面恐怖环境，为革命事业奋斗终身。第四幕，1942后，林铭与叶洲寻找当年舒云与梁宿庭私会遭围困的原因，并与国民党人白砚琴合作，一起消灭了高苍等叛徒，叶洲在打斗中牺牲，林铭肩负革命的焰火继续前行。尾声，伴随共产党的信仰，人们走向光明幸福的未来。

　　由上可见，该剧故事繁简得当，可圈可点，没有"高大全"的人物形象，有的只是身为年轻共产党员在革命斗争中不断失误、不断成长的历练。无论是林铭的大意暴露了叶洲和龙飞的藏身地，还是舒云的任性导致了广西地委到来的失败，并直接葬送了她和梁宿庭的生命，或是白砚琴的自以为是泄露了舒云与梁宿庭的私会，都是年轻人做事以自我为中心、冲动、思虑不周全的表现。而叶洲对林铭的怀疑与误解、白砚琴对共产党人的偏见，是在白色恐怖环境下，人人自危的噤若寒蝉的常态回应。他们恐慌、迷惘、不知所措，既有时代的压迫，亦是革命斗争经验不足，但却始终坚持对革命的信仰、对共产党的忠诚，不管是在敌人的包围打击下，还是在流连失所的岁月中，信仰始终是支撑他们前进的动力。壮剧《苍梧之约》正是通过人在特定环境下的多重性与矛盾性，关注到人的本真，并在此基础上，努力挖掘共产党员的闪光点——无论环境如何恶劣，坚定理想，不忘初心，不畏将来，砥砺前行，这也是他们身为普通人却不平凡的本质。这种精神力量，穿越历史，透过艺术语境，再现舞台，使我们观看的时候热血沸腾，感动不已。

作为红色现实题材戏剧，宏大叙事固然重要，但在宏观历史叙述中，如何在时代潮流中彰显个体生命价值，寻求价值观认同，以求打动观众，无疑是当代红色题材追求的境界。反观壮剧《苍梧之约》，始终把人放在具体的情境中去解读，而非把人物概念化、理念化，以此创造有血有肉的生命。该剧用人物反哺故事，以小见大，透视革命精神灵魂的高尚，折射社会主义新时代价值观。

二、从继承到创新：原创戏剧的个性实践

习近平总书记在纪念孔子诞辰 2565 周年国际学术研讨会暨国际儒学联合会第五届会员大会开幕会的讲话强调：不忘历史才能开辟未来，善于继承才能善于创新。传承红色经典一直是戏剧界的传统，广西在继承《红灯记》《沙家浜》《红色娘子军》《瑶山春》《山乡风云》等红色经典的同时，也创作了一批基于本土红色资源的作品，如话剧《龙隐居》《父亲的革命生涯》《漓水烽烟》《山那边》《谭寿林》《邓小平与李明瑞》等，桂剧《漓江燕》《欧阳予倩》《何香凝》《破阵曲》《燕歌行》等，音乐剧《血色湘江》《欧阳与桃花》《拔哥》等，壮剧《百色起义》等。壮剧《苍梧之约》是在继承前人创作的众多广西红色戏剧作品的基础上，结合历史、环境、人文等因素创作的具有个性又符合人民审美共感的戏剧作品。

壮剧《苍梧之约》的个性实践，从前文提到的关于创作视角转变的探索，到结构布局、剧种形态、舞台设计等方面的创意，处处彰显着该剧作为原创作品所具有的自信、弹性与张力。从结构而言，该剧时间跨度大，从序幕的 1925 年到尾声的 1942 年，中间跨越了 17 年，四幕剧在 2 个小时内如何铺陈 17 年的时光？主创运用留白与旁白的艺术手法，弥补了时间跨度上的空白，使故事的开展更为流畅。关于旁白，主创使用了两种表达方式：一是设置了局外人云游僧与船老大，每幕开篇之时通过他们两人对当前时局的评价，交代人物活动的背景，为人物行为的转变预设了活动背景，从而使得人物的言行具备合理性；二是通过人物不同的着装来暗示所处的年代，男性服装从早期的长袍到西装，女性服装从早期的民国裙装到洋裙洋装，展现了不同时期的服饰风格，潜含该剧的视觉内涵。两种表达方式相互配合补充，让故事更有节奏感、更完整。留白则是主创对故事运筹帷幄的把控力，是戏剧主题更为集中的

凝聚力，如第二幕的结尾，分离时，林铭满是悲伤与绝望，到第三幕的开幕，已是 10 年后，此时的林铭是意气风发受人敬重的林校长。10 年的岁月，有生活的颠沛流离劳其筋骨，有心灵打击、创伤的苦其心志，更有伤口愈合、自我成长的漫长历练。但是主创一笔带过，留给观众对林铭过往 10 年的想象，衬托了林铭对党的信仰、对理想的坚定，无形中升华了该剧的主题思想。从戏剧内容延伸到戏剧之外的想象，让观众更能设身处地地感受人物的遭遇，引发共鸣。从剧种而言，《苍梧之约》采用广西特有的少数民族剧种——壮剧，既是尝试也是创意。梧州是粤文化片区，其地方流行语为粤语，主流剧种为粤剧，并且于 1951 年成立了梧州粤剧团；梧州粤剧团在 1992 年经广西壮族自治区人民政府办公室批准，对外称"广西粤剧团"；2012 年 6 月，梧州粤剧团改制并入梧州市演艺有限责任公司，可见粤剧在梧州的影响力。《苍梧之约》以壮剧而非粤剧来表演地方故事，确实出乎意料。但近年壮剧的崛起不容忽视，一系列优秀的大型剧目相继被推出，如《歌王》《瓦氏夫人》《天上恋曲》《赶山》《第一书记》《冯子材》《牵云崖》《百色起义》等，剧本创作、表演人才等方面已相当成熟。如此，在继承壮剧优秀文化的前提下，用一个有实力且代表广西少数民族特色的剧种来演绎粤文化地区的故事，既是该剧的亮点，也是民族融合的体现。而为了与苍梧地方文化融汇，该剧的音乐设计在壮剧传统唱腔的基础上，根据剧情需要，适时引入苍梧地方音乐元素，如梧州船歌、粤剧等，使该剧在壮剧主题艺术的引导下，又涵盖了粤文化艺术要素，实现了艺术之间的交流合作。熟悉又陌生的音乐意象，刺激着观众的感官，使其既有对过往的回忆又有对陌生事物的期待。从舞台设计而言，该剧遵循戏曲的虚拟特性，创造性地与现代舞美技术相结合，设计流动的舞台，形成视觉冲击力。如第一幕中林铭与叶洲的离别，运用了移动性的舞台设计，两人从开始的同向而歌，随着舞台的移动，到相向而歌再到渐行渐远，别离的画面感扑面而来，舞台空间感也在移动中无限扩大，两人虽然只有一个舞台的距离，却如隔千山万水，凸显了戏剧的效果。在第四幕，运用了粤曲茶楼的布局，把生活（叹茶）与文化艺术（唱戏）置于同一空间，又通过物质空间无形中把生活（叹茶）与艺术（唱戏）隔开，以此画面出现了双层的戏剧结构：第一层是共产党、国民党以及清党叛徒等惊心动魄的革命斗争；第二层上演粤剧经典剧目《胡不归》之《慰妻》片段，以展现市民的悠闲生活。戏中戏的呈现，完美诠释了艺术门类之间的交流融合。丰富的舞台层次感和画面感，营造了满屏皆是戏的效果。

对戏剧而言，如何呈现作品的舞台艺术效果，对后来的创作有稍许借鉴，继承是基础。然而敢于打破常规、突破自我、造就个性、观照生活、表达心声、满足人民对戏剧的审美认可，传递对美好生活的追求，才是新时代戏剧创作的本质。壮剧《苍梧之约》的创新也正在于此。

三、从人生到戏剧：红色精神传承的人文启示

壮剧《苍梧之约》无疑有着自己独特的创作主题和思想，但一部戏不仅在于呈现一个故事、展现一段历史、贡献一份创作心得技巧，还在于历史、故事、心得技巧背后隐含的人文

价值与当代社会思想价值是否契合，是否能引发人们的情感共鸣。吴荻舟在其《戏剧常识》中提到一副对联：戏场小天地，天地大戏场。通俗讲即"戏如人生，人生如戏"，这是前人对戏与人生的辩证关系的理解，诠释了戏剧来源生活的真谛。吴荻舟通过对该对联的解读，引申出戏剧的定义："戏剧是现实的一种艺术，他的手段用活生的人（演员），在群众（观众）面前，表演一段人生的故事。从演出中间，来告诉我们人是在怎样过活，并且告诉我们应该怎样过活。"① 即戏剧是把人生搬上舞台的艺术，而观众愿意去看且喜欢看戏，在于戏剧呈现了事件的前因后果，而非片段式。这种具有逻辑性、连续性、因果性的故事，既是日常生活的缩影，也是生活的艺术升华，对人生具有启示意义。可见戏剧活动的重要性——它既是对过去发生事件的艺术再现，也启示人生、明鉴未来。壮剧《苍梧之约》与同为广西本土红色题材类型的音乐剧《血色湘江》、壮剧《百色起义》呈现的历史人物和革命战役大场面给予观众的英雄崇拜和震撼不同，它聚焦于普通人的内心与情感，旨在进入人物的内心世界，理解人物的感知和愿景，从而践行以人民为中心的创作导向，着眼于小处做文章、细微之处见精神，创作符合人民审美要求、满足人民精神文化需求、启示人民精神建构的作品。

壮剧《苍梧之约》本着一群热血青年共产党员以生命与灵魂践行"相约于中华腾飞之时"的信仰与信念，尽显革命时代理想青年的抉择与风度。该剧以广西第一位女共产党员李省群为原型塑造了林铭，讲述她如何从千金小姐百炼成优秀的共产党员，没有轰轰烈烈的大场面，有的只是润物细无声式的渗透。透过人物在特殊时期对爱情的理解、对朋友的情义、对信任的考验、对党的信念、对信仰的执着等，诠释了理想的高度、生命的价值与意义。匈牙利诗人在其《自由与爱情》云："生命诚可贵，爱情价更高。若为自由故，两者皆可抛。"在其诗里，言明"自由"高于一切的理念，而他的"自由"指向的是国家存亡。裴多菲的"自由"理念跨越国界，激励一代代有为青年为"自由"而斗争的信心和勇气。而在壮剧《苍梧之约》中，情感与理智萦绕交杂，汇聚信仰，也造就了该剧的核心思想。从感性层而言，该剧的"革命＋恋爱＋友情"的故事模式形塑了共产党员平凡中的伟大：相爱却不能相守，相识却不能相认，映射了革命英烈的隐忍与付出。无论是林铭与叶洲因形势被迫分离，梁宿庭与舒云近在咫尺却要假作不认识，还是林铭与梁宿庭假扮夫妻的潜伏式生活，每个人都忍受着形式的压迫、分离的痛苦、无望的煎熬。但革命时期的友情同样让人动容，叶洲与龙飞的战友之情、林铭与梁宿庭的革命友谊、白砚琴与舒云的闺蜜之情，朴质真诚却是生死之交，蕴含了情感的温度与力度。从理性层面，对理想的追求、对党的信念、对国家的信仰，至死不渝，坚不可摧。无论是以死明志的梁宿庭与舒云，还是经受颠沛流离的叶洲，或是建校培养革命人才的林铭，都不曾背叛理想、党和国家。该剧透过人物日常的言行举止，再现了他们简单纯粹的一生；通过"为革命事业奋斗"的理想，糅合人物的感性显现，传递了信念与初心。这种默默奋斗的精神，历久弥新，是革命优秀传统精神的延续，是红色文化外延与内涵的统一，是当代社

---

① 吴荻舟：《戏剧常识》，生活·读书·新知三联书店，1938，第 6 页。

会主义核心价值观的体现。

　　壮剧《苍梧之约》不仅是一出戏，也是千万革命英烈为理想抛头颅洒热血的真实写照，他们把"自我"融入"大我"，升华生命的意义。观众看戏看人看人生，引发了他们对生命价值的审视与思考：生命的意义何在？《钢铁是怎样炼成的》的主人公保尔·柯察金的一段心理独白代表着多少革命英烈的心声，"人最宝贵的是生命。生命每个人只有一次。人的一生应当这样度过：当他回首往事的时候，他不会因为虚度年华而悔恨，也不会因为卑鄙庸俗而羞愧；临终之际，他能够说：'我的整个生命和全部精力，都献给了世界上最壮丽的事业——为解放全人类而斗争。'"壮剧《苍梧之约》无疑继承了"为解放人类而斗争的精神"，通过对英烈生命观的展示，重新阐释了理想、信念、为人民服务的内涵，对当代人文精神塑造具有重要启示意义。

四、结语

　　红色现实题材的初衷是什么？笔者认为是对历史的尊重、是对英烈的敬重，并能反映社会价值观，体现中华文化精神，反思当下社会人文思想，孕育对现实人生的蒙智与启示。作为一部红色现实题材戏剧，壮剧《苍梧之约》有许多可圈可点之处。从观念到创新的转变，到内容与形式的融合、艺术要素与技术要素的结合，都提升了作品的精神高度。其文化内涵与艺术价值，表达了对艺术追求的创新和责任担当：其基于广西本土红色文化的挖掘，重塑了原型人物的艺术形象；其着眼于普通人物的塑造和内心观照，展现了共产党员的伟大献身精神；旁白与留白的运用，弥合了时空跨越的缺口；传统戏曲艺术特征与现代舞台技术结合，凸显了舞台画面的立体与动感；突破剧种的地域限制，以少数民族剧种壮剧来呈现粤文化的人文故事；壮剧与粤剧的交流互动，孕育了戏剧美感，打造了民族艺术融合的典范。但该剧同样存在一些问题，离经典之作尚有距离，如故事直铺平淡，少了跌宕起伏的情节；结构失衡，戏剧的高潮位于第二幕，后续剧情发展乏力；主角光环不突出，人物缺乏个性等。

作者简介
胡媛，广西民族文化艺术研究院助理研究员。

花界人间

演出单位
广西演艺集团有限责任公司

立神幻　现民俗　分善恶

——舞剧《花界人间》审美经验谈

吕　晨

摘　要　大型原创民族舞剧《花界人间》在 2021 年第十一届广西剧展期间再度上演。本文结合该剧人物角色、剧情发展、舞蹈编排、舞美设计等方面，从立神幻、现民俗、分善恶等特点谈其审美经验和观演体验，以探讨该舞剧创作的叙事功能和审美意蕴。

关键词　舞剧；《花界人间》；舞美；审美经验

当前用舞剧来表现民族题材的作品层出不穷，如何表现新意，如何让观众在剧场里感受到独特的民族文化，如何让观众既欣赏到舞蹈，又能走进人物的内心世界，还能看懂故事、沉浸其中，业界人士一直都在努力探索。这考验的是创作团队的编导演等艺术和技术的综合能力。

一、又见"花开"

由总导演佟睿睿和编剧冯双白合作的广西大型原创民族舞剧《花界人间》一公演就让人眼前一亮，该剧从舞美设计、人物设定、故事表现、主题表达上都一定程度地摆脱了某些民族题材的窠臼。该剧是 2018 年广西壮族自治区党委宣传部立项打造的文艺精品项目，由广西演艺集团有限责任公司创作排演，为庆祝改革开放 40 周年和广西壮族自治区成立 60 周年献礼剧目。该剧也是 2019 年第十六届中国文化艺术政府文华大奖提名剧目，荣获广西第十五届精神文明建设"五个一工程"奖、第九届广西文艺创作铜鼓奖，入选第十二届中国艺术节，入选广西当代文学艺术创作工程扶持项目，是国家艺术基金 2020 年度传播交流推广资助项目。2021 年 9 月 30 日晚，《花界人间》参加"永远跟党走"庆祝中国共产党成立 100 周年广西优秀舞台艺术作品展演暨第十一届广西剧展，在南宁剧场再度上演，观众又见"花开"，大饱眼福。

《花界人间》的主要角色有女主角达棉、男主角布壮、反派角色"幽灵蜘蛛"、花神姆六甲、祭师等。故事来源于壮族创世神话之一花神姆六甲造人造物的传说。剧情主要讲述花神姆六甲的花园里多姿摇曳的花花草草们，一朵朵从仙到人，从花界到人间历练渡劫的故事。其中，最美丽的两朵花到人间后成为达棉和布壮，就是本剧的男女主人公。美丽骄傲的达棉和憨厚质朴的布壮在一年一度的欢乐的丰收季中，萌生了爱情。刚体会到人间美好的他们，却遭到困于黑暗的洞里的幽灵蜘蛛的妒忌。然而笔者认为幽灵蜘蛛是向往欢乐、爱情与光明的，只是当欲望膨胀时，她却采取了极端的方式。幽灵蜘蛛把自己变成艳丽的花朵，引起了达棉强烈的好奇心和占有欲。达棉没有克制住自己去摘花朵，被幽灵蜘蛛蜇伤。接着达棉在祭祀典礼上毒性发作，受心魔侵扰、失去控制，破坏了祭祀典礼，被族人视为不祥。布壮不离不弃，带着达棉踏上寻药之路。幽灵蜘蛛一直在旁观望二人并操控达棉。布壮的爱和陪伴唤起达棉的善良与大爱，她拼命与自己的心魔斗争，积蓄强大的力量，最终与幽灵蜘蛛展开殊死较量，战胜了自己的欲望、战胜了恶魔，并献出生命魂归花界再度轮回。

单从该剧主角之一，唯一看似反派的、虚构的拟人化角色幽灵蜘蛛的形象塑造来看，也算是该剧人物设定与舞蹈编排的一个亮点。幽灵蜘蛛神秘又魅惑的眼神，嫉妒羡慕恨的表情，张牙舞爪的舞蹈动作，既真实又夸张。创作人员揣摩了蜘蛛的动作形态，将动作美学融入舞蹈语言中，演员也能准确地捕捉幽灵蜘蛛的形象特征，诠释了这个动物性反派角色的内心，让观众印象深刻。这出花仙子大战蜘蛛精的简单故事，亮点频现，蕴含哲理，寓意深远。

二、立神幻——流行审美理念的呈现

《花界人间》以壮族花神信仰为切入点，将神话传说逐渐人性化，不拘泥于传统的民族题材表现形式，在民俗生活中注入神幻元素，表现光明与黑暗、理智与欲望，神化爱情，给人传达一种理性与克制的思想，告诉人们要懂得辨别真实与伪装。观剧有时像在看民俗表演，有时像在看《动物世界》，有时又仿佛置身于玄幻的宇宙之中，像在看魔幻大片，创作人员力求用丰富的、流行的、符合当代审美气象的舞蹈语汇配合神秘又炫目的舞美来提升该舞剧的主题立意、神幻色彩及舞台效果。

创作者在开场设计了一棵像电影《阿凡达》里面的大树。幕布拉开，苍穹之下一个惊艳神幻的花界花园展现在观众面前。众多演员用身体层层叠叠组成一朵神花，有四五层高，演员们弯腰轻舞，张开双手如花朵层层绽放，花神在塔尖召唤。开场的舞台背景利用不规则镜面的碎片不完全拼接而成，似花瓣形态，折射出炫彩的光芒，演员的动作映射在镜面，如万花筒般多变，使整个舞台陌生化，充满想象、意境深远，仿佛引领观众走进了一个深邃的神幻世界。接着有些花界精灵幻化成人形，慢慢走下舞台，与爱丽丝梦游仙境相反，美丽的两朵花仙子化成人形，开始了从仙境到人间的游历。舞台剧媒介互文与意象创造的关系可以拓展表现的艺术空间，该剧"声音、色彩、灯光、形态、幻觉和实践的全景，都成为它提升叙事效能、充实身体运动质感、增强受众感官刺激的言说手段和意义表征"[①]。

---

① 夏静：《媒介融合下的舞剧叙事及审美》，《舞蹈》2020年第3期，第40页。

这样的多媒体的表现形式突破了传统舞剧的叙事形式，既延伸了舞台的空间，又拉近了与观众的距离，建构了多维的艺术时空和对话环境，增强了舞剧艺术创作与审美经验融合的力量。

巧妙的是，该剧结局是达棉为挽救人间而大战幽灵蜘蛛，英勇牺牲了，之后，布壮也随之殉情，魂归花界。在剧的尾声，创作者再次带领观众回到与开场同样的花界花园。两个花界精灵经过生死轮回，在茫茫花界、芸芸众生中相遇，有种"蓦然回首那人却在灯火阑珊处"的萌动意味。这种首尾回应、画龙点睛的处理手法，升华了两人的爱情，传递了永恒浪漫的爱情观和轮回的生死观。《花界人间》立起来一个神幻的花界，美轮美奂的首尾呼应与剧中展现的烟火人间、黑暗魔界形成对比。舞台的多媒体打造使该舞剧的意义表达、叙事功能、情感构建和视听享受锦上添花，达到了舞与剧的平衡、技术性和艺术性的统一。

三、现民俗——民族审美经验的再现

《花界人间》开篇之后，主创借助壮族庆祝丰收的习俗，巧妙地展现了壮族人民载歌载舞的生活场景，充分推进了剧情的发展。剧的第一章，两个花界精灵来到人间，在人间长大。正值一年的丰收季节，美丽大方的女主角达棉带领众人跳着壮乡热情的禾把舞、打棍舞等庆祝丰收，她对勤快劳作的男主角布壮心生爱慕。庆祝丰收后，姑娘们又跳起了独具壮族风情的采花群舞，花丛中一朵美丽的大花吸引了众人的目光。达棉抵不住诱惑去采花，不小心被蜇了一下，却浑然不知已被幽灵蜘蛛下毒，因此在祭祀中失控。如果说"花界"体现了创作者的浪漫主义情怀，那"人间"则是一种现实主义的表达。《花界人间》的"人间"部分，在舞蹈上汲取了广西传统民族舞蹈元素进行创编，如祭祀情节中的傩舞、花灯舞等，在舞美上，提取了大量民族符号来展现壮族风俗。既然该剧的母题是壮族神话那就自然少不了壮族特色的标配元素——铜鼓。第二幕的祭祀场面和跳巫群舞的舞台主背景就是一面立体雕刻的铜鼓，红色的花山岩画小人儿围绕着铜鼓，反映了壮族的傩文化、师公文化、祭祀文化、图腾文化等，巨大的图腾隐喻人与神的沟通，红色和黑色灯光的配合，把舞台营造得神秘肃穆，但是这段祭祀群舞配合剧情稍显冗长。当达棉毒发，达棉独舞影子投影在铜鼓上，幽灵蜘蛛便出现了。在幽灵蜘蛛的控制下，达棉破坏了祭祀仪典，铜鼓分离、破碎，散发出让人惊恐的气息。幽灵蜘蛛的黑影也投影在铜鼓上，她站在祭祀台上，像一个局外人似的狂舞着，使舞台出现了二重空间。

广西的风土民俗也随着情节的发展巧妙地融合在剧中。布壮带着达棉逃离黑暗的蜘蛛洞去寻师问药，途经桂林时，灯光以绿色、灰色为主，投射出远山叠嶂、山水重影的画面，赋予舞台一种清新、匀染、灵动的感觉，既简洁又现代。布壮和达棉泛舟漓江，充满诗情画意，表现了人间的美好，令人怦然心动。他们沿途穿街走巷，当地人民慷慨献药，剧中用舞蹈表现抛绣球、天琴弹唱、芦笙对歌、瑶族长鼓、京族渔女献珠、敬酒席等，一路广西各族民俗风貌尽现，集中巧妙地展现了乡邻和睦、民族团结的壮美广西。

四、分善恶——正与邪、爱与妒等情感的审美经验的表达

如果说《花界人间》的女主角达棉是真善美的化身，那幽灵蜘蛛就是邪恶的代表。上文笔者提到幽灵蜘蛛的角色设定和动物性舞蹈动作的编排是个亮点。幽灵蜘蛛出场是这样的：突然灯光变暗，幕布拉起，在离观众最近的舞台边缘，黑暗处一只蜘蛛顺着一丝凌厉的追光出场，在阴暗的深渊里爬行，好像是从巨大的黑洞里偷溜出来觊觎人间的，张大着好奇的双眼，舞动着不安分的四肢，特立独行，惟妙惟肖。艺术作品中蜘蛛的形象并不少见，如《西游记》里代表欲望的蜘蛛精、漫威作品中代表正义的超级英雄蜘蛛侠。该剧的幽灵蜘蛛代表了一股邪恶、黑暗的操控势力，穿梭于"花界""人间"与"黑暗界"之间，介乎于神怪之间，也许它渴望美好，但是得不到就想控制、霸占、破坏甚至摧毁，所以故意毒伤达棉，把她变成自己的傀儡，它的出现，促使达棉更加顽强地成长、蜕变。每当幽灵蜘蛛登场，其一身黑紫色紧身衣、张扬的动作、诡异魅惑的眼神是最吸引笔者的，它的动作和神情分寸拿捏到位，半爬行状的肢体语言表达也是其舞蹈语汇特点。不仅如此，幽灵蜘蛛和达棉的双人舞，以及幽灵蜘蛛和达棉、布壮的三人舞的舞蹈编排设计都富含张力，感情充沛。

舞剧的最大特点是擅于抒情，以演员的肢体动作表演来推动情节。该剧主创也善于最大化利用舞剧的写意功能，创造了几段追求内心意境的舞段，进行隐喻表意的叙事。在达棉祭祀发疯后，蜘蛛掳走达棉，枯树场景出现，背景是黑色的树干投影，舞台效果古朴原始又孤独神秘，树下的洞穴可能就是蜘蛛的地盘。一群舞者穿着黑底紧身荧光衣，群魔乱舞，仿佛进入幽冥之境，荧光的斑纹随着舞者的肢体语言扭动着，营造了一个诡异阴森非现实的隐性表意空间，这个"黑暗界"像地狱又像蜘蛛洞。这时编排了一段幽灵蜘蛛和达棉的双人舞，有时候两人动作一致，在如影随形的控制中传递着善与恶的抗争，往往善恶一念之间，蕴含着哲学意味。布壮解救达棉时与达棉、幽灵蜘蛛展开的三人舞也让人耳目一新，幽灵蜘蛛欲破坏同时又羡慕二人的爱情，时而如旁观者，时而是操控者。

布壮从幽灵蜘蛛手上把达棉救出来之后，幽灵蜘蛛布置了更大的阴谋。人们被幽灵蜘蛛变成的紫色的大花所吸引，都想去采摘，却不小心沾上了蜘蛛的毒液。舞台道具也别有新意，从蜘蛛身上抽出的紫色纱绸象征毒液释放扩散，纱布越来越大，覆盖范围越来越广，如同欲望的海洋，浪潮迭起吞噬了刚才欢声笑语的人们，蜘蛛爬行在这块紫色的大纱布中央，孤傲独立、邪恶霸气，达棉为挽救爱人和众生，勇敢地冲进这一片紫色深渊中，力挽狂澜与幽灵蜘蛛殊死一搏，最后同归于尽，充满玄幻感。在这块硕大的铺满舞台的紫色大纱布里编排的搏斗较量的二人舞，营造了该剧决斗的激烈氛围，很好地展现了女主角达棉冲破束缚、坚守初心、战胜邪恶的状态。该剧最后章节，在紫色和红色的布景中，身着红色裙子的达棉和身着黑紫色衣服的幽灵蜘蛛进行着善与恶的交战、正与邪的搏斗、爱与妒的较量，通过舞蹈和颜色两种无声"语言"的碰撞释放情感，创作者力图把动作美学和色彩美学发挥到极致，以表现主题审美经验。

五、结语

　　总之，《花界人间》是一部集神话、民族文化、时尚文化等多元素于一体的舞剧，舞台视觉效果震撼，体现了现代舞台技术的"万法"皆为我用之道，展现了花开花落的浪漫场景，充盈着神幻、诡异、现代、和谐的多重美感。在当代审美语境下，不管是创作者本身还是受众，对艺术的诉求越来越广阔，考虑艺术作品的内涵价值，追求艺术作品的哲理思考。该剧以壮族花神创世神话为故事源，通过两朵花界精灵到人间的历练，传递一种善恶分明、理性克制、自我救赎的思想观念，表明一种生存姿态，通过主创团队的独特思考和对艺术的个性追求诠释了花界与人间之间的关联，升华了主题，编织了人物的精神架构，在描绘广西的人文地理、历史民俗风貌的同时，表达了壮族人民对美好爱情、幸福生活的向往，对高尚的精神世界的永恒追求。该剧不失为一部将个体生存经验与生命经验进行当代性、民族性表达的新剧。

　　笔者认为，当下民族舞剧正走进一个守正创新发展的新时期，其中既有繁荣也有隐忧与思考，创作者也要放慢脚步认清优势与不足，希望广西的民族舞剧能占有更多国内之席的同时走向世界。时间是检验艺术作品生命力的标准，舞台作品也不例外。创作者要思考如何做到艺术效益、社会效益、经济效益的三者统一，常演常新、久演不衰，接受观众与市场的检验。剧要活在舞台才有生命。一部舞剧，除了精彩的舞蹈语言，也要从叙事意义、信息交接、时空转换和情感构建等方面来看，使舞美的准确运用有助于提升视听感受、强化细节、增添情感色彩。多种媒介于剧场之中也是为了丰富艺术的表现形式，以及创建演员与观众对话的环境。因为场面在舞台上永远只有视觉作用，尤其在镜框式剧场中。将舞蹈语言融入场面之中以摸索舞与剧的平衡、舞与美的平衡。美国舞美设计师罗伯特·艾德蒙·琼斯在《戏剧想象力》中说："归根结底，舞台布景的设计不同于建筑师、画家、雕塑家、音乐家的工作，这是诗人的工作。"舞美设计是导演构思的体现者，又是参与者还是执行者，帮助演员塑造角色，帮助观众进入特定的戏剧情境。舞美是《花界人间》的亮点之一，中国知网（CNKI）刊载关于该剧舞蹈、舞美、灯光等相关评论和研究文章有十几篇。不少专家学者和资深媒体人对《花界人间》都有高度评价。广西艺术学院教授谢仁敏认为该剧的突围在于"民族资源的创造性转化、本土故事的现代意识彰显、虚实空间的艺术审美突破"[①]。中国戏剧家协会副主席罗怀臻评价，"《花界人间》是通过善来求美的作品，是民族个性化表达的一个寓言"。南京艺术学院舞蹈学院院长于平在中国文化报发表《人间的信念花界的善——大型民族舞剧〈花界人间〉观后》评价该剧，从幕启时的灿如夏花、香沁人间，到落幕时的含似春蕾、魂归花界，似乎在用一种鲜活的意象诠释古往今来哲人们屡屡发声的"从哪里来，到哪里去"的人

---

① 谢仁敏：《倾情演绎世间百态　尽展桂戏新篇章——第九届铜鼓奖获奖戏剧作品述评兼谈广西戏剧突围的路径》，《贺州学院学报》2020 年 3 月第 36 卷第 1 期。

生追问，而接踵展开的人生跋涉，又仿佛英国诗人弥尔顿从《失乐园》到《复乐园》所必经的人生历练。中国对外文化集团有限公司董事长李金生认为，该剧兼具民族色彩和时尚元素，表达了人类共通的主题，符合国际审美，非常适合推向国际市场。

《花界人间》是广西民族舞剧推陈出新的佳作之一。广西是多民族地区，民族题材丰富，希望广西的艺术家能推出更多展现民族文化的舞台艺术精品，推出更多有温度的精品佳作，常演常新，以飨观众，彰显新时代中国特色社会主义壮美广西的民族团结和精神之美。

作者简介

吕晨，女，广西民族文化艺术研究院副研究馆员，《歌海》编辑部副主任。

花山奇缘

演出单位

广西大学

花山上的圣愚

——评原创音乐剧《花山奇缘》

王宸宇

摘　要　由胡红一编剧、导演的校园音乐剧《花山奇缘》，塑造了一个极其富有圣愚文化内涵的角色——笨小孩阿呆。他始终保持着闯入者的姿态，颠覆事件原有的平稳状态，激发出情节的新质，第一人称限知视角与第三人称的全知视角无缝切换，身份内涵极为丰富，完成了一个狂欢化文本的构架，其支撑理论极为经典，写作思路新意十足。对该剧戏剧情节及人物形象的分析能够为当代校园音乐剧及儿童音乐剧的创新发展作有益探索。

关键词　圣愚文化；疯癫现象；外位性；狂欢化；闯入叙事文本

校园音乐剧《花山奇缘》取材于世界文化遗产——广西左江花山岩画。该剧是广西当代文学艺术创作工程舞台艺术扶持项目，也是继国家艺术基金大型舞台剧资助项目儿童音乐剧《壮壮快跑》和《月亮上的妈妈》之后，胡红一编剧、导演的第三部校园音乐剧。该剧讲述了一个笨小孩拯救世界的远古神话。花山上护佑先民的红人首领，突遭天雷，变成了花怪，他强令定期送美丽女童给他，否则他会施法摧毁骆越家园。在与花怪的抗争中，部落的成年男人全部被俘、生死不明，铲除花怪的重任压在部落众男童的肩上。为解救被献给花怪的妹妹阿美，笨小孩阿呆尾随小英雄阿聪前往花山打怪。他洞窟中发现了惊天秘密：原来阿爸和女童都还活着，只是被花怪施了法，变成奇花异草，而打怪小英雄一旦用神箭射死花怪，就会禁不住花洞中骄傲和贪玩的诱惑，变成新的花怪。阿呆急中生智，用红布条蒙住眼睛，跟阿美玩起"躲猫猫"游戏，眼不见、心不乱，阿呆终将花怪降服。其中，笨小孩阿呆这一角色与俄罗斯的圣愚文化有着极其密切的联系。

一、圣愚文化溯源

"圣愚"一词于俄罗斯自拜占庭引进东正教时期出现，俄文写作"юродивый"，可直译成"基督的疯癫"，还未产生固定形式之初，在《圣经·新约》中则使用"愚拙"来表示走近基督的一种方式。《大俄罗斯语详解词典》将其定义为："疯子，天生的傻子；民间认为圣愚是上帝的使徒，并从他们无意识的行为中寻找深刻的含义，甚至将这些人视为先知；但教会承认的圣愚有时也是愚蠢、不理智、狂妄的同义词。"

世俗文学中诸多圣愚形象，最早可追溯至傻子伊万。1817 年，一名军人途经斯摩棱斯克时，抛弃了家室，意图与一位富有的寡妇的女儿成婚，寡妇向伊万寻求建议，伊万突然疯癫地大叫起来："强盗！打啊！小偷！打啊！"寡妇遂拒绝了这桩婚事。后经证实新郎确是小偷，因此伊万被公认具有未卜先知的能力。不久，他被送至莫斯科疯人院。三年后，萨布勒医生发现了被锁在地下室的伊万，命人为其去除铁链，允许人们前来拜访，伊万一时声名鹊起，每日登门的上流名士络绎不绝，伊万拒绝了离开疯人院的建议，声称"哪儿我都不想去，更别说是去地狱了"。四十四年后伊万与世长辞，临死前他高举双手呐喊："拯救吧，整个世界将得到拯救！"

圣愚通常以疯子、傻子、白痴、流浪汉的形象出现，他们疯疯癫癫，否认世俗生活，骂世人的罪恶，笑礼节仪式的空洞烦琐，他们以自己的卑贱和对他人的厌恶来完成一种苦修的功业、寻找一种通往神启的方式，从而最大程度地接近上帝。美国学者汤普逊概括这些二律背反的特性：智慧—愚蠢，纯洁—污秽，传统—无根，温顺—强横，崇敬—嘲讽。约安·科瓦列夫斯基认为，即便是一个精神高尚的人，看似脱离了虚荣和贪欲，实则仍可能屈服于傲慢的引诱。圣愚为防止自己流于自大，用愚蠢的行为让自己声名狼藉，从而防止自己的行为过于自满。

这样的圣愚形象影响了无数后世作品，如列夫·托尔斯泰《童年》中流浪的少年格里沙，普希金《鲍里斯戈东诺夫》中借疯癫言语道破宫廷阴谋的尼克尔卡，陀思妥耶夫斯基《白痴》中如基督一般的梅思金公爵等。直至后现代主义文学，对圣愚形象的塑造仍极为丰富多元，如维涅·叶罗菲耶夫《从莫斯科到彼图什基》的维尼奇卡，妮娜·萨杜尔《奇异的村姑》的疯女人"世界之恶"等。圣愚的概念被加以拓展延伸，被赋予了新的内涵及文化意蕴，逐渐走向多元化、多义化。对于《花山奇缘》的叙事文本而言，阿呆这一形象的出现，更是将戏剧推向了高潮，实现了戏剧化的突转，提供了更为广阔的视角，丰富了叙事话语的表达方式，具有一种独特的艺术张力。阿呆身上既包含哲理型圣愚的反思，传达着主创团队对当下生活的思考——缺点也能变特点，笨鸟高飞任翱翔，也具备美德型圣愚的善良和纯洁，为了部族不畏强敌、无惧牺牲、抗争到底。他所生发出的每个行动都能在圣愚现象中找到凭依。

二、闯入式的狂欢

圣愚的行为方式通常是反常规的，兼具着疯癫与虔诚的双重内核。疯癫意味着对世俗空间的否定，表面看似与教义常规相悖，实际上这相悖的世界才是那个虚伪不公、与教义规范不符的世界。教会千篇一律、墨守成规的仪式让"永恒真理"愈发僵化，当圣愚站在疯癫的立场上批判所谓的理性符号和世俗政权时，实则是在拥护、肯定自己内心的真正虔诚，回归生命的精神本质，激发群众对基督的新的情感体验。对庸常世界的嘲讽颠覆只是一种外在表现的手段途径，他所要达到的目的其实是舍弃肉体性自我热情，从而圆满内在信仰，追求灵魂的升华。这最大限度地契合了基督教的"虚己"伦理，即基督的受难与救赎，圣愚选择了以"愚拙"的方式来实现其核心要义。这是一种狂欢节式的重构，圣愚闯入原本固化的死寂的日常秩序，将它激活打破，揭露真相，建立起混乱的新秩序，完成狂欢化中的脱冕仪式。

圣愚一旦逃离到一个非世俗空间，他便具有了一种外位性，他不再是占据统领地位的庸常世界的一部分，转而成了能与世界对话的"第三人"，能看到和听到常人所知范围外的东西，产生让人们从另一角度去看待现存世界的能力。圣愚的预言特征恰恰佐证了这一点，其存在本身就是一种对历史神秘演进的隐喻。譬如姜文电影《鬼子来了》中的八爷，片中村民们总是忙于争执如何处理花屋小三郎和董汉臣等种种事故，八爷的台词却从始至终只有一句："我一手掐死一个，王八操的！"这一句台词直点电影的中心情节——"全村人早晚得弄死在你们两个手里！"后来当日本人屠村，所有人都为了生存而苦苦挣扎时，八爷是唯一一个无所畏惧的，他已然明白历史的步伐要靠鲜血与死亡推进的真理。因为从圣愚的角度出发，人生的意义就在于苦难。

《花山奇缘》中，阿呆亦具备这种闯入式狂欢的特性。对于传统，他有一种天然的无意识的反叛。第一幕，阿呆与阿聪比武，阿呆不愿遵循传统射箭规矩，想要改一改老规矩，提出改作打弹弓，阿呆不听阿公劝说、不顾众人取笑，坚持称"公鸡难变鸭"。在明显处于劣势的必输无疑的情况下，面对想要求和的阿聪寸步不让，"不打怎么知道真的打不过，万一打得过呢？"；阿聪上山前，大家都认定他是最勇敢、最聪明的小英雄，携手同心必能其利断金，阿呆却又问："万一这次还是打不过呢？前面去打怪的，哪个不比你阿聪勇敢，哪个不比你阿聪强壮？"；阿聪变成花怪后，阿呆从阿妈处得知织锦的方法，受到启发，即使骆越神箭已空，仍相信能以此战胜花怪……他的一系列行为都十足像一个愚拙的笨小孩，一根筋且天马行空，全然不似阿聪阿公一众稳妥务实。而这种稳妥务实实际上正是我们通常世俗意义所认定的行为法则，是长久以来族群赖以生存的"老规矩"，是一个普世价值观已然成型的秩序化的空间，阿呆则是闯入其中的另类元素，事事不被族人认同，处处透着不可能实现的"笨"和无用。但阿呆始终秉信他那套"反世界"的符号系统，贯行自己内心认定的精神伦理，坚守打花怪、救亲人的信念，不肯与常理合流，称"如果能改，那就不是阿呆了"。最终阿公和阿妈在建立起的"新秩序"下被说服，扭转了固有观念，允准他上山一试。阿聪打怪失败、花怪被弹弓战胜、织锦时要"用心去听，用耳朵去看"等让阿呆躲过诱惑，免于重蹈变成花怪的覆辙……诸多事实都佐证了阿呆愚拙的"笨"才是正确的。"笨人有笨福，母猪能爬树"的庸常旧观念最终被脱冕。他始终保持着闯入者的姿态，颠覆事件原有的稳态，激发情节的新质，使得全剧的叙事成了一个完整的狂欢化文本。

这种"狂欢"也延续着圣愚二律背反的特性。第一幕阿呆与阿聪比武时，矫健的阿聪和笨拙的阿呆的鲜明对比，以及随后能言善辩的众男童唱着《男子汉大豆腐》和《姥姥不疼舅舅不爱》跳着舞围着阿呆嘲笑的场景，不难令人想到《阳光灿烂的日子》里，毕业的小学生骑着自行车闹哄哄地、意气风发地笑闹，傻子高兴地跨着一根木头学着跟在后头追，纯洁浪漫和不可理喻的呆傻在同一个镜头中紧密关联，不可分割，呈现出一种共存的悖论。剧中花怪与英雄也确有互相转化的设定，小英雄骄傲贪玩，杀死花怪又变花怪，被寄予厚望的阿聪打怪失败，笨小孩阿呆成了拯救族人的勇士，消解了真善美和假恶丑之间非黑即白的二元对立，凸显出一种开放包容的创作态度。

三、文本中的宏大叙事

圣愚文化独有的特性对创作文本的表现形式具有一定的影响力。花山奇缘表面上呈现的是一种微观叙事，实际却隐含着极其宏大的叙事风格。原因之一在于上文所述的疯癫与虔诚的双重内核，外在看似卑微、反叛或亵渎，内在维护的却是崇高与虔诚的精神要义。从另一角度看，圣愚的存在也为故事的叙述提供了更为广阔的视角。愚拙者是极为特殊的一个群体，他们以疯子、傻子、酒鬼、浪子等形象出现，无论是行为疯癫、言语痴傻还是思维跳脱，社会大众通常将他们视作非正常甚至低人一等的异类，对主流认可的普世价值观的吻合使得社会大众在他们面前天然拥有一种优越感，而圣愚不在意他们的目光与想法，故而也无需戴着面具行事。在圣愚眼中，世界所展现的模样与大众所见的大不相同，但这也许才是最为真实的一面。圣愚所拥有的视角更为广阔，适合担任文本中查缺补漏、阐释创作者立场的叙述任务。他们与大众所持的世界观截然不同，对于正在旁观的现象难以实现真正的理解。但也正因为这样的不理解，他们传达的信息才不加修饰、贴近本质，在功能上如同一个传声筒。

曹禺的《原野》中就有一个非常典型的白傻子。在该剧的开始，白傻子和仇虎的对话就直指仇虎的身世与复仇意图，仇虎不避讳地向白傻子质疑，白傻子也老老实实给予反馈——焦老太还活着，焦阎王已经入土。他不仅是与仇虎发生对话，更是以一种"告白式"的言行向观众交代故事的背景和种种蹊跷端倪，将观众未知的关键信息补充完整。倘使将他的角色是一个正常人，仇虎则不敢如此直白地发问，对方也断不会这样句句如实、问一答一，否则是不符合正常行为逻辑的。第三幕白傻子和常五的对手戏也起到了类似的作用，交代人物去向，增加故事的完整性。

《花山奇缘》中阿呆的形象塑造有着非常完整的发展体系。首先，在比武中阿聪三箭四中，阿呆则三箭不中，阿聪的聪衬托了阿呆的呆；随后阿呆又无视阿聪让他认输的提议，自不量力地前去摔跤，果真一败涂地，众男童纷纷嘲笑他的"木头脑袋"，阿呆仍傻乎乎的不气不恼。通过他者的凝视实现了自我身份的初步构造，确证了阿呆是个通常定义下公认的笨小孩。但聪明人与傻子的界限向来只有一念之差，如第一幕阿公所言："一群聪明仔，居然说服不了一个笨孩子，到底是谁笨？还真说不清。"阿呆自己也说："连这都不明白，他们够笨的吧？"看上去是个聪明人的阿聪打怪失败，需要阿呆来拯救；睿智的族长阿公为用光的骆越神箭所愁，阿呆提出弹弓也是一样厉害；坚毅的阿妈因二次面对与孩子的生离死别迟疑，阿呆则坚定地为了部族转身上山……阿呆也逐渐明白，他自有所谓的"聪明人"不能及之处。于是他的主体意识在对他者的凝视中产生，他在不断地实践行为中完善着对自身主体性的确认。一边加深笨小孩的笨，一边又不断消解阿呆笨的形象。这不仅是笨小孩打怪拯救部族的英雄故事，也是笨小孩建构自我的成长历程。

第三幕，阿聪变成花怪后，阿呆带着阿美从花山上逃回来，他们是唯一上过花山仍能平安归来的人，故而所知的信息也一定是打败花怪的重要线索。阿妈如听天书，阿呆在这时点出了关键："自相残杀，所以花怪总打不死，打怪的小英雄一个也回不来。"阿妈和阿美才恍然大悟，阿呆又提出，真正能打败花怪的并非之前大家认为的会拉弓射箭的勇士，而应该是"一个不骄傲的人，一个不贪玩的人，一个能够自己约束自己的人"，交代了后面与花怪大决战的线索，起到了补充说明、引进线索、推进情节的作用。这里还涉及圣愚形象在叙事文本中较为常见的另一个作用。曹禺说："我们利用观众对主人公的同情与好奇心，告诉观众一点儿，而不是完全告诉他们。叫他们期待着更大的转变。"观众看到这里会追问：谁才能符合这样的标准呢？这样一个笨孩子，真的能依此打败那么强大的花怪吗？高潮出现了延宕化的倾向，观众在审美心理上对后面有可能发生的大的戏剧动作充满了渴望，强化了对每一个未知前景的期待过程，对审美满足的延迟处理使得高潮在最终突然到来时能达到一种更好、更强烈的剧场性效果。

相仿的还有第一幕，阿美将要被送上花山，阿妈已经下定牺牲女儿的决心，以阿聪为首的孩子们也终于在阿公的鼓舞动员下士气大增，阿呆却认定："前面去打怪的，哪个不比你阿聪勇敢，哪个不比你阿聪强壮？"实际上，花怪难以战胜是尽人皆知的既成事实，成年男子都未能胜利，何况只是一个孩子。但阿公、阿妈和阿聪一众各有各的缘由桎梏，无法质疑，创作者在此借由阿呆之口，言的是观众所思，充分挑起观众对"阿聪到底能否获胜"的好奇，引发一种强烈的审美期待，创设了规定性的戏剧气氛。

此外，创作者还要借这类角色的存在来对人性本真进行揭示。《原野》中，焦老太向白傻子数落金子的种种不是，并称金子是个婊子、是个母老虎，白傻子"好看的媳妇败了家，娶了个美人丢了妈"。焦老太的形象在这里是极为刻薄和阴狠的，因着金子抢走了儿子的关注而格外刁难金子。纵使人人都清楚焦老太的毒辣，但"老虎要都是这样，还是老虎好""不……不要紧，我妈早死了"，这种直接"不合作"的态度场上，唯有白傻子会摆在台面上讲得明白，他的所作及所思。这种在"告白"中推进完善叙事、串联戏剧情节链的功能绝非剧中任何一个其他角色能够替代。

《花山奇缘》中，阿呆的塑造也同样担当着这样的责任。作为一部受众群体多为儿童的音乐剧，寓教于乐极其重要，想让那些人生道理更容易被孩子理解吸收，最好的途径就是借剧中角色之口进行深入浅出的语言传达。阿呆作为一个笨小孩，他的行为往往就是他心中不加修饰的真实想法，适宜成为创作者表达思想的传声筒。"连怎么摔倒的都不知道，那我岂不是白疼了？""哪里跌倒就从哪里爬起来，这才叫男子汉，大丈夫！""不打怎么知道真的打不过，万一打得过呢？"等，其富含的哲理大巧若拙，他拥有着《檀香刑》中小甲的"虎须"，能够映照出为人处世的本质。

《花山奇缘》里这种将多元对立融为一体的形象塑造方式打破了传统的现实主义手法。近似圣愚的身份使得主人公阿呆不仅仅作为事件的亲历者出现，同时也兼任着故事的评论者角色，第一人称限知视角与第三人称全知视角的无缝切换，使得阿呆的身份内涵极为丰富。

作者简介

王宸宇，广西大学艺术学院。

漓水烽烟

演出单位

广西群众艺术馆

为着心中的月亮，
你是那坚定前行的话剧人与话剧创作
——话剧《漓水烽烟》观后

景俊美

广西群众艺术馆建馆 80 周年庆典之际，由该馆创演的话剧《漓水烽烟》再次与南宁的广大观众见面。该剧聚焦于第一代中国话剧与戏曲的"双栖"型人才——欧阳予倩的桂林往事，展现了其"用心去唤醒民众尚未清醒的灵魂，为祖国的尊严战斗呐喊"的心路历程和实际行动。剧中，欧阳予倩不仅是戏剧人，也是教育家，更是一位社会活动家。他创戏、改戏、排戏，他演戏、导戏、教戏，他还是第一任广西省立艺术馆的馆长，他是戏剧人，也是艺术界的灵魂人物。而广西省立艺术馆，正是广西群众艺术馆的前身。话剧《漓水烽烟》的创排，是对欧阳予倩先生的致敬，也是话剧人在前辈艺术精神的感召下，致敬传统、致敬艺术的一种方式。剧中，欧阳予倩与其妻刘韵秋的对话格外具有深意。欧阳予倩说："谢谢你这些年跟着我四处漂泊，谢谢你当年帮我下定决心留在桂林。这个剧场也是送给你的，你就是我的月亮。"刘韵秋回答："你也是我的月亮。是我和女儿的月亮。这个剧场也是我们所有人的月亮。"一个"月亮"，照亮了欧阳予倩的路，也照亮了广西群众艺术馆这些守望艺术梦想的话剧人的路，西南剧展的蓬勃历史，也在这次对话的牵引下展开。

一、背景："西南剧展"前后的历史语境

西南剧展的全称是"西南第一届戏剧展览会"，是抗日战争时期发生在桂林这一历史文化名城的重大戏剧文化活动。这一活动自 1944 年 2 月 15 日始，一直延续到 5 月 19 日，历时 94 天，达三个多月之久，共演出了 179 场 79 个（歌舞、杂技、魔术小节目未计）大小不一的戏剧剧目，其中包括话剧 31 个、京剧 29 个、桂剧 9 个、活报剧 7 个，另有湘剧、楚剧、歌剧、傀儡剧、瑶人歌舞、皮影子戏、马戏等多种表演形式，观众总数达 10 万人（次）以上，当时的《新华日报》称之为"中国戏剧史上的空前盛举"。此后的多种戏剧展演活动均借鉴了这次的演出样式，西南剧展在 20 世纪中国戏剧发展史上具有极特殊的意义。

欧阳予倩是西南剧展筹备委员会的核心人物。他创作的京剧《梁红玉》、桂剧《木兰从军》《人面桃花》和话剧《旧家》《同住的三家人》均在剧展上演出，而且反响热烈。这些剧目犹如

一面面镜子，折射着现实社会，又如一支支火炬，点燃起观众的爱国热情。

当然，西南剧展之重要，不仅在于其规模及其与抗战的不解之缘，还在于它所具有的现代性内涵和在演出之外延伸至人们对社会中戏剧人的角色身份的再认识。所以剧展期间戏剧人达成的"剧人公约"十条：认清任务、砥砺气节、面向民众、面向真理、勤研学术、磨炼技术、效率第一、健康第一、尊重集体和接受批评等，至今仍然具有振聋发聩的作用。它不仅让我们认识到戏剧在参与抗日救亡图存中的意义，而且有意无意地正视了民族民间艺术，即今天我们所弘扬的优秀传统文化的重要组成部分——非物质文化遗产的价值。尤为难能可贵的是，剧展以清醒的意识强化了戏剧的自觉意识。诚如欧阳予倩在其文章中所指出的："这空前的盛会绝不是偶然的，每一个青年戏剧工作者心里都蕴藏已久的意思，一旦表现出来，便好像春风扇和，花叶怒发不可遏止。凡是积蓄深厚，表现自然光明，中国的新戏剧运动开始以来，新型的戏剧在斗争中逐渐成长……内容格外充实，技术也更有长足的进步，而对于社会的贡献也日趋于丰富。"

二、人物：家国、民族与艺术的多重塑造

西南剧展中的欧阳予倩，是欧阳予倩一生中的一个片段，又是构成其艺术生涯的重要组成部分，更是奠定话剧《漓水烽烟》的人文基础。欧阳予倩为戏剧艺术奋斗了一生，编、导、演、教、研五位一体，创造了"南欧北梅"的佳话，而且具有很强的票房号召力。作为戏曲与话剧的"两栖型"人才，又是台前幕后的全能型艺术家，欧阳予倩对戏剧艺术的贡献绝不是一个剧或者一篇文章所能容括的。然而剧与文对他的聚焦又必然是不可或缺的，所以以小见大的艺术处理方式是展现其精神世界的最佳选择。

话剧《漓水烽烟》中的欧阳予倩，爱国、爱民族、爱艺术，知性、通达而又倔强。他创作改编的历史剧《梁红玉》《桃花扇》《木兰从军》连连满场又连连被禁，就像剧中人所说的那样："演一出禁一出，排一出禁一出。"这一方面说明他的戏能够激发民众的斗志，另一方面也反映了他处境的艰难。当看到编剧蔺永钧、李晟巧妙地将月亮的意象融入剧中时，笔者情不自禁地要为他们的创作点上一个大大的赞。"书"是欧阳予倩之妻刘韵秋的月亮，"一出好戏"是观众的月亮。如今，欧阳予倩本人已经成了戏剧人的月亮，他明亮而皎洁，指引着我们前行的路。

这样一轮月亮，在戏剧创作中对编、导、演都提出了极高的要求。《漓水烽烟》中对欧阳予倩这一人物的塑造，采取了多点、多面、多方法的立体刻画。从文本起，用月亮这一极具象征意义的意象立住了人物的灵魂，加之抗战救亡、旧戏改革和西南剧展等历史事件的熏染，使得人物的血肉愈发地丰满。导演李伯男的二度创造更是技术娴熟、手法灵活，舞台上他收放自如，语言、表情、动作都细腻得体，让历史人物灵动起来、鲜活起来。主演张帅的执着精神尤为感人，为了演好角色，他一个月减重25斤，从外形到神情，做到了惟妙惟肖。舞台上，我们看到了才学丰赡、精博两全的欧阳予倩，他的一举手一投足，因着演员发自内心地

走入欧阳予倩的世界而具有了一种于无声处的力量。

三、舞台：接续传统拥抱未来的兼容并蓄

戏剧是综合的舞台艺术，从诞生之初便具有了悦人、感人乃至育人的功能。所以，戏剧的归宿是必须演给观众看，才能实现其最终价值。时代推动着戏剧的不断前进，戏剧同步也在开拓着时代。从舞台调度看，话剧《漓水烽烟》追求的是一种带有"间离"效果的现代性戏剧样式，人物的多维度、舞美的诗意空灵和灯光的现代表达都使其具备了一种油然而生的艺术张力。

好的戏剧总是能找到属于它自己的生命仪式。剧的一开始，化妆师推着衣架出现，《给少年的歌》乐声缓缓升起，演员们三三两两地上台穿好服装，站好，轮流报自己的名字，最后全体演员齐声说"广西群众艺术馆"并鞠躬。就是这么一个仪式，直接震撼了观者的心灵。因为了解，所以懂得。这一仪式是那样贴切地表达了对欧阳予倩等老一辈艺术家的致敬，也贴切地表达了他们文化传承的使命初心，更真实地表达了抗战环境下剧中人的不易。紧接着，船工走到鼓边，伴随着鼓点声传来了极具民族和地域特色的歌声："云飞天不动，船动岸不移哩岸不移；人离心不离，情谊永不断哩永不断。"欧阳予倩在歌声中走出，故事由此展开。

诗人说："万物本身是诗，同时又在创造诗。"对戏剧艺术而言，同样需要我们去发现、去创造。小时候读诗，最爱那朗朗上口的"锄禾日当午"，长大后慢慢理解了王国维在《人间词话》中所区分的造境与写境、有我之境与无我之境。"窗含西岭千秋雪"，是通过一扇窗去看大千世界，好的形式便在于这扇窗子。中国传统戏曲艺术在舞台样式上的创造，遵循了"一桌二椅"的空灵美，这是中国传统艺术审美的灵魂。话剧艺术是自西方舶来，若要在中国大地上扎根，就必须进行本土化、民族化的转化的。在艺术创作中，这一任务也确实任重而道远。具体到一个剧目，它是否能够深入地接续传统，关键还在于编导对传统有多了解及其在艺术创造上有多高的水平。话剧《漓水烽烟》的舞台，是框状结构的"窗"。每一次推拉转化都是不同的场景与时空，戏中戏、庭院、室内及桂林山水都能灵活转换，加之多媒体与灯光的融入与呈现，老夫聊发少年狂的精神与桂林山水甲天下的美都一一在舞台上得以完美呈现。

任何艺术创作都需要艺术实践和时间的检验。一部新创剧目能有现在的成就已然是令人欣喜的。不过因为新创，也难免有不尽如人意的地方。比如，该剧对欧阳予倩的塑造虽然手法多样，但是仍然会给观众留下一丝庄重有余而亲切感不足的印象。再比如，对黄旭初这一人物的舞台呈现需要再斟酌，现在剧中有丑化之嫌疑，这是否符合历史也助推剧情是有待深入考证的。但是瑕不掩瑜，尤其是对这个创排团队有深入了解的人会知道，创作这样一部戏，创排团队克服了多少困难！文艺创作是时代的晴雨表，也是艺术精神的表征。最后，笔者需要特别交代一下这个戏及这个创排团队的具体情况。坦白说，对于不了解广西群众艺术馆的人而言，这样一个单位演话剧也许显得有些不伦不类，至少难以称得上专业，更遑论精致与

精彩。然而对于了解广西群众艺术馆的人而言，这个团队是令人肃然起敬的。2012 年的文化体制改革，广西话剧团合并到了广西群众艺术馆，自此，话剧的专业演出队伍在广西群众艺术馆扎下了根。"馆团合并"对话剧人而言，一方面是有了生存的保障，另一方面却容易让不了解真相的人产生误解。所以在广西群众艺术馆，话剧的人才梯队建设是机遇与危机并存的。反过来讲，危机感也是求生的一种助推力。广西群众艺术馆在馆长覃广周的带领下，不断用"以戏带人"的方式创作精品剧目，从话剧《花桥荣记》到话剧《漓水烽烟》的创演看，好作品正是锻炼人才也是扩大艺术影响力的最好途径。艺术的灵魂来自不朽的精神力量。广西群众艺术馆以戏剧为月亮，走出了属于自己的路，笔者对他们表示由衷地敬佩。

作者简介

景俊美，北京市社会科学院副研究员。

拔哥

演出单位

中共东兰县委员会　东兰县人民政府
河池市东兰县文化广电体育和旅游局
广西艺术学院　广西演艺集团有限责任公司

致敬英雄讴歌党，感人至深咏华章
——原创歌剧《拔哥》的凤凰涅槃

李　君

摘　要　原创歌剧《拔哥》在第十一届广西剧展中获得大型剧目桂花银奖、桂花剧作奖、桂花作曲奖、桂花表演奖，剧展评委认为以民族音乐剧参展的《拔哥》其类型更符合歌剧，故归为歌剧类别。剧组经过凤凰涅槃将《拔哥》再现舞台，在第四届中国歌剧节中引发关注，获得文旅部优秀剧目奖。作为献礼中国共产党百年华诞的一部原创作品，该剧突出革命性、民族性、艺术性、地域性，在歌剧节"一剧一评"中，被全国的专家给予了肯定和希望。本文根据两次剧评得到的反馈，思考歌剧的特质与《拔哥》立于舞台的再修改、再发展，认为拔哥形象当以歌剧艺术来树立，《拔哥》音乐民族性的融合是成功的，"拔群精神"当为全国人民知晓，《拔哥》的创演对本土艺术创作有重要启示，可推进广西原创力量对于歌剧艺术的发展与繁荣。

关键词　歌剧；拔哥；音乐民族性；精神

"拔哥"是广西人民对参加百色起义的农民领袖韦拔群亲切而深情的称呼，关于拔哥的作品，1975 年有电影《拔哥的故事》，1989 年有电影《百色起义》，2019 年有壮剧《百色起义》等。2021 年在建党百年献礼中，歌剧《拔哥》由广西艺术学院主创团队呈现，"壮歌一曲惊天地"，《拔哥》由开始定位为民族音乐剧到修改为歌剧，可谓凤凰涅槃。作为广西艺术精品创作重点扶持项目，《拔哥》亮相"永远跟党走"庆祝中国共产党成立 100 周年广西优秀舞台艺术作品展演暨第十一届广西剧展，获得大型剧目桂花银奖、桂花剧作奖、桂花作曲奖、桂花表演奖（仵威饰韦拔群，刘璐饰秀梅）。在随后的第四届中国歌剧节中，《拔哥》的现场演出及网络直播引发关注，获得文旅部优秀剧目奖。

一、拔哥的形象当以歌剧艺术来树立

（一）拔哥的形象适宜歌剧的表达

一开始，《拔哥》以民族音乐剧的形式呈现。音乐剧讲究歌舞的表演，唱腔风格为通俗唱法、美声唱法，而《拔哥》剧组的主角、配角多以美声唱法、民族唱法见长，以严肃的咏叹调引领全局，从演员唱腔上就不太符合音乐剧的表现。音乐剧需要歌唱演员参与舞蹈的表演即边唱边跳，但目前的主要演员基本不参与舞蹈，况且音乐剧《拔哥》的舞蹈多以民族舞居多。更重要的是像韦拔群这样的英雄人物和百色起义这样重大的历史事件，更适宜用正歌剧的形式予以呈现。音乐剧《拔哥》在广西艺术学院会演中心及东兰县试演后，2021 年 7 月 9 日在第十一届广西剧展再次亮相，来自全国各地的评委在观看演出后进行了一次座谈，认为《拔哥》更具备歌剧的潜力，应修改为歌剧。

专家们认为，《拔哥》"气势磅礴，有感染力，塑造了壮族人民的儿子——农民领袖英雄人物韦拔群，歌、乐、词、舞的融合富有民族风格，荡气回肠，有抒情也有激越。歌剧的色彩浓，合唱居多，听了让人心潮澎湃，但合唱略显多了，演唱形式还可以多一些"。朱维英评委说："作曲善于抒情写作，拔哥、秀梅、蓝老爹（马兴智饰）、陈洪涛（刘畅瑞饰）等 4 位主唱唱得好！"胡应明评委说："剧情让人激动震撼，广西艺术学院的师生同台呈现，与其他高校比，广西艺术学院不错！舞台气势磅礴，黄钟大吕表现了壮丽的革命浪漫主义、理想主义和悲壮的英雄主义；值得探讨的是，演员在歌唱性上富于戏剧性方面还有空间，主要人物的牺牲还需要写好，可能不好表现，拔哥是被偷袭而牺牲，表现起来是一个难点，但也是可以突出的点，以不同于一般的剧。从韦妈（危英饰）和秀梅的婆媳二重唱、几段男声二重唱来看，更像歌剧！"评委还就剧中老百姓的受苦如何表现，小战士的牺牲怎么表现，革命的艰难如何表现等提出了看法。

笔者认为，也只有用歌剧才能把 20 世纪 20 年代末到 30 年代初广西的农民运动和红军在八桂大地初建的波澜壮阔表现出来。红色题材也能出好戏，我们有必要把《拔哥》继续修改完善。尤其是男主角扮演者仵威，是目前广西乃至全国业内较好的美声男高音，他成功塑造了韦拔群性格豪爽、讲义气的革命形象。曾留学意大利学习歌剧表演、现在广西艺术学院与国家大剧院兼职工作的仵威，想把自己多年所学带给家乡人民。他最大的愿望就是能尽自己所能，把西洋歌剧融入广西本土音乐中，结合西洋的表演形式，让大众通过音乐认识广西这片美丽的土地，使故乡的音乐传唱于祖国的大江南北，甚至让歌剧之源的欧洲都能欣赏到故乡华美的乐章。《拔哥》初步实现了仵威的愿望，从歌剧节回来后，他与剧组又投入《拔哥》的进一步完善中。

在山东淄博第四届中国歌剧节之后的线上展播中，研究中国歌剧的浙江师范大学乔邦利老师评价，《拔哥》的表演很精彩，作品中的唱段难度很大，特别是几个主要角色的唱段，对表演者的唱功都是不小的考验。总体上看，几位主要演员完成得都很出色，声音漂亮，咬字清晰，表情丰富，舞台行动意识强，表演很投入，角色塑造得有血有肉，较准确地塑造了各个不同的人物形象。可见《拔哥》的转型是成功的，《拔哥》也必须转型。

修改后的《拔哥》以愤世不平、星火东兰、再造山河、躬耕为民、大义皓月和碧血忠魂等六幕展开，选取韦拔群革命生涯中组织农民运动、武装斗争、开办农讲所、加入共产党、建立革命根据地、河池整编、反"围剿"、壮烈牺牲等重要节点，表现了壮族人民的优秀儿子、卓越的早期农民运动先驱与领袖、百色起义的领导人之一韦拔群同志的英雄故事，艺术再现了马克思列宁主义在广西东兰县传播和中国共产党在左右江革命根据发展壮大的辉煌历程。全剧唱段环环相扣、层层递进，生动勾勒出韦拔群气壮山河、荡气回肠的革命豪情。这部歌剧精心创作了《快乐事业，莫如革命》《热烈而生，热烈而死——拔哥入党誓词》《仰天长啸裂苍穹》《燃烧吧，燎原之火》等动人的咏叹调，刻画了拔哥一生寻求光明，散尽家财为革命，为改造旧世界建立平等社会，对党的事业无限忠诚，最后"抛头颅、洒热血"的可歌可泣的光辉事迹和高尚情怀。①

　　近年来，一些剧目同时冠以歌剧、音乐剧之名，纵观歌剧、音乐剧的历史，二者还是各成体系，各有特色，独立成剧，不可混搭。笔者认为，歌剧、音乐剧发展到今天，不能因为用了一些歌剧的手法到音乐剧中，就将其称为歌剧。要么是音乐剧，要么是歌剧，两者兼称反而不伦不类。

　　（二）两次剧评留给《拔哥》的启迪

　　在《拔哥》参演第十一届广西剧展后，参加广西剧展的全国专家学者云集广西艺术学院，对该剧进行集体"把脉"。专家们指出：《拔哥》有可能成为精品，希望它继续发展，最好出一两段可以流传的咏叹调。不足之处是还缺少戏剧情节，因为大多数参演人员不是专业演员，特别是演群众的都是学生，表演还缺少一点激情，有的演员甚至"不会动"，因此，该剧在这些细节上还可以求精。赵伟明评委说："最大的不满足是没有现场乐队！"歌剧不能用录制的伴奏，要用现场交响乐队伴奏。这就说明了《拔哥》的歌剧特质和潜质，因为作曲莫军生、曾令荣是第一次创作如此大剧，想借助广西音乐与民族舞蹈推出一部具有广西特色的音乐剧，还不想一步到位直接创作歌剧。音乐剧可以"卡拉OK"，歌剧不可以！歌剧没有现场乐队不是效果大打折扣，而是不符合演出常规。为了备战第四届中国歌剧节，广西艺术学院交响乐团师生马上行动起来，他们是近年来完成大型剧目《新刘三姐》等得到锻炼的乐团，是一支由师生组成的来之能战、战之能胜的队伍，音乐学院院长、乐团指挥蔡央教授放弃了整个国庆假期，闭门看总谱，做足功课。

　　剧展和座谈会催生了《拔哥》的凤凰涅槃。定位为歌剧后，《拔哥》完成了从音乐剧到歌剧的转型。在《拔哥》的转型中，既要大刀阔斧，又要精雕细琢。剧组倾听各方面意见，删掉了原音乐剧中有民族特色的舞蹈和韦拔群牺牲后韦母与秀梅的一些咏叹调，缩短了篇幅并根据歌剧特点修改剧目。

　　同时，广西壮族自治区文化和旅游厅给予广西艺术学院极大的信任与支持，让广西艺术学院作为创演单位代表参加第四届中国歌剧节。2021年10月20日至21日《拔哥》亮相歌

---

① 李君：《壮歌一曲颂英雄——歌剧〈拔哥〉参加第四届中国歌剧节》，《广西日报》2021年10月14日。

剧节，在山东淄博连演 2 场，这是广西歌剧第一次参加中国歌剧节。演出后，在 10 月 22 日上午的《拔哥》研讨会暨"一剧一评"中，来自全国歌剧界的专家，南京艺术学院教授居其宏、中国国家话剧院原院长周予援、中国广播艺术团一级作曲莫凡、武汉大学艺术学院院长刘丹丽、中国歌剧舞剧院一级作曲温中甲、泉州艺术教育学会会长一级作曲杨双智、中央歌剧院创作室原主任蒋力等，纷纷对《拔哥》给予肯定和进一步完善的意见与建议。居其宏说："《拔哥》体现了广西艺术学院声乐团队的强大唱功，希望（该剧）从心灵深处挖掘角色的歌剧性，更好地塑造戏剧舞台形象。"莫凡非常关心广西歌剧的发展："《拔哥》地方特色浓厚，乐队的声音控制严格，台上与乐池的演员都很努力，体现出学校的重视和剧组的精气神，我特别喜欢第二幕音乐的民族特色，对唱、群众演员合唱很生动，拔哥的扮演者仵威是本次歌剧节涌现的人才，他的声音造型合适、贴切。"温中甲评价："作为教学单位的广西艺术学院以政治责任感完成本剧，可看性很强、非常接地气，合唱部分特别有力量，有情绪的推进。"其他专家纷纷表示："广西艺术学院作为参演的唯一一所综合性艺术院校，也是唯一的少数民族自治区代表队，能够创演如此大型的剧目，在建党百年把韦拔群的英雄事迹呈现出来，是一种诚意和担当，也展现了学校管弦乐团的训练有素。特别是剧中拔哥、秀梅、陈洪涛等的演唱极具感染力，春妹（刘海嘉饰）、蓝小勇（张云龙饰）的演唱具有广西民族特色，其他各个角色音乐旋律及群众的合唱效果，给人留下深刻印象。这个歌剧的探索将有力促进以广西为代表的民族地区、边疆地区的歌剧事业及艺术事业的发展。"本着"质量提升、引导创作"的精神，专家们对《拔哥》提出了中肯的建议与希望，"避免其陷入歌曲串烧和联唱的误区，好戏是改出来的，希望它遵循歌剧的特质，加强人物情感描绘、戏剧冲突刻画，争取有所超越，在歌剧艺术的追求上更上一层楼"。在听取专家讲评之后，剧组与主创团队在研讨会后对剧目进行质量提升，在歌剧艺术的创作、排演中不忘初心，不断追求卓越。在整个过程中，广西艺术学院师生付出了巨大的艰辛，给剧组和学校带来了启迪——我们有实力冲击歌剧的创作，也有实力完成歌剧的演出。

（三）《拔哥》再修改再发展的思考

《拔哥》需要再修改，好文章是改出来的，好剧也是改出来的。剧组回到学校后，学校专门召开了研讨会。侯道辉校长指出，原创歌剧《拔哥》离精品剧目还有进一步打磨、提升的空间，需要各位专家发挥专业优势积极建言献策。

许多专家之前认为，拔哥牺牲的场景，应该交代清楚一些。如何更加具有歌剧的特质，就是加强戏剧冲突。笔者认为，交代英雄韦拔群牺牲的场景，是有戏可做的。英雄韦拔群与叛徒即他的亲侄儿韦昂的对峙、冲突大有文章，而目前剧中只有一声枪响，观众不太明白拔哥是如何被害的。剧中倒是给了反面人物韦龙虎（汤则铭饰）、刘三（沈明春饰）足够的戏份，他们展现了演技和唱功，尤其汤则铭把韦龙虎演得让观众又恨又爱，恨的是当时地方军政对于革命的镇压，爱的是汤则铭演得真是太入戏了，以至于今天很多观众不知道他的真实姓名而只知道他在戏中的名字"虎爷"。乔邦利老师也认为："《拔哥》的戏剧矛盾不够集中，戏剧高潮不够突出，情节推进不够有力，显得有些平铺直叙；角色刻画尚不够细致，舞台动作与戏剧情境的联系缺乏有机性；结尾有些仓促，可以运用戏剧手段把拔哥的高大形象再拔高一些。"

二、《拔哥》音乐民族性的成功融合

（一）"歌海"有歌信手拈来就成曲

民族音乐元素在中国新歌剧中的运用比比皆是，《拔哥》也不例外。所谓"中国新歌剧"，可以定义为中国近年来产生的歌剧新作品。中国幅员辽阔、民族众多，歌剧题材广泛、异彩纷呈，第四届中国歌剧节就有18部新作品反映了新时代中国歌剧的发展与繁荣，这也是社会主义文化大发展大繁荣的体现。《拔哥》讲述的是发生在广西的革命历史故事——百色起义，因此，歌剧的音乐一定要有壮族及八桂各民族的代表性音乐。八桂大地被誉为"歌海"，歌海有的是歌，信手拈来就成曲！《拔哥》的作曲之一广西艺术学院国家一级作曲莫军生，是一位土生土长的壮族音乐家，也是军人的后代，他对广西这片土地的音乐，对发生在这片土地的革命史，有着的特殊感情。另一位作曲曾令荣，毕业于广西艺术学院，现任广西演艺集团歌舞剧院副院长，是广西近年来作曲界的新星，尤其是在合唱歌曲的编配领域，取得了骄人的成绩。这次创作，莫军生与曾令荣师徒二人联袂，采用大量东兰民歌、壮族民歌等元素。歌剧唱腔并不一定使用纯民族唱法，美声唱法的杨洪基、廖昌永在《党的女儿》里饰演七叔公一角，他们洋为中用，将西洋方法与民族旋律结合为中国唱法、中国风格的歌剧唱法，得到了观众的认可。出演《拔哥》的仵威其演唱风格是西洋歌剧演唱风格，本次演出于他来说可谓是一次凤凰涅槃的过程，从开始偏向民族音乐剧的表演，到后来回归歌剧——民族新歌剧的表演，其游刃有余的男高音，塑造了一个伟岸、勇敢，热烈而生、热烈而死的拔哥形象。乔邦利老师认为《拔哥》的音乐很动听，广西有丰富的民族民间音乐资源和优秀的歌舞表演传统，这部作品大量使用了广西民间音乐元素，旋律动听、形象感人、民间色彩浓郁。剧目一开始，音乐就很能够"抓人"，主要角色的音乐唱段都很有特点。

（二）八桂民族音乐给观众留下深刻的印象

《拔哥》的序曲，在舞美上进行了特别的设计，一改传统序曲的启幕方式，先打开大幕将"原创民族歌剧——《拔哥》"及习近平总书记对广西红色资源开发的指示、毛泽东主席对韦拔群的评价等字幕随着音乐的进行投影到天幕，让观众在序曲视听中，感受到建党百年、歌颂英雄的现实意义。序曲的壮乡音韵随着壮族民歌《红水河有三十三道湾》的响起直击观众的耳膜，红水河如同广西的母亲河，从大山里流出，雄浑而坚定；接着新创的《热烈而生，热烈而死——拔哥入党誓词》《八方豪杰聚百色》《敬酒歌》等曲目交织而成的序曲扑面而来；《燃烧吧，燎原之火》的音乐在序曲的最后出现。

序曲过后，春妹的一声"啊依——啊依，啊依……"略带原生态的民歌调子，将观众带入八桂大地，随后的领唱合唱《天上有颗北斗星》，歌咏了韦拔群在人民心中的英雄形象和为革命出生入死的丰功伟绩。以下谱例 1 为民族女高音春妹领唱歌颂拔哥的《天上有颗北斗星》。

谱例 1：《天上有颗北斗星》（开始部分）

从第一幕的混声合唱《受苦受难》到第二幕拔哥领唱《快乐事业，莫如革命》，剧情层层递进，第三幕秀梅与韦妈的女声二重唱《心爱的人》融入广西民歌二重唱的和声，拔哥与陈洪涛的男声二重唱《热烈而生，热烈而死——拔哥入党誓词》巧妙地融入《国际歌》的曲调和唱词。

谱例 2：《热烈而生，热烈而死——拔哥入党誓词》（开始部分）

随后第四幕开始，庆祝百色起义胜利的《八方豪杰聚百色》音乐里，隐含着壮族调子。剧中还有具有广西特色的民歌莲花调、彩调等元素在唱段中出现，蓝小勇、春妹用民族唱法唱的男女声对唱《我是村里弹弓王》俏皮可爱，群众（全体学生演员饰）的混声合唱《身居岩洞学马列》生动有趣，《喜鹊枝头叫喳喳》《东兰有田共同耕》气氛喜庆，这些都是八桂民族音乐风情浓郁的体现。

谱例 3：《八方豪杰聚百色》（乐队与合唱，开始部分）

拔哥与张云逸（谢斌饰）的男声二重唱《握别》深情依依，掀起一波波情感的浪潮，赢得观众的热烈掌声。秀梅演唱咏叹调《化雁随风去》，其演唱呼吸支持及民族韵味很到位，拔哥与秀梅的二重唱《我多么渴望》更是荡气回肠，拔哥最后演唱的咏叹调《仰天长啸裂苍穹》，以英雄男高音的辉煌，树立起韦拔群顶天立地的革命形象。

谱例 4：《仰天长啸裂苍穹》（男高音独唱，结束部分）

我 将 展 翅 飞 翔 在 壮乡的蓝 天， 守望父 老乡

亲。 壮乡自古 出英 雄， 披荆 斩棘

砥 砺 行， 一 片 丹 心 随 风 去， 仰 天 长 啸 裂 苍 穹， 仰 天 长

啸 裂 苍 穹。 热 烈 而 生， 热 烈 而 死， 热 烈 而 生， 热 烈 而

死。 愿 把 五 尺 之 躯 交 给 党， 愿 把 五 尺 之 躯 交 给 党，

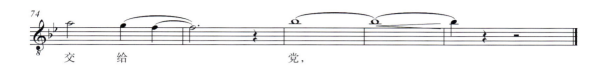

交 给 党，

　　蓝老爹演唱的《唤君还》在乐队大鼓轰鸣、唢呐声声的悲情中催人泪下，许多观众久久不能自已。剧尾，邓小平同志为纪念韦拔群同志牺牲 30 周年的题词投影到天幕，全剧在乐队与演员的合奏合唱《燃烧吧，燎原之火》的"高唱壮歌"中落下帷幕。

谱例 5：《燃烧吧，燎原之火》(结束句)

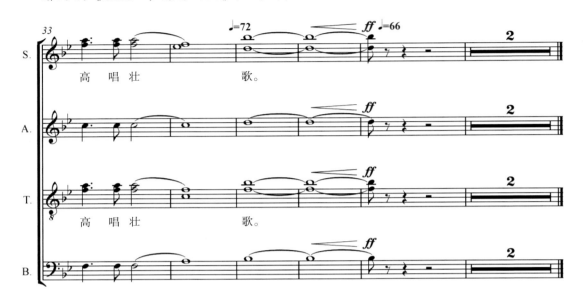

（三）咏叹调的流传是一部歌剧成功的标志

《拔哥》的作曲家力求将现代作曲技法与舞台表演艺术相融合，以双管编制的管弦乐队为主、民乐为辅，结合广西民歌、广西民乐等民族音乐元素，精心创作出一唱三叹、感人至深的音乐。《天上有颗北斗星》全剧首尾呼应，剧终时该音乐再次响起，人们心中涌现咏叹调，不禁在走出剧场及之后的交流中唱起剧中的段落。男高音独唱《快乐事业，莫如革命》、男声二重唱《热烈而生，热烈而死——拔哥入党誓词》等乐曲在广西音乐舞蹈大赛声乐比赛及广西艺术学院声乐本科生、研究生等音乐会唱响。一部歌剧成功的标志之一，便是一首至几首咏叹调的流传，从《卡门》的《斗牛士之歌》到《图兰朵》的《今夜无人入睡》，从《白毛女》的《北风吹》《恨似高山愁似海》到《江姐》的《红梅赞》《绣红旗》《我为共产主义把青春贡献》，乃至《党的女儿》中的《天边有颗闪亮的星》《万里春色满家园》……如果一部歌剧演完，没有一首咏叹调传唱开，可想而知作品的曲高和寡或不可传唱。

三、"拔群精神"当为全国人民所知晓

（一）"拔群精神"的历史与现实意义

《拔哥》的故事是真人真事，不同于一些胡编乱造、篡改历史的歌剧，剧中体现的忧国为民、追求真理、敢为人先、无私奉献的韦拔群精神，有利于社会主义核心价值观的培育和弘扬。

1. 两代领导人与拔哥的故事

"天上有颗北斗星，地上有个韦拔群"。广西人民的歌唱让人想起"抬头望见北斗星，心

中想念毛主席"，可见拔哥在八桂大地的影响。韦拔群是接受毛泽东早期革命思想的农民运动领袖之一。他到广州农民运动讲习所，亲自聆听毛泽东等共产党先进人士的讲课。回到家乡东兰县后，他将岩洞作为农民运动讲习所即"列宁岩"农讲所，这一内容在《拔哥》剧中有相当的戏份。他参与创建红七军和右江革命根据地，是早年为党为国捐躯的人民军队的杰出将领，于2009年被评为"为新中国成立作出突出贡献的英雄模范"。毛泽东曾赞扬韦拔群，"读了半本马列主义，红了半个中国""韦拔群是广州农讲所最好的学生！""韦拔群是个好同志，我过去搞农运，有些东西还是从韦拔群那里学来的"。邓小平曾为韦拔群题词："韦拔群同志以他的一生献给了党和人民的事业，最后献出了他的生命。他不愧是无产阶级和劳动人民的英雄，他不愧是名副其实的人民群众的领袖，他不愧是一个模范的共产党员！"

2．"拔群精神"映照"广艺精神"

《拔哥》不仅展示了广西艺术学院近年来的教学与创演水平，也是一次难得的"课程思政"。总导演兼编剧曾诚教授认为，歌剧《拔哥》具有创作艰难性、剧目原创性、音乐民族性、继承弘扬性、实践育人性等特点，面对本次资金短缺、时间紧迫的困境，广西艺术学院努力完成剧本、歌词、作曲、配器、舞美、服装、灯光、音响及排演和交响乐团演奏的创演任务。师生们每一次的排练、演出，都是一堂高质量的"思政育人课"。师生们在讲述红色故事、塑造英雄形象的同时，自己的灵魂也受触动、精神得洗礼、思想获升华，自我教育作用凸显；"舞台思政课"的方式，讴歌党、讴歌祖国、讴歌人民、讴歌英雄，使青年学子在潜移默化中受到教育，让学史增信影响一批又一批的学子。

《拔哥》是广西艺术学院集结广西本土各方面的力量参与创演，以非职业院团呈现的大型剧目，这在第四届中国歌剧节上独树一帜。在参演的18部新创剧目中有3部来自高校，广西艺术学院是唯一的综合性艺术院校（其他两所是综合性大学），也是唯一的少数民族自治区代表队。本次展演是一次与其他高校、省（直辖市）、国家团队同台交流的机会，一方面展示了广西艺术学院近年来的教学与创演水平，另一方面可向职业院团与兄弟院校学习。《拔哥》的群众演员及交响乐团的乐手，大部分是广西艺术学院研究生和本科生，通过这次展演，他们在技艺实践和思想熏陶上得到了升华。

在本届歌剧节上，广西艺术学院的师生在"拔群精神"的映照下，充分展现了可贵的"广艺精神"。从装卸舞台到灯光舞美，从舞台表演到后勤保障，从调试音响到媒体播放，从搬运道具到服装化妆，老师们一人多职，给学生以榜样，同学们齐心协力，做到了专业剧团的分工合作，将一部大剧成功呈现，唱响于第四届中国歌剧节，为建党100周年献上致敬英雄、歌颂英雄的一部大剧，体现了作为艺术院校的责任和担当，开启广西艺术学院的演艺新篇章。

乔邦利老师认为，这部作品总体上是成功的。作品的主题很应景，作为广西壮族自治区文化和旅游厅立项的广西艺术精品重点扶持项目成果，《拔哥》叙述了农民武装领袖韦拔群在中国共产党的指导和领导下快速成长为卓越革命家的故事，揭示了韦拔群"热烈而生，热烈而死"的人生追求。2021年是中国共产党成立100周年，在这个特殊的时间节点，这种主题无疑具有特殊的意义。

（二）"拔群精神"在剧展及歌剧节的反响

在第十一届广西剧展上，《拔哥》演完谢幕时，学生观众高呼"拔哥！拔哥！……"这是学生的真情流露。第四届中国歌剧节上，当"热烈而生，热烈而死……"的咏叹调响彻山东淄博大剧院的上空时，具有广西民族特色的旋律，回荡在齐鲁大地，观众热烈鼓掌，许多人眼含泪水，久久不愿走出剧场。观演后的采访中，几位观众说："演出很感人，演员们演得很真，不做作，唱得好，很有少数民族的音乐特点，仿佛还听见了《刘三姐》的调子。"有几个观众还哼唱起来。

一位广西艺术学院校友通过网络直播观看了母校的演出后说："9次汗毛竖起来！歌剧主题感人，深入人心，完美！很精彩！真是倾情演出！"一位上海音乐学院歌剧艺术指导专业研三的同学看了《拔哥》后说，"这是一个动人的英雄故事，一场温暖初冬的视听盛宴。优美、感人、激动、震撼、共情。相信在今后的日子里，广西艺术学院的师生能够带着《拔哥》的精神，走得更高更远！"在提到本次乐团的指挥蔡央教授和乐队时，这位研三的同学说："乐队在指挥的带领下，给人特别心安、舒服的感觉，指挥的动作清楚而干净，能够让演员们放得开收得住。看着乐池里全神贯注指挥的背影，我想，他好像是整个人连同自己的身心都浸在了音乐里了……"

2021年11月17日，第四届中国歌剧节开启了线上直播展演，观众通过山东省文化和旅游厅建立的"好客山东"新媒体直播矩阵，包含抖音、快手、一直播、百家号、今日头条、微博、微信视频号、好客山东网、好客山东专属直播间平台官方账号，以及大众网·海报新闻客户端、齐鲁壹点App、山东商报·速豹新闻等平台进行联动直播，共享文化艺术盛宴。《拔哥》作为第二个直播剧目，引起了观众强烈的反响，至19日中午，已达530万人次线上欣赏了这部新创的具有八桂民族色彩的歌剧。

乔邦利老师在文艺中国直播平台现场直播时对《拔哥》评论道："一般情况下，我们可能都会认为，高等艺术院校的工作任务以教书育人为主，艺术实践虽然是教学工作的一部分，但是与专门从事艺术创作的部门相比，在人员配备、时间投入和舞台经验方面都不可同日而语，完成这样一部具有较大规模的歌剧创作，其难度可想而知；但是，从演出效果来看，基本上改变了我们的这个看法。"

四、《拔哥》创演对本土艺术的启示

（一）广西有实力创演大型剧目

2021年4月下旬，习近平总书记在广西考察指出，广西红色资源丰富，在党史学习教育中要用好这些红色资源，做到学史增信；学史增信，就是要增强信仰、信念、信心，这是我们战胜一切强敌、克服一切困难、夺取一切胜利的强大精神力量；要增强对马克思主义、共产主义的信仰，教育引导广大党员、干部从党百年奋斗中感悟信仰的力量，始终保持顽强意志，勇敢战胜各种重大困难和严峻挑战。基于这样的精神鼓励，在学校党委的大力支持下，广西艺术学院创作团队为学习与传扬韦拔群的革命事迹，决定倾情打造歌剧《拔哥》来致敬英雄，讴歌伟大的中国共产党并于建党 100 周年之际呈现出来。除了编剧外请广西知名人士何述强、莫蔚、林起明，作曲邀请校友广西演艺集团曾令荣，《拔哥》剧组是一个没有实质外援（区外）的团队，作品呈现了广西歌剧的桂风壮韵之彩，展现了广西艺术学院师生的专业水平和良好的精神风貌。各界人士充分肯定，《拔哥》在短时间内如此高质量地完成创作展演，创造了广西民族歌剧创作史上的新奇迹。

（二）脚下的这片土地我们最为熟悉

讲好"广西故事"，我们有责任有担当，我们也最熟悉生于斯长于斯的这片红土地，守正创新，尊重历史，尊重历史人物，在历史与生活的基础上，进行艺术创作，不能歪曲历史，更不能损害英雄的形象。《拔哥》在百色起义的历史背景下，用戏剧男高音演员塑造了"快乐事业莫如革命"的拔哥，"热烈而生热烈而死"的拔哥。在音乐元素的运用上，有东兰民歌、壮族民歌、莲花调、对歌、酒歌等，如《红水河有三十三道湾》的旋律时而奔腾、时而雄浑、时而悲壮，将英雄的形象树立在八桂大地上。《拔哥》作为广西艺术学院音乐舞蹈重大创作项目三部曲之一，它的成功创演为民族音乐舞蹈的创作积累了新的经验。

（三）人才培养与服务社会的创新性

第十一届广西剧展的座谈会上，赵伟明专家说，广西艺术学院推出两台红色剧目《拔哥》《邓小平与李明瑞》（话剧）参展，是学校立德树人、课程思政、为党育人、为国育才的体现。《拔哥》的创作队伍是一个近乎"疯狂"的团队，他们创作起来简直就是一群"疯子"。韦拔群"快乐事业、莫如革命，要革命的站拢来，不革命的走开去"的感召，让曾诚教授在百色干部学院学习时深受感染，他在"韦拔群精神"的触动下，决定创作一部让他感动也让观众感动的剧目。经过查阅资料、实地采风、拜访专家，一部《拔哥》的文学脚本初步确立。这时，距离建党一百周年的献礼展演只有半年时间。人才培养与服务社会的精神和动力，使《拔哥》最终参加了献礼展演。中国歌剧节后，曾诚教授有一个想法，就是在广西艺术学院成立一个"歌剧音乐剧研究中心"之类的机构，创新艺术人才培养与社会服务。

五、结语

在习近平总书记于中国文联十一大、中国作协十大开幕式上的讲话"创作要靠心血，表演要靠实力，形象要靠塑造，效益要靠品质，名声要靠德艺"的精神指引下，在社会主义文艺发展与繁荣中，《拔哥》经过凤凰涅槃，重新登上舞台，献礼中国共产党百年华诞，其突出的革命性、民族性、艺术性和地域性，更加突显其歌剧特质，可推进广西本土力量对于歌剧艺术的创作、表演与普及，推动广西歌剧从高原走向高峰，创造广西歌剧事业的新篇章。

作者简介

李君，教授，硕士生导师，广西艺术学院人文学院艺术管理系主任。

骄傲的画眉鸟

演出单位

广西艺术学校　南宁市民族文化艺术研究院

儿童邕剧《骄傲的画眉鸟》艺术风格探究

陈　磊

　　摘　要　近些年，随着我国文艺事业的繁荣发展，国产儿童剧呈现出创编水平日趋提高、市场反响持续向好的趋势。在诸多儿童剧中，《骄傲的画眉鸟》通过对剧本内容的情境设置、童话角色的行当表达、舞台表演的艺术创新、传统美德的继承转化，展示出令人耳目一新的艺术风格，发挥了强大的价值引导作用与知识启迪作用，推动了儿童剧的发展。

　　关键词　《骄傲的画眉鸟》；剧本内容；戏曲行当；舞台表演；传统美德

　　近些年来，在党的文艺路线方针的正确指引下，儿童剧已然成为新时代少年儿童观察社会、感悟人生、陶冶思想的重要艺术形式，儿童剧也陆续诞生了一批优秀作品。在儿童剧苗壮发展之际，庆祝中国共产党成立100周年广西艺术精品创作重点扶持项目《骄傲的画眉鸟》展示了一个生机盎然的童话。该剧主要讲述了一只画眉鸟幸运夺得迎春歌唱比赛冠军之后遇到了大懒虫，在大懒虫的影响下，画眉鸟好吃懒做、狂妄自大，险些被暴风雨冻死，最终画眉鸟意识觉醒，在喜鹊、布谷鸟等众鸟帮助下战胜"大懒虫"的故事。

　　相比国内的其他儿童剧，由广西本土团队独立完成的《骄傲的画眉鸟》采用了地方戏曲邕剧作为主要展现形式，实现了儿童剧地方性与民族性的统一。邕剧作为广西壮族自治区的地方传统戏剧形式，同时具备鲜明的舞台风格与艺术魅力。邕剧因其在舞台语言、行头装扮、情节设定等方面具有显著的壮族传统文化特点，早在2008年6月就被列入第二批国家级非物质文化遗产名录，在广西拥有深厚的群众基础。过去，邕剧多用于地方传统戏剧，受众群多为老年人，邕剧作为儿童剧目亮相本次剧展，既是结合了创编团队广西艺术学校自身的艺术优势，同时也为探索地方戏曲的可持续发展进行了积极的尝试。导演与编创团队在创作儿童邕剧《骄傲的画眉鸟》期间，秉持精益求精的精神完成了剧本内容的情境设置、童话角色的行当表达、舞台表演的艺术创新、传统美德的继承转化，展示了一部极具特色的作品。

一、剧本内容的情境设置

情境作为人物行动和戏剧情节发展变化的总体背景，是构建戏剧发展的基础和条件。任何一部戏剧作品想要讲好一个源于生活又高于生活的艺术故事，都必须在情节内容的创作方面有充足且周密的思考，只有充满丰富的矛盾冲突与发展变化，剧本人物具备强烈的行为动因与个性动作，才能让整个剧作的情境设定更加巧妙、内容更加鲜活。《骄傲的画眉鸟》充分抓住戏剧性情境的创作特征，利用一个又一个尖锐合理的情境丰富了画眉鸟、大懒虫、喜鹊奶奶等角色的行为动作，为它们塑造了更加鲜明的艺术形象，强化了作品的戏剧性。

有专家指出，在剧作情境的建构过程中，必须重视人物活动的具体环境、对人物发生影响的具体事件、特定的人物关系。与许多现有的儿童剧不同，《骄傲的画眉鸟》主要采取春夏秋冬四个季节作为章节名，并在每个季节设置了不尽相同的冲突情境，以此提高剧本的内容质量。在第一幕"春"中，剧本主要围绕迎春歌唱比赛展开，蜂鸟、啄木鸟、乌鸦等鸟儿纷纷在规定的时间内一展歌喉，用精彩的唱词和精湛的表演彰显众鸟儿在歌唱表演方面的优秀水平，同时展示了鸟儿彼此之间团结互助、和谐美好的友善关系。在热闹欢快的比赛过程中，导演对众鸟儿的登场进行了唱词言语方面的独特设定，借助歌唱比赛展示各鸟儿的行为模式与性格特征，如布谷鸟登场时歌唱"春天正是播种时，勤奋劳动才有收获"，而精卫鸟喊出"坚忍不拔做到底，管他海枯与石焦"。此外，"春"这一幕还在画眉鸟的出场方面做足了功夫，作为一只歌声嘹亮、舞姿优美的鸟儿，画眉鸟在首次登场时就通过迟到的方式体现了它性格深处的懒惰。当比赛接近尾声，所有鸟儿都展示过自己的节目时，画眉鸟才带着悠扬动听的歌声从远处缓缓飞来。这种出场方式不但体现了画眉鸟的性格特征，而且为之后画眉鸟不断接受蛊惑，好吃懒做不垒窝，险些被大懒虫害得冻死在冬日的故事埋下伏笔。

"春"作为《骄傲的画眉鸟》的第一幕，除了展示森林这一特定的故事环境，描写各种鸟儿经历的具体事件，还揭示了一种团结互助的和谐关系。当天亮起时，所有鸟儿会共同向喜鹊奶奶问好；当画眉鸟迟到时，除了乌鸦之外的所有鸟都在帮助画眉鸟说话；当画眉鸟被选为冠军后，所有鸟儿都快乐地唱歌跳舞以示庆贺。这样不分彼此、不分胜负、不分阶级的和谐关系构筑了一种和谐美好、团结互助的友好情境，而这种情境展示了一种命运共同体的关系，也恰恰是这样的关系才让画眉鸟在之后的诸多困难中得以幸免于难。

二、童话角色的行当表达

经典文艺形象会成为一个时代文艺的重要标识。和许多塑造单纯童话角色的儿童剧不同，《骄傲的画眉鸟》在塑造画眉鸟、喜鹊、大懒虫等童话角色时，为它们注入了许多与戏曲行当有关的表达内容，让角色具备了许多和戏曲行当息息相关的角色内涵。戏曲行当作为一种随着戏曲诞生而诞生，在戏曲表演领域发展至今具备强大演出效果和艺术魅力的戏曲表演模式，本质上是一种特殊的表演技法。具体而言，行当是历代戏曲艺术家将不同年龄、不同性别、不同性格的人乃至他们外貌特质、精神特质、言语特质等内容加以凝炼概括，最终约定俗成的内容，具有生旦净丑四大类型和许多细小分支。《骄傲的画眉鸟》在确保童话角色趣味性和艺术性的同时，严格按照戏曲行当的规则内容，把不同的童话角色用戏曲行当进行了巧妙划分，通过童话角色和戏曲行当的结合进一步展示了童话角色的个性特征。

从戏曲行当出发，《骄傲的画眉鸟》呈现了极为丰富的戏曲行当，如画眉鸟采用的戏曲行当是刀马旦，大懒虫采用的戏曲行当是武丑，喜鹊奶奶采用的戏曲行当是老旦等。事实上，任何一个戏剧冲突都少不了一些不同性格的人物和一些实现目标途中遭遇的矛盾。《骄傲的画眉鸟》在展示戏剧冲突的过程中，选择充分学习借鉴各类戏曲行当特有的表演程式、表演风格与表演技巧，并且用杂糅的方式把各种童话角色的形象差异化和行为个性化表现得淋漓尽致，充分传达了导演对剧本、对角色的艺术理解与表达。

相比其他童话角色，《骄傲的画眉鸟》中的反派角色大懒虫结合了武丑行当的表演风格，产生了极为丰富的艺术效果。丑行，俗称"小花脸"，因化妆时在鼻梁上抹一小块白粉闻名。当传统戏曲的丑行主要以"插科打诨"、活跃舞台气氛为主时，《骄傲的画眉鸟》中的大懒虫已经通过特殊的表演技法与角色定位成了整部儿童剧中不可或缺的重要角色，对整个剧目的矛盾冲突与主题揭示产生了重要影响。实际上，大懒虫就是画眉鸟身上的懒惰思想，导演采取虚拟化身的方式把它展示出来，以至于大懒虫出现的时候，其他鸟儿都看不到它，只有画眉鸟自己能看到。这是一种虚拟人物的展现方式，将大懒虫用武丑行当演绎，并不是单纯为了灌输一些"假恶丑"的观念，而是希望通过许多诸如蹲步一样的武丑行当表演手法，能够进一步展示角色的性格，传递一些向上向善的正能量内容。

剧中大懒虫的诸多行为都和丑行息息相关，如在画眉鸟获得比赛冠军时，大懒虫告诉画眉鸟，不需要努力练习也能够成为下一个冠军；当啄木鸟准备帮助画眉鸟找出大懒虫时，大懒虫就躲避搜寻、逃之夭夭；当画眉鸟听从喜鹊奶奶的劝导打算垒窝时，大懒虫又跳出来诱导画眉鸟不要垒窝，应该继续好吃懒做。通过加深画眉鸟与众鸟儿之间的矛盾，大懒虫用一系列手段消解了森林世界之前团结协作、积极向上的阳光气氛，展示了一些是非颠倒、贪婪无能、好吃懒做的黑暗面，产生了极为强烈的讽刺效果。相比一些正面角色，大懒虫借助舞台虚构的时空和负面邪恶的表演讽刺了那些在社会生活中好吃懒做、坐吃山空的群体，用一种滑稽诙谐、嬉笑怒骂的方式完成了对劣质品行的反思。

三、舞台表演的艺术创新

创新是文艺的生命。想要创造优秀的舞台作品，必须把握传承和创新的关系，坚持学古不泥古、破法不悖法，让中华优秀传统文化成为艺术作品的创新之源。在《骄傲的画眉鸟》的创作编排过程中，导演极为重视对传统剧目、舞蹈动作、杂技柔术等民族文化精粹的改良创新。

首先，《骄傲的画眉鸟》注重对传统剧目的改良创新。第四幕展示天气突变，暴风雨来袭，画眉鸟被狂风吹醒，大懒虫惊慌失措地和暴风雨搏斗的段落中，通过人物表演、披风道具、舞台荧幕、音乐音响等多种方式的融合展示了一场极为震撼的暴风雨。这段声势浩大的情节除了在叙事层面承担推动剧情，引导画眉鸟觉醒的作用，同时还在主题层面为画眉鸟接下来的改邪归正埋下伏笔。这一情节在一定程度上借鉴了我国传统剧目《白蛇传》的舞台表现形式。在《白蛇传》"水斗"章节中，白素贞迫于无奈发动洪水，水漫金山，与法海进行法术打斗，为了渲染打斗场面，创作者采取了挥旗舞蹈等形式来展示神仙斗法的紧张情景。而在《骄傲的画眉鸟》中，导演则在对传统剧目《白蛇传》改良创新的基础上，通过台布、顺风旗、翻身平转等方式突出了暴风雨的猛烈和寒冷，用极具视觉效果与听觉效果的舞台场景把全剧的矛盾推向高潮，让观众尽情观看画眉鸟和大懒虫的决斗，体会画眉鸟在暴风雨中经历的惨痛教训，观众也更容易在画眉鸟幡然悔悟之时与其产生共鸣。

其次，除了对传统戏剧作品的改良创新，《骄傲的画眉鸟》还注重传统邕剧的舞蹈化。在第一幕"春"中，随着温暖春天的到来，众鸟兴高采烈地起舞，并且齐聚在一起进行比赛。这一部分导演加入了许多舞蹈元素和舞蹈技法，把一些传统风格与现代风格的舞蹈技法杂糅到戏曲身段里，最终呈现出一种热烈场面，充分体现了森林世界大家彼此结伴、乐成一团的快乐与和谐。同时，画眉鸟作为第一幕乃至整个儿童剧中最为重要的角色，它的上场也融入了大量戏曲表演基本功，如它在个人比赛阶段展示的动作，又被称为"三起三落"，充分展示了画眉鸟饰演者的技艺。

最后，《骄傲的画眉鸟》还注重把杂技技巧和柔术合理杂糅到剧情结构中，如在第三幕中，大懒虫万般无聊地逗弄森林里的小毛毛虫的情景，就采取了一定的杂技表演手法。事实上，这种杂技表演手法让整个儿童剧的趣味性更加突出，这一情景有点像日常生活中孩子们逗虫子玩，表达了一种对自然界事物好奇的状态，以至这一段深受小朋友的喜爱。此外，无论是画眉鸟与大懒虫在暴风雨中的决斗，还是百鸟帮助画眉鸟，都出现了许多杂技技巧，从而使整个舞台表演的效果更加突出。

四、传统美德的继承转化

进入新世纪以来，随着社会主义现代化建设的稳步推进，当代中国发生了巨大变化，人民群众对于艺术作品的要求也不断提高。现如今，任何一部艺术作品，如果缺乏思想内涵，必将难以被市场接受。《骄傲的画眉鸟》作为一部儿童剧，同样传递出一种向上向善、克服懒惰、勤奋进取的乐观精神。

中国作为礼仪之邦，自古以来就有艰苦奋斗、勤劳勇敢等优秀传统美德流传在田间地头，并传承至今。这些精神无疑是中华民族的传统美德、是民族传统的内核，无论是古代艺术作品还是近代艺术作品，许多精彩作品都对传统美德进行了学习与继承。相比一些其他作品，《骄傲的画眉鸟》在学习、继承传统美德的同时，还注重从小处落笔，从细微处描摹，通过画眉鸟、喜鹊奶奶、布谷鸟等一系列童话角色的言语细节与行为细节对传统美德进行了一种继承转化，真正结合剧情内容展示了一种正能量、一种积极的生活态度。

以剧目主角画眉鸟为例，画眉鸟并非是一个绝对正确或者绝对错误的角色，时而骄傲自满，时而勇敢坚毅的它因为听信大懒虫的谗言，惹出许多乱子，连自己的性命都险些不保。这样一个亦正亦邪的角色在得到众鸟救助、顺利战胜暴风雨之后，其他鸟儿并没有对其进行诋毁指责，反而是和它恢复了以往一起唱歌跳舞的友和关系。这种不计前嫌、团结互助的思想在一定程度上传达了包容发展、权责共担的思维，是当代中国强调的"人类命运共同体"理念。对于画眉鸟的一系列错误，哪怕在剧目中身为长者的喜鹊奶奶，也是以一句"你要记住这个教训啊！"原谅了画眉鸟之前的错误。事实上，从"以和为贵""协和万邦"的和平思想，到"己所不欲，勿施于人""四海之内皆兄弟"的处世之道，《骄傲的画眉鸟》表现出的主题绝不仅是为了突出画眉鸟的知错能改与大懒虫的好吃懒做，还是一种精神力量的传达，是一种关乎于"家天下"与共同体理念的精神展示。通过对童话故事的倾情演绎，《骄傲的画眉鸟》顺利挖掘了中华优秀传统文化的思想观念与道德规范，并把向上向善、克服懒惰、勤奋进取等积极向上的传统美德用童话的形式展示出来，真正做到了现代艺术创作与传统文化价值的合二为一，从而使得中华美学精神和当代审美追求结合起来，激活中华文化生命力。

五、结语

古人说："文者，贯道之器也。"用优秀的艺术作品把人生追求、艺术生命同国家前途、民族命运、人民愿望紧密结合起来，把文艺创造写到民族复兴的历史上、写在人民奋斗的征程中，无疑是每一位艺术创作者矢志不渝的价值追求。在中国—东盟艺术节开幕式闪亮登场的《骄傲的画眉鸟》，作为一部引导儿童、引领青年、引示成人的儿童邕剧，既有对过往作品的礼敬与学习，又有对过往作品的创新与超越，真正为观众传输了向上向善、勤奋进取、远离懒惰的价值观。

值得一提的是，《骄傲的画眉鸟》在创作与演出过程中并没有外请专业团队，反而坚持采用本土团队，全部环节独立完成。这部剧目除 1 名声乐老师和 5 名戏曲专业的主演，其余 46 名表演者全部都是广西艺术学校舞蹈班和杂技班的学生。恰恰是这样独特的创作团队背景，发挥出了本土团队的最佳优势，实现了舞蹈、戏曲、杂技三种技艺的糅合，一方面体现了舞台表演的创新，另一方面将广西艺术学校的舞蹈班、杂技班学生的优点发挥得淋漓尽致，同时兼具了舞台艺术的可观性。

这样一部以学生为主演的作品不但用最低的成本排演出最好的效果，而且还让越来越多的孩子与学生对戏曲舞台和中国戏曲文化产生了浓厚的兴趣。作为一部风格独特的儿童邕剧，

《骄傲的画眉鸟》相对于传统儿童剧来说更加具有教育意义，它通过剧本内容的情境设置、童话角色的行当表达、舞台表演的艺术创新、传统美德的继承转化教会孩子们如何做一个有用的人，引导孩子们厚植爱党、爱国、爱社会主义的情感。期待在不远的未来，能看到更多类似的作品出现，真正让儿童剧市场发展壮大，让社会主义文艺事业更加蓬勃发展。

作者简介

陈磊，群众文化系列副研究馆员，广西艺术学院戏剧影视文学专业硕士研究生。

抉择

演出单位

梧州市文化广电体育和旅游局
梧州市演艺有限责任公司

大道之行，天下为公
——评大型现代粤剧《抉择》

蓝千帆

　　摘　要　本文从大型现代粤剧《抉择》的故事、主题、情感、场景、灯光及道具等元素的角度演绎出发，探讨和浅析这部作品表现"大道之行、天下为公"的核心思想价值，进而引发大家对这部作品在思想意义上的思考和探索，并对李济深这个人物，拥有更全面的了解和理解。

　　大道之行、天下为公，是我国传统文化中值得传承与发扬的美德。在现代，这种精神仍然值得我们敬仰和继承。作为一种积极向上、公而忘私的思想，在中华民族遭遇挫折和危难的时刻，它让无数的中华儿女站出来，为祖国的安全、兴盛及未来，抛头颅、洒热血，去挽救处于水深火热的人们。这种精神，是一种无私、奉献、付出甚至牺牲的力量源泉。

　　由童薇薇执导、欧凯明与苏凤冰等人主演的大型现代粤剧《抉择》，便是一部演绎和传递这种"大道之行、天下为公"精神的戏剧作品。

　　整部粤剧，用它作为戏剧形式的魅力，通过多个角度，为观众呈现了一出公而忘私、大局为重的精神文化盛宴，不仅主人公的出色表演传神地讲述了一个可歌可泣的故事，还有出色的主题、细腻的情感、生动的场景、恰当的灯光及恰当的道具等，合力阐述了这部粤剧"大道之行、天下为公"的思想精髓。

一、深刻的故事，展公而忘私

　　粤剧《抉择》有着深刻而感人的故事内容。它通过对主人公李济深行动与选择的刻画，很好地把一个公而忘私、天下为公的故事向观众娓娓道来。剧中有许多可歌可泣的人物，更有思想积极、深入浅出的内容。

　　这部粤剧给观众的印象是深刻的。它不仅塑造了一个立体丰满的李济深形象，赞美了他值得大家学习、讴歌的精神，而且它从人生选择与价值的角度，演绎了关于正义、民主及家国为重的价值取向。

剧中的主人公李济深，正准备北上参加中国人民政治协商会议，与此同时，他还收到了南京方面、外国方面及特务方面的邀请。然而，面对各种势力的诱惑、收买及威逼，李济深不为所动，坚定地选择拥护中国共产党，克服万难，踏上北上参与中国人民政治协商会议的道路。

粤剧《抉择》讲述的故事是感人、积极、上进而又正直的。李济深不仅在众多诱惑与阻挠中选择支持中国共产党，而且积极筹资以支持共产党的救亡图存事业。

粤剧《抉择》紧紧围绕李济深北上参加政治协商会议展开叙述，讴歌了李济深公而忘私、可歌可泣的一生，诠释了共产主义这份天下为公的大事业。

二、出色的主题，表大局为重

粤剧《抉择》除了故事内容外，它更有着关于家国与反思的主题。恰是因为这些主题的立足点，是为了表达大局为重，进而诠释天下为公之态度与思想的，因此，让这部戏剧在正义故事内容之外，也有了正义、正直之主题，并且它们都很好地传递了天下为公的核心思想。

在这部粤剧当中，可以发现许多不同的子主题。但是，家国与反思这一母主题，才是这部作品最值得我们欣赏与品味的。通过对这两个主题的分析和思考，我们可以看到一个立体、丰满的李济深，更可以体会到他大局为重的胸怀。

粤剧《抉择》当中，李济深的学生通过各种方式多次阻挠和制止李济深北上。李济深的学生甚至想收买李济深，或禁止李济深待在香港。但是，面对各种困难和诱惑，李济深清醒地知道，他选择支持中国共产党是正确的，他是站在中国人民的阵线上的。为了国家和人民，李济深拒绝他的学生的种种威逼利诱，最后坚决地北上。可见，粤剧《抉择》中情节与内容，很好地表现了李济深以大局为重的家国思想。

与此同时，李济深还陷入了更为严重的困境。正当他准备北上的时候，他曾经做过的错事被报纸刊登了出来。他左右为难并陷入了深刻的反思当中。他自知曾经的过错，难以面对中国共产党，难以面对中国人民，因此他不断地对自己进行反思，他感到内疚及悔恨。最后，是毛泽东寄来的信让他放下了疑虑、走出了悔恨，决心北上参加政治协商会议。

粤剧《抉择》在表达李济深内疚悔恨的片段时，将一个心中装着人民、装着祖国的李济深形象进行了塑造和升华，而且更从侧面诠释了他为了祖国、为了人民的大局心胸。因此，家国与反思这两个主题，也很好地汇聚成《抉择》的大主题，从而表现了大道之行、天下为公的核心思想。

三、细腻的情感，传家国情怀

是人物，往往就会有自身的情感，李济深也不例外。但是，李济深的情感很多时候是建立在家国情怀这种大的感情之上的。这是因为，他不仅爱自己的家庭，还深深地爱着自己的国家。

粤剧《抉择》，从多个侧面，演绎了李济深这个人物的内心情感。他身上的情感，是细腻的，同时也是恢宏的。粤剧《抉择》通过李济深与家人相处的时光，从家这个立足点来表达他对国的深切感情。因此，家国情怀，也从情感刻画上得到了有效的诠释。而天下为公的思想，也在这些情感表达中得到了淋漓尽致的烘托。

　　戏剧里面有那样一个场景，当李济深的妻子听到一些不好的消息时，深受打击，并因此住院。作为丈夫的李济深一刻不离地陪在医院中，关心和爱护他的妻子。他甚至因为妻子患病而拒绝接见客人。在李济深妻子住院的这个片段里，我们看到了一个爱家的他。李济深爱自己的家庭、爱自己的家人。这部戏剧里，有过那样的一些片段场景。李济深的女儿被李济深的学生所抓，为了救出女儿，李济深与众人共同施行妙计，成功地救出了自己的女儿。然而，在自己的家人面前，李济深同样不忘自己的祖国和人民。在他妻子住院时，何凝香来了，他在照顾妻子的过程中，与何凝香继续探讨着北上参加政治协商会议的话题。他的女儿被抓了，却仍然支持他北上，而他在救女儿的过程中，也不忘把国家大义放在第一位。

　　所有的这些，都可以让我们感受到李济深心中的那份家国情怀。也正是因为这些情感的演绎和刻画，才让我们更为深刻地体会到他所处的困境和强烈的爱家爱国之情。同时，这些情感意义传递了粤剧《抉择》的天下为公思想。

四、生动的场景，呈深明大义

　　粤剧《抉择》，不仅是故事、主题及情感意义上的抉择，同时还是作品形式表意上的抉择。粤剧作为一种综合性较强的艺术作品，它在表现故事主题等元素的时候，往往还可以通过自身的作品场景来为我们呈现天下为公的思想价值。

　　这部戏剧，在表达深明大义的意义时，通过场景这种形式上的创作以形成作品的有效呈现。场景对于粤剧来说，并不是可有可无的搭配。相反，通过场景的有效运用，观众更容易从视觉上体会到作品所展现的深意。

　　场景对于粤剧来说，也许并不是最重要的元素。但是，它们却是戏剧必不可少的部分。有了恰当的场景表达，观众便不会感到作品的单调和枯燥。观众可以从欣赏戏剧的故事本身，感受到粤剧的形式魅力。

　　粤剧《抉择》在场景的布置上，是有所讲究的，而且可以说，是非常用心而认真的。从作品开头部分的场景设计中，我们就可以看到这样的一种认真态度。当然，这种场景的运用，是配合着作品的故事与主题进行设计的。

　　开头部分的场景是舞台上有许多黑衣人在灰暗的舞台上整齐、规律地进行起舞。他们的身份，就是特务。特务的群体场景布置，很好地烘托了李济深北上前夕所处的危机状态，他随时可能因为这些特务而遭受危险。

　　此处的场景化运用与作品故事里李济深要求北上的决心形成了鲜明的对比。这些危险的场景，恰恰从反面烘托了李济深心怀祖国大局、天下为公的精神品质，这也是他公而忘私、深明大义的极佳烘托。

粤剧《抉择》还有一处场景的设计也运用得比较巧妙。这个场景，就是戏剧即将结束的部分——许多人拿着船桨在舞台上进行摇晃摆动，这也很好地对李济深的北上决心进行了烘托。

李济深北上的故事，在戏剧的结尾部分进入了尾声。但是，此刻他的处境，也是危机四伏，因为他受多种力量的阻碍和困扰。但是在一些仁人志士的帮助下，他突破重围，顺利北上。该处的场景设计，既有对李济深北上的暗示，又揭示了他北上前夕危机四伏的状态。这种状态，如同波涛汹涌的海浪那般，危险而又壮美。如此，这些场景的运用，能够很好地从侧面、从形式上，对天下为公思想进行演绎和呈现。

五、恰当的灯光，托顾全大局

粤剧《抉择》的灯光，也有它自身独特的魅力和价值。正如这部戏剧的场景那样，它对主人公李济深的故事、剧目主题等进行烘托或衬托。它们是配合着剧情、人物角色的性格以及心理活动状态等而进行设置的。

当然，这些灯光的运用，既有正面烘托的作用，也有反面衬托的效果。只是在作品的不同部分，这些灯光以色彩作为形式表现，参与到了这部戏剧的主题演绎当中，深化和诠释了主人公的精神状态和作品的核心思想。

由于灯光存在着不同的颜色，它们可以通过不同色彩的形象表意，为故事和主题进行服务。如暖色灯光，一般可以展示积极、正面、正义以及正直等方面的内容；而冷色的灯光，则可以展示反面、冷漠、危机及危险等层面的事件。它们大多数是通过色彩的意义，获得它们在作品表意上的价值。

粤剧《抉择》的出场灯光就比较的特别。除了上述谈到的在黑衣人场景中使用了灰暗的灯光进行危机表意，当我们在看到李济深坐着黄包车出场时的灯光，就会感受到一种温暖和力量，这是因为此时的灯光是一种暖和的淡黄的灯光设计。

李济深坐着黄包车出场的暖色灯光，很好地烘托了他这个角色的内心世界及人格魅力，为后面描写李济深的北上决心及天下为公的精神面貌进行铺垫和埋下伏笔。当我们看到戏剧后面，了解了这个作品的故事和主题的时候，我们再回过头来品赏出场时李济深的暖和灯光，便会不自觉地感受到他的正直、正义及正面了，灯光为他光明磊落、顾全大局的品质进行了衬托。

再如，粤剧《抉择》结尾处的场景化处理，创作者使用了蓝色的灯光。蓝光属于冷光，它们在表现主人公和故事主题时，既暗示了当时的危机状态，又从反衬的角度烘托了李济深顾全大局、大公无私的思想面貌。

六、恰当的道具，扬舍己为公

粤剧《抉择》，还运用了恰当的道具去推动剧情发展和表现人物思想以及故事主题。道具，对于作品来说，有些时候是十分关键的。它们在作品里，往往可以起到穿针引线、烘托人物性格及深化主题思想的作用。

道具对于《抉择》来说，有着十分关键的作用。当然，作品里有许多道具，它们会因为所承担的功能不同而发挥不同的价值。在这部《抉择》里面，笔者认为最重要的道具莫过于信件。因为，这部作品通过大量的信件道具去展示剧情、塑造人物，并最终将核心思想天下为公进行了升华。

戏剧刚开始时，李济深就收到了北上参加会议的信件。此时，他的北上热情非常高涨，也十分地积极。接着，又出现了来自南京的信件，邀请他前往南京共谋大业。而后又有信件到来，邀请他前往广州，自立门户。

所有的这些信件，都将李济深推向了矛盾、困境、诱惑及阻碍当中。但是，他最后还是下定决心，选择北上参加中国共产党的政治协商会议。可见，这些信件的作用，都是为了展示李济深北上的阻碍和诱惑。但同时，当他下定决心做出抉择的时候，这些信件便又烘托了他舍己为公、天下为公的精神品质。

而在故事进入高潮时，当报纸刊登了他曾做过的错事时，他痛苦万分，非常内疚、悔恨，他陷入了自责和无助的极大困境当中。这个时候，还是信件这个道具，将他的悔恨和内疚进行了化解，帮助他走出困境和重新下定北上的决心。那封信件，就是毛泽东的亲笔信。正是信件这个道具的运用，将这部作品的故事推向了高潮，并将李济深的人格魅力和决心进行了较好的烘托，更好地为整部戏剧的精神内核进行了有效的点缀。因为毛泽东的亲笔信，既把李济深的故事进行了舍己为公的升华，又为他向人民大众靠拢、站在祖国大业的阵营中、义无反顾的大义进行了烘托。如此，该剧把天下为公的思想体现到了极致。

七、结语

大型现代粤剧《抉择》，通过故事、主题、情感、场景、灯光及道具等多角度的戏剧创作元素，有效匹配、协调及综合，将一个深明大义、天下为公的李济深形象塑造、刻画和表现了出来。同时，在这多种戏剧创作的多元化元素的作用下，《抉择》也通过人物李济深北上的决心，有效地呈现了大道之行、天下为公的核心思想与精神理念。观众可以通过这部戏剧，感受到浓浓的家国情怀。相信通过对这部戏剧的观赏，我们对于传承和发扬天下为公之正义精神，又将多了一份动力。

作者简介

蓝千帆（本名陈远良），新锐作家、影评人、微电影人。

用信仰之光照亮舞台

——评粤剧《抉择》

靳文泰

2019 年岁末，观看了由梧州市演艺有限责任公司带来的粤剧现代戏《抉择》（编剧尹洪波、陈强、钟海清，粤剧编剧黎嘉飞，导演童薇薇，主演欧凯明），令人耳目一新。记忆中近些年也陆陆续续看过一些粤剧现代戏，我的印象是虽然岭南地区的经济文化在大踏步前进，但粤剧现代戏却在踱着四方步。大多数现代戏剧目，依旧不能摆脱角度死板，生气稀薄的创作模式，这么创作出来的现代戏谁会去看呢，哪个爱看呢？从这个意义上讲，虽然粤剧《抉择》还不能算是一部完美的作品，依然有这样或那样的缺憾，但我钦佩编导演团队以现代戏曲理念试图突破创作模式打开一片新天地的勇气和智慧。

《抉择》关注的是一个大题材，写了一个不得了的大人物——杰出的军事家和政治家、我国民主党派的重要创始人和领导人、第一任民革中央主席李济深先生。他的一生颇为传奇，从 "走出苍梧" "追随中山" "主政广东" 到 "促蒋抗日" "桂林守土"，最终 "创立民革" "矢志共和"，完成了从 "儒将到公仆" 的升华。曾任国家主席的杨尚昆曾这样称赞他：李济深先生是著名的民主革命家、可敬的爱国主义者、中国国民党革命委员会的创始人和卓越的领导人，也是同我们党长期合作的一位老朋友。他为民主革命、新中国的建立和社会主义事业作出了重要贡献，是值得我们永远纪念的。剧作没有全景式地记录李济深传奇的一生，而是讲述 1948 年他面临的困境及他最后的决定，展现了这位爱国民主人士赤诚的家国情怀、卓越的政治智慧和无畏的斗争精神，可谓 "有血有肉、鲜活生动、心灵震撼"。

从粤剧《抉择》的创作难度看，是对编导演团队的一次严峻考验。从吉鸿昌、冯玉祥、到蔡锷、续范亭、杨虎城，许多爱国将领的事迹被相继搬上荧屏和舞台，观众的迫切需求是这种真人真事的艺术作品应该也更能够比报道文学更加好看、更有艺术性、更能触动人们的心灵，引发人们的思索和震撼。面对这么一个不好回答的问题，梧州市人民政府仍然决定聘请优质主创联合打造粤剧《抉择》，可见这是一场偏向虎山行的攻坚战。

粤剧《抉择》成功了！成功正在于编导们对主人公李济深的塑造是细腻而丰满的，从他的事迹出发，量体裁衣，专注于人物内心矛盾和情感纠葛，让观众看到这么一位儒将既是伟人，但同时又是凡人，他有七情六欲，也曾误入歧途，更有肝肠寸断的生死离别。1948 年是中国新民主主义革命的转折点，是革命与反革命的力量较量的最后时刻。拼命挣扎的南京政府企图"划江而治"，复刻"南北朝"的格局。正在向蒋介石夺权的李宗仁、白崇禧考虑到李济深曾是国民党及其军队的元老和前辈，声望较高，便派出辛李白赶赴香港，希望能争取到李济深的支持，引诱李济深赴南京主持所谓的"国家大业"，以扩大自己的势力。宋子文的特使麦斯宋更是希冀由李济深出面组成第三种力量在广州另立中央。同时，蒋介石对这位老对手更是不敢怠慢，他不愿李济深与桂系军阀结成联盟，更不愿意看到李济深与中国共产党合作。剧的一开场，便是军统特务在香港街头实施阻止民主人士北上的各种暗杀活动。开场时，香港街头弥漫着白色恐怖，人心惶惶。几股势力代表不请自来，开门见山，直接向李济深抛出橄榄枝。一时间，李济深无疑成了这场风云际会的中心，交错的人物关系、交替的对话唱念场面、交织的人物性格、交汇的政治诉求使开场看点十足。剧中，以主要反派军统特务头子黄翠维与李济深的矛盾冲突作为情节主线。在黄翠维的精心谋划下，李济深先后经历了女儿桐桐被绑架、1927年奉命迫害中国共产党的新闻报道被曝光、生命安全受到威胁等困难。在中国共产党派来的保镖杨奇和何香凝女士的细心劝导下，李济深以高度的政治自觉，勇于站在时代前列，不改为民主而奋斗的初衷，依靠自身丰富的斗争经验化险为夷，顺利解决外部矛盾，成功驱除了自己长久以来难以释怀的心魔。最后，他机智地借助几方力量，与中共地下党合作，成功摆脱军统特务的纠缠，登上了驶向解放区的阿尔丹号。

我一直认为写历史人物的制胜法宝不在资料的罗列，亦不在于褒、贬两字，只有充分展示出其符合真实历史的精神风貌，才是打开观众心门的关键钥匙。该剧没有单一地表现李济深智勇双全的行动线，在人物精神世界的探寻方面也是可圈可点。开场，在黄翠维的第一次探访中设置了一个大悬念——毛人凤精心设计送给李济深的信袋。到了重要的第五场，悬念终于水落石出，在李济深亟待出发之时，李明告知信袋中是一张1927年的旧报纸和一封毛人凤的亲笔信。旧报纸上刊登的是当年李济深判断错误、奉命清党、杀害共产党人的报道。毛人凤送信的目的便是阴谋挑拨李济深和中国共产党的关系，阻止李济深北上。面对这一突如其来的打击，能否坚持北上，李济深陷入了挣扎。此时，李济深的饰演者欧凯明充分运用戏曲的唱念和身段表演挖掘人物的情感世界，在现实与历史交织的宽广背景上，他袒露着自己的灵魂，其中有伤痕、战栗、呻吟，也有奋进、欢愉和希冀，将人物内心的忏悔赋予了一种诗意的升华。当李济深裹足不前时，何香凝猜中了他的心事，她坦言确实有过"四一五"，但此一时彼一时也。中国共产党是真正的历史唯物主义者，过去是过去，历史是向前发展的，我们要向前看，莫要向后看。过去不认识，现在认识了。只要现在我们的所作所为有利于人民，有利于建立一个独立自主的富强的新中国，就会化敌为友。正是追求"祖国强大，人民幸福"的政治抱负让昔日的国民党将领李济深与中国共产党走到了一起。当何香凝拿出毛泽东同志邀请李济深的亲笔信时，李济深的顾虑被彻底消除了。这场戏让我们看到了真正的李济深，一位从平凡中走来，经历了血与火考验的民主战士。他不仅保持着奋斗的初心，以信仰、理想为生命，充满热情，而且有胆略，没有意识形态化的影子，是一位极富政治智慧和人格魅力的人，是有号召力、感染力的人。

戏曲无情不成戏。《抉择》的编导们为了人物的丰富立体，在努力展现李济深大智大勇的同时，他伉俪情深和父女亲情的一面也被精心设计在剧情中。如第二场，李济深在病榻前看望虚弱的妻子，想到自己即将北上，悲从中来。善解人意的妻子怕影响丈夫的大业，主动取出枕头下新织好的围巾嘱咐道，自己不能陪着夫君"客路青山外"，希望这条围巾能伴着夫君"雁归洛阳"。在茫茫的人生路中，得到爱妻的一丝安慰，凝望着编织好的围巾，李济深百感交集，不由得老泪纵横。虚弱的妻子安慰丈夫，唱道："请君放下家中事，家事自有妻主持，收拾行装明心志，乘风破浪北国驰。"此时，两人深情对望、心手相牵，就像每次平常出门，妻子的临行叮嘱，夫妻情深溢于言表。台上台下无不被这对恩爱夫妻为了国家大业不得不分离而感动。又如，李济深的女儿桐桐乖巧聪明，遭受到特务绑架后，李济深焦急万分并设法营救。同时，桐桐无愧将门虎女，在受到绑架的绝境之下，依然临危不乱，她与反派人物黄翠维斗智的场面无不让人拍手称快。

一部好的剧作，一度创作必须与二度呈现亲密无间，《抉择》亦如此。此次，筹划者所组建的一度和二度创作班子，文学品位和艺术修养颇高，对戏曲传统有深刻认知又颇具创新意识。编剧尹洪波、陈强、钟海清对粤剧浸淫多年，此次出手不凡，把一个老故事挖出了新内涵，让一个早已在艺术画廊占据一席之地的历史人物重新披上了人性的华彩。总导演童薇薇越活越年轻，近来佳作不断。戏曲演员出身的童薇薇对戏曲有过认真思考，她的戏从不墨守成规，总能在继承与发展、传统与现代的结合上发出新的光彩。如剧中对武场的安排，除少量短打戏，多数化为了"舞"。再如剧场空间感的营造，舞台中央设有小的旋转舞台，家中客厅、病房、船上、牢房等场景随剧情需要一一展示，小舞台缩小了台上人物的活动空间，但放大了人物的心理空间，使观众的视线更加集中。从广西走出的二度梅花欧凯明时刻不忘回报家乡父老的养育之情，他在剧中饰演的李济深气质传神、刚柔并济、英气潇洒、唱做俱佳。黄颖嫦饰演的双秀清、元军饰演的黄翠维、张芯宁饰演的桐桐等都形象饱满，富有光彩。

总的来说，《抉择》的表演、舞美、灯光、音乐等舞台综合呈现也可圈可点。一台现代戏剧目在初立舞台时能有如此综合水平，使人喜出望外。这个戏也还有欠缺之处，比如桐桐遭遇绑架后的智斗，是否过于成人化；绑架危机的解除可否安排得更加机巧；李济深悔过的过程只是唱念的表现，没有行动线的展示，其次在这一场，李济深的表演风格需要与前几场保持统一；等等。可能这样或那样的不足依然存在，但我认为在粤剧现代戏步履蹒跚之时，总要有这类富于探索的新剧目，我们应该支持这样的戏，使它从不成熟走向成熟。多演多练自会有长进，期待《抉择》常演常新，越演越好。

作者简介

靳文泰，《中国戏剧》副主编。

石鼓传奇

演出单位

贺州市富川瑶族自治县文体和旅游局
贺州市富川瑶族自治县民族艺术团

梨园桂韵新曲美
——大型桂剧《石鼓传奇》音乐印象

谢坛牧人

　　摘　要　一部剧是否取得成功，往往跟唱腔音乐密切相关，因此有"戏以曲兴、戏以曲传"之说。戏曲是一门综合艺术，剧本是一剧之基础，唱腔音乐则是一剧之灵魂，戏曲是"戏一半、曲一半"。同时，唱腔音乐又是体现剧种特色的重要载体，是区别剧种的重要标志。本文以桂剧《石鼓传奇》为例，分析探讨戏曲唱腔音乐的传承、发展与创新。笔者认为，戏曲作曲家在唱腔音乐创作中要保持清醒的剧种意识，特别要注意避免歌剧化、泛剧种化的现象出现，在创作中要秉持纵向继承、横向借鉴、不拘一格的理念进行探索实践，才能做到创新性继承、创造性发展，写出符合现代观众审美要求的戏曲唱腔音乐，展现地方剧种的新面貌和新的艺术魅力。

　　关键词　唱腔音乐；剧种；剧种语言

　　庆祝中国共产党成立 100 周年广西优秀舞台艺术作品展演暨第十一届广西剧展落下了帷幕。此次展演的剧目涵盖了桂剧、彩调剧、壮剧、话剧、歌剧、音乐剧、儿童剧、杂技剧等艺术门类，涉及革命历史题材、现实题材、民族题材、青少年题材等多种类型。从展演的剧目数量和质量来看，可以明显感到自上一届剧展以来广西戏剧在近几年创作上所取得的丰硕成果。更令人欣喜的是一些稀有地方剧种，如壮师剧、鹦剧、鹿儿戏、唉戏等及一些新文艺群体也出现在这届剧展的舞台上，参演的一些剧目以极富特色的唱腔音乐得到专家认可和观众好评。

　　本届剧展大型桂剧《石鼓传奇》的唱腔音乐以保持剧种独有的风格韵味、辨析度高而给笔者留下了深刻印象。

　　该剧讲述的是明代嘉靖年间，大理知府毛德贞告老还乡之时，当地百姓为感谢他在任期间克己奉公、清正廉明、造福一方，特为他打造一对石鼓，上刻"百官楷模"四个字以褒扬他为官自律、廉洁。也正是因为这对石鼓，让毛德贞在返乡抵达秀水时无法下船上岸。剧情围绕着这对石鼓展开了"清官"与"贪官"的斗争，让观众看到了毛德贞如何守住三十年为官的清廉，领悟了"清心为治本，直道是身谋"的为官之道。

该剧采用的是"主题音乐—舞蹈音乐—人物形象音乐—独立板式和综合板式—幕间曲—尾声"的音乐布局模式。纵观全剧，主题音乐鲜明，唱腔细腻委婉，风格统一，独立板式和综合板式在剧中布局合理、运用巧妙。唱腔音乐做到了有的放矢，情感表达准确，与剧情高度融合，符合剧中每一个人物性格。

　　可以感受得出该剧的唱腔音乐是作曲家根据剧本需要，经过认真推敲、巧妙布局、精心设计而成。唱腔音乐板式丰富，既有独立板式，又有综合板式，既有抒情的慢板，又有叙事的快板，慢板与快板对比强烈，相得益彰。主题音乐与唱腔融合，独立板式和综合板式互为呼应，场与场之间的唱腔音乐无任何割裂和违和感，全剧唱腔音乐浑然一体。各种板式的唱腔音乐又都能根据演员的嗓音条件和剧中人物特点进行精心设计，演员嗓音也得到了较好的发挥，观众听得过瘾。本届剧展的评委专家也对该剧的音乐唱腔给予高度评价。因此，笔者以"梨园桂韵新曲美"来评价该剧的唱腔音乐。

　　一部剧是否取得成功，往往跟唱腔音乐密切相关，因此有"戏以曲兴、戏以曲传"之说。戏曲是一门综合艺术，剧本是一剧之基础，唱腔音乐则是一剧之灵魂。戏曲是"戏一半、曲一半"。同时，唱腔音乐又是体现剧种特色的重要载体，是剧种的重要标志。因此，戏曲唱腔音乐的创作不能脱离剧种本体特色，本体特色不是别的，正是剧种的唱腔音乐，而唱腔音乐又是由剧种语言所决定，这也说明剧种唱腔音乐与方言关系的密切性。

　　桂剧以桂林话作为舞台用语。因此，唱腔音乐也就必须根据语言的声调进行设计和创作，如果语言特征缺失，那就意味着该剧种唱腔音乐的风格韵味缺失，这必然会导致剧种之间难以区分，出现"泛剧种化"现象。

　　在戏曲唱腔音乐的创作中，以"依字行腔"来体现唱腔音乐"字正腔圆"的审美标准和确立剧种唱腔音乐的旋律特征，因此剧种语言是决定剧种风格的最根本元素。

　　该剧唱腔音乐呈现出十足的桂剧风格韵味，剧种唱腔音乐特征明显、辨析度高。欣赏过这部剧之后，笔者得出的结论是作曲家在创作该剧的唱腔音乐时，在本剧种传统声腔的框架内以剧种语言作为唱腔音乐的创作基础，严格遵照桂林话发音的四声"依字"结合桂剧传统唱腔音乐的旋律特征来"行腔"，才会有十足的桂剧风格韵味。

　　前文提到，剧种之间的区别最主要还是在唱腔音乐上。假如我们在电视上看到一部皮黄剧种的剧目，如果我们把声音关掉只看表演，相信大家很难分辨它是什么剧种，但是如果我们不看画面只听唱腔音乐，我们就不难区分出它是什么剧种。由此可见，如果剧种的唱腔音乐无法与其他剧种区分开来，剧种也就没有了自己的独特风格，剧种之间的辨识度也就会变得模糊不清。纵观当下戏曲音乐的创作实践，出现了一些值得关注的现象，这个现象就是一些地方小剧种唱腔音乐歌舞化，大剧种唱腔音乐歌剧化或音乐剧化的创作导向，使得一些剧种的唱腔音乐呈现模糊化趋势，"泛剧种化"现象也由此产生，而这种现象似乎不是个例存在于当下戏曲音乐创作之中。"泛剧种化"现象出现的原因，首先对被称为"戏曲之魂"的戏曲音乐内在价值的"剧种语言"缺乏足够重视。一些地方剧种为了与时代接轨，常以"创新"

之名脱离本剧种的语言和旋律特征进行唱腔音乐设计，其实是背离了有继承才有创新的出发点，这种脱离剧种语言进行的唱腔音乐创新，实际上是一种不慎重的创新，如果将其持续下去的话，即便音乐再美却也失去了本剧种的唱腔音乐特征，失去了乡音、乡情。由此带来的后果就是该剧种失去了原本该有的特色魅力和韵味，人文情怀也将随之消失，观众也不能清楚地分辨这到底是什么剧种了。

当然，戏曲音乐毫无疑问要跟时代相接轨，但关键是要找好结合点，把握好度。无论是戏曲唱腔音乐创作还是戏曲艺术本身都不能离开传统进行创新，为了跟时代接轨而离开传统的创新就会成为"无本之木，无源之水"。特别是我们广西具有代表性的地方剧种，它是我们民族地区的文化符号、精神家园。如果演出的剧目长期失去本剧种的特色和价值，它最终的命运将会是慢慢消失在戏曲的百花园之中。俗话说，什么树就应该开什么花、结什么果。桂剧就应该姓"桂"而不是姓"壮"（壮剧），也不是姓"彩"（彩调剧）。笔者认为，广西地方剧种就应以保持、完善、发展本剧种的独有特色作为生存发展的前提。

之所以大型桂剧《石鼓传奇》能给笔者留下深刻印象，主要还是该剧的唱腔音乐在继承和发展的过程中依然保持着剧种应有的特色韵味，让观众一听就能辨别出它是我们广西的桂剧。一部剧的唱腔音乐要取得成功，必须处理好继承和发展的关系，作曲家要根据剧情需要，在传统唱腔音乐的框架内进行布局设计，唱腔音乐既要考虑戏剧性也要兼顾个性化。该剧的唱腔音乐在创作上做到了戏剧性和个性化两者的相互统一。

该剧在开始的"序"中，主题音乐就以清新淡雅、抒情、叙事的唱腔音乐作为其个性化基调。一段清新淡雅的主题音乐旋律响起，映衬着舞台上宁静秀丽的秀水河畔，宛如水墨画般的秀水村呈现在观众眼前，观众在主题音乐的渲染之下，置身其中，感受剧中的传奇故事。

纵观全剧，作曲家在继承传统桂剧唱腔音乐上又有所突破，体现出作曲家在该剧的唱腔音乐创作中，坚持从桂剧的唱腔音乐特色出发进行创作，加之作曲家板式运用技术娴熟，不但纵向继承了本剧种特有的唱腔音乐传统，还在唱腔音乐中横向吸收了其他优秀剧种的表现手法。如主题音乐与唱段融合、重复再现，以此加深印象，舞蹈音乐与唱段融合以增加用歌舞演故事的可看性，做到了兼收并蓄，既有守正也有所创新。这里所谈及的有所创新，不是要去掉本剧种的唱腔音乐特色才有所创新，更不是创造一个新板式才叫有所创新，这个有所创新是作曲家在吸收借鉴的基础上对本剧种传统唱腔音乐进行补充和丰富它的表现力。

《石鼓传奇》的创新还体现在该剧的一些板式组合、节奏变化、主题音乐的贯穿、多声部的运用上。如毛德贞的《告老还乡》唱段采用的是综合板式，起板—回笼—摇板—慢皮跺板—散板。一开始是起板的上句"告老还乡回秀水"内唱，最后一个"水"字落在"3"音上形成上句的半终止，随着一段过门和锣鼓将人物内心情绪进一步渲染，毛德贞出场亮相后接下句回笼"秀水如镜照归人。去时尚是帅小伙，回时白发透双鬓"。下句扩展的甩腔接摇板"遥望家乡千里路，德贞只当五里行"接慢皮跺板"双脚踏着儿时路……"唱段中最后一句"白发老儿回家门"以散板结束，人物的情绪得以进一步宣泄。

《告老还乡》唱段所采用的板式，能够准确表达人物情绪，节奏变化也完全符合剧情。从起板—回笼—摇板—慢皮踩板—散板的板式中就能感受出剧中人物内心情绪上的变化，这种板式的变化具有戏剧性作用。通常在戏曲音乐中，单一板式的情绪变化往往是慢慢展开，而综合板式却可以根据人物内心情感进行突变，因此，情绪对比要比单一板式强烈。这一板式在这段唱腔音乐的运用上，达到了一张一弛的戏剧性效果，能更准确地描绘出毛德贞"近乡情更怯"的复杂心情。

　　在桂剧的综合板式中，因为上下句分属不同的板式，因而在结构上、节奏上对比不是匀称的，但这恰恰可以使上句没有表达完的情绪在下句得以充分扩展继续表达，达到情感递进、前呼后应的效果。

　　该剧是新编历史剧，戏剧语言更加贴近于当下生活，在一定程度上与传统戏曲"上腔上韵"的唱念表现方式有所不同，戏曲语言呈现出更加生活化、灵活化的特点，这就需要作曲家在设计、创作唱腔音乐时充分注意本剧种唱词的四声趋势，才能创作出优美的唱腔旋律。

　　该剧唱腔音乐的创新，还体现在作曲家避免单一的"程式化""一曲多用""依曲唱词"的传统套腔做法。换而言之，若该剧原封不动地对传统戏曲的音乐板式进行套腔来表现剧中的内容和人物，便会出现唱腔音乐生搬硬套的情况，也难以与剧中人物的身份相符，难以满足现代观众的审美需求。但是，如果作曲家摒弃本剧种传统板式中的"本"，进行所谓的"创新"，那么将会失去剧种特色，其"源头"也就无从谈起。戏曲音乐创作难度大，尤其是音乐唱腔成熟的剧种，由于受到程式性和戏剧性的束缚，戏曲作曲无法具有和其他音乐创作类型同样的自由度，戏曲作曲家往往是"戴着脚镣跳舞"。从某种程度上讲，戏曲音乐创作成功的关键取决作曲家在完全熟悉掌握本剧种声腔音乐板式的基础上，根据剧本、人物性格、场景，把不同的板式与剧情、人物需要结合起来，进行板式结构的合理组合，然后运用到具体的旋律创作中，特别是新编历史剧，要在剧种原来的唱腔音乐基础框架内创作出新的唱腔音乐则十分困难。这种情况下，需要作曲家不仅要置身于传统唱腔音乐的框架内，还要跳出传统唱腔音乐的框架，捕捉新编历史剧唱腔音乐的创作灵感，如此才能创作出既有剧种风格韵味又符合现代审美需求的唱腔音乐旋律。

　　桂剧的传统唱腔基本上是由平行式乐段构成，特别是北路二流，上下句在旋律上大体相似或相同，所不同的只是上下句的终止形式，因此两个乐句的旋律常有重复之感。当然，上下句旋律有所不同也是因为唱词字音的平仄关系和终止形式而产生的一点区别，如果大段唱腔音乐都是这样的上下句旋律重复，很容易让观众产生审美疲劳。作曲家要根据剧情和人物情感需要，通过对传统板式进行组合编排，并根据传统唱腔的某些旋律、节奏，板式组合起来进行唱腔音乐旋律创作，使唱腔音乐能准确表达人物情感，在抒情发情感之处细腻委婉，在叙述之时激昂铿锵，收放自如。如剧中毛德贞和夫人及族长的唱段阴皮《月光清清照秀水》，作曲家将主题音乐与传统唱腔音乐融合，发挥桂剧阴皮板式善于抒情的特点，前奏以一种略带几分忧伤的旋律将毛德贞所处的环境和复杂心境映衬出来。"月光清清照秀水，秀水如镜照孤魂，一对石鼓相陪伴，既无言来又无声"，唱腔音乐的旋律忧伤舒缓，毛德贞此时此刻的孤独、与逝世夫人时空对话时的内心情感，得以通过唱腔音乐非常准确地表现出来。从毛夫人"叫一声夫君莫伤悲……认定夫君清又纯"到毛德贞"夫人呐，我问你怎样才能把家回"，再到老族长"你莫喊，你莫问，祖训阻你把家回"，唱段通过不同的音乐语汇和如泣如诉的伴唱进行情感铺垫，烘托出毛德贞在孤独无助之时思念亡妻的悲伤心情。而唱段后半部分采用多声部，"一日三省问灵魂，用刀砍用锤砸……"，将人物内心情绪进一步推进，随着毛德贞"那就将我融入火"一句清唱，到"再受那百炼千锤"，结束句在悲壮的合唱音乐中将这一场戏推向了高潮，整板唱段凄美感人、催人泪下。这一板韵味十足的桂剧阴皮极具感染力，唱腔不仅味浓，而且不拘泥桂剧阴皮传统板式，既有传统板式的特征，又加入了多声部唱腔，间奏还使用了人声哼鸣的旋律，有些地方间奏还采用三连音强奏、节奏扩展和紧缩来突出人物的情感变化，跟传统的阴皮板式相比，这一板唱腔新颖别致，独具一格。

又如莲妹、白小满、毛成杰三人的唱段《叫老舅你莫走》，作曲家运用了散板、踩板。年迈的毛德贞因为被族人误会不能下船上岸，此时的毛德贞有家不能回、有口辩不清，陪同毛大人返乡的白小满眼看护送毛大人回乡的官船即日又要返回大理了，一气之下他解开停在岸边的官船缆绳，急劝毛德贞随护送其回乡的官船一同转回大理。此时，心急如焚的莲妹和毛成杰正好赶到，紧紧拉着官船的缆绳伤心地唱"叫老舅你莫走，你走让我痛心头"，而白小满的"让他走，走出秀水心不忧"，与毛成杰的"紧紧拉住不放手，死也要将伯父留"两种不同板式形成节奏和情绪上的鲜明对比，恰如其分地将三个人物的情感表达出来。

怎样才能合理地运用板式？板式及节奏如何才能符合剧情需要从而达到既有音乐性又有戏剧性的效果？在这一出新编历史剧中，作曲家充分运用了桂剧丰富的传统板式，根据生、旦、净、丑不同行当和角色人物进行唱腔音乐设计，使每一板唱段都各具特色，人物情绪表达准确，音乐性与戏剧性的关系处理恰当，唱腔音乐流畅，桂剧韵味浓。

笔者认为该剧的唱腔音乐是成功的，归纳起来体现在两个方面：一方面是剧种唱腔音乐特征明显、辨析度高；另一方面是唱腔音乐与剧情高度融合，不存在"两张皮"现象。

当前戏曲作曲家在唱腔音乐创作中是否能够保持清醒的剧种意识这一点非常重要，特别要注意避免歌剧化、泛剧种化现象的出现。在创作中要秉持纵向继承、横向借鉴、不拘一格的理念进行探索实践，才能做到创新性继承、创造性发展，写出既符合现代观众审美要求，又具有剧种特色韵味的戏曲唱腔音乐来展现地方剧种的新面貌和新的艺术魅力。

作者简介

谢坛牧人，广西戏剧家协会会员，柳州市静兰小学音乐教师。

邕 剧

顶蛳山人

演出单位

南宁市文化广电和旅游局
南宁市民族文化艺术研究院

骆越远古题材戏曲的创新与局限

——评邕剧《顶蛳山人》

田 原

摘 要 邕剧《顶蛳山人》是第十一届广西剧展中一部颇为亮眼的大型剧作。这是一部以广西本土重要考古发现——顶蛳山遗址为素材而创作的、展现南宁地区稻作文明和生息繁衍故事的远古题材戏曲作品。该剧无论从戏曲题材的开掘还是多重融合的舞台呈现方式来看，都有创新之处，但也由于创新产生了一些值得商榷的问题。

关键词 民族史诗；邕剧；戏曲创新

邕剧《顶蛳山人》是由南宁市民族文化艺术研究院所属邕剧团汇集优秀创作团队于 2018 年创排的一部献礼广西壮族自治区成立 60 周年的大型剧作。该剧以 1997 年全国十大考古发现之一的顶蛳山遗址为素材，讲述了 6000 多年前南宁地区的先民们在神鸟的指引下生息繁衍的故事，表现了广西远古稻作文明的兴起及人与自然的关系等主题。在 2021 年的第十一届广西剧展中，这部作品经过打磨提升，再次亮相。

总体而言，《顶蛳山人》开创了邕剧乃至戏曲表现新的题材领域，整体风格古朴、野性、悠远，并带有一定的广西民族元素。同时，这部作品在戏曲舞台表演方式、音乐使用上也多有创新之处。因而在整届剧展中，它给笔者留下了很深的印象。可以说，这是一部十分能激发话题、引人思考的舞台作品。

一、题材的拓新与剧本创作的问题

《顶蛳山人》（本文简称《顶》）对自身的定位是史前剧。这是该剧主持团队在面对媒体宣传时所使用的一个词。一定程度上，它可以算是历史题材中的一类，但又不同于一般的历史题材。普通的历史题材虽然以过去的故事和人物为主体，但仍是用延续至现代的普遍人伦观念（如道德、法律等）和社会关系（如母子、君臣等）去组织剧情、设置人物关系和矛盾的，其中很重要的一点是要拉近历史与现实的关系，用现实观照历史、用历史启示现实。《顶》所表达的史前剧观念具备了历史题材的某些特点，同样用到了现代社会中的关系（如爱情、家庭）去组织剧情，但区别就在于，《顶》并没有要拉近历史与现实的距离，而是刻意地保留甚至拉远了这种距离。所谓"史前"，指它表达的是在人类文明诞生之前，现代观念、社会规则产生之前的世界。这部作品无论从舞台布景还是众多场面的设置上，都表现了这种人类文明之前的、富有传奇色彩的、原始而蛮荒的环境特性，而其背后蕴含着的，是某种奇观化的思维。

主创方采取这样的创作思路，是情有可原的。首先，顶蛳山文明这一题材背景本身就处于远古，从事实层面确实是一个远离现代文明的世界；其次，顶蛳山文明是一个没有传说故事、缺乏文献资料的古文明，留给创作者的，只有一堆有限的出土文物，创作者只能根据其中涉及的稻作文明遗迹、丧葬遗迹等来展开关于那个时代的合理想象。从目前的舞台呈现来看，《顶》可以说是一部基本贴合史实、编剧较为保守的远古历史题材剧。

类似的远古题材作品，在戏曲界可谓罕见。中国戏曲，不论地域品类，在逐渐走向成熟后，大多热衷于表现市井人情、官场权谋、沙场征战这些主题。少数属于前文明或者"超文明"的神话题材、巫觋仙道题材大多被转化为前者，或作为一种点缀偶尔出现在剧作中，再加上各种舞台程式化的因素，戏曲本身在题材选择和表演方法上有其相对固定的范围、较难有所拓展创新。只有在一些受民族信仰或巫觋传统影响的少数民族戏曲剧种，如藏戏、傣剧，以及广西的壮剧、师公戏等中，才较多保有这些"超文明"的部分。《顶》此番大胆用邕剧表现远古文明，创新的勇气值得鼓励。

但较为遗憾的是，《顶》虽然打开了创新之门，却没有走好这条创新之路。或许是因为这条创新之路并不好走。从剧本层面，《顶》全剧基本分为两个部分，前半部分是"寻找稻谷、生息繁衍"，后半部分是"纷争与和平"，完全是对顶蛳山文明遗迹中的稻作文明、丧葬遗迹两大重点的平行演绎。主体内容中的恋爱、生育、战争、求和等，较为模式化。在广西过去曾创作的《百鸟衣》《妈勒访天边》这些舞台戏剧作品中都能找到类似的剧作模式。而且，《顶》对于这种模式的呈现简单而粗糙，显得想象力不足，特别是在人物性格塑造、情节布局上，显得十分欠缺，整体苍白、缺少独特性。所以，观众看完之后对于剧情的记忆度很低。除了部分较有生活情趣的唱词有细节经营，剧作无太多可圈可点之处。虽然剧中有许多大场面，也通过音乐舞蹈等塑造了悠远的意境，但整个作品绝大部分内容只是对远古场景的展示性还原和简单呈现，既无冲突，也缺乏持续性的思考，整体深度不足。全剧最重要的"爱护生态、珍惜和平、人与自然和谐共生"的主题，在主角娅达最后一长段唱词中才表达了出来。而至于人类为什么要生存？他们通过世代纷争升华出了哪些对于生命的精神和反思？这些带有批判性的问题都没有深入涉及。可以说，编剧赋予这部剧的独特纹理不够。《顶》目前的状态更像是一部放在博物馆、非遗展览馆的小剧场里、为游客们展现顶蛳山文明的情境展演，整体上，其宣教性大于艺术性。从剧作层面看，这部剧有内容，但没思想，它有教化（宣传），但没特点（艺术）。

其实，对于这类题材，反而观之，正因为其材料的匮乏、年代的久远，才给了创作者更大的想象空间。这类题材中的原始、虚空、哲理等元素完全有可供编剧发挥的巨大空间。《顶》虽然采用了神话的设定，但剧作层面却十分拘谨。它缺乏一种"跳出生活本身看生活"的创作思维，只交代、填充内容，缺少剧作的风格意识，既不够浪漫、亦无较强批判性。假如其加入不同时空之间的对话，融入现代人甚至未来人的视角，或者将其中的神话成分写得更加丰满复杂，或者参考某种西方史诗文学框架结构将剧本搭建得更加精密复杂，亦或者用一种哲学命题来拉高剧目层次，都会比目前更好些。

类似的题材，如高行健的《野人》等作品也许能给《顶》提供一个较好的提升参照。对比《顶》，《野人》最大的优点是它剧本的丰富性。在《野人》里，你能看到 20 世纪 80 年代初兴起的寻根文学，你能看到现代观念冲击下家庭的变化主题，还有最重要的，是"复调"的笔法。这是一部意蕴丰富、神秘感萦绕的作品。对于远古，或者说剧中核心的不确定的野性元素，《野人》不是正面来写的。野人是谁？他们是如何生活的？剧中没有交代。而是把野人作为一个符号，从现代人的行动、思想的各种侧面来描摹它，把关于野性的哲思弥散在全剧中。这就是从剧作风格出发，而不是仅仅去填补内容的创作观念。

《顶》一定程度上还反映了一种目前广西戏剧中经常出现的错误观念，就是前文提到的"奇观化"的思维。这种思维，简而言之，就是靠打造一种视觉上的异于时代或大众生存环境的景观，如民族奇观、边寨奇观或者远古奇观等，利用猎奇心理，吸引观众、引得好感。在这种观念的指引下，创作者往往希望利用差异化思维，靠"人无我有"的规则自立山头，试图避免横向比较，用惊奇感补给观众，弥补剧作上的缺陷。实际上，如果作品缺少深度和丰满度，只靠视觉奇观吸引眼球或者营造宣传噱头，是无法在观众心中留住和长远流传的。对于戏剧作品，奇观、距离感是一种可以运用的风格元素，但是如果只有奇观，没有深度，那也是不行的。

不过，要肯定的是，《顶》并不像另一些同样用"奇观化"思维打造的作品那样把古文化当作噱头进行调侃或进行不当篡改的情况。《顶》的创作者对待文化还是心存敬畏、较为严肃的。至少从紧贴史诗的剧本耕耘方式来看，可以这么认为。

二、表演方法、音乐运用的创新与问题

《顶》给人留下较深印象，很大程度上是得益于该剧复杂多元的舞台呈现方式。从表演方法到音乐运用上，《顶》都进行了大胆的创新。

首先，全剧的表演是由邕剧融合现代舞完成的。作品以邕剧的表演为主体，以梅花奖获得者梁素梅为代表的几位主角贡献了多段扎实悦耳的邕剧唱段，板式多样、表演精彩，几位配角小生还时不时展现一些戏曲功夫，全剧可谓唱念做打俱全。在此基础上，作品还融入了现代舞。几位舞蹈演员分别扮演神鸟和花神等角色，同时也展现时空流转，不时在场景里游走、表演，给作品增添了许多灵动的意蕴。这两种演出形式共享同一个表演空间，同时进行、交融并进，给人十分奇妙的观看体验。

前文说到了这部作品的史前剧的定位。对于这样一部需要表达原始、虚空、邈远这些观念的戏曲作品，单靠戏曲确实是不够的。舞蹈元素的融入，很大程度上缓解了表达上的难题。戏曲自身的虚拟性加上现代舞中象征性身体的运用，再加上出色的舞台灯光和布景，较好地展现了全剧所要传达的时空特征和意境。

非常值得探讨的是剧中的舞蹈元素。舞蹈的作用除了表达外在的环境、表示时空流转外，自身也自带角色，而且，剧中的舞蹈元素不仅出现在几位舞蹈演员身上，在其他邕剧演员那里也得到了体现。邕剧的表演被"稀释"、去程式化。在一些集体场面中，邕剧演员的表演采用了一种类似舞蹈的编排。

在目前的广西戏剧舞台上，演员的表演基本分为两类：生活化的表演和程式化的表演。前者多用于话剧、小品，后者则多用于各类戏曲、曲艺类的表演中。《顶》中这样融合性的表演，特别是对舞蹈演员的运用、对戏曲表演程式的突破、对演员身体形态与功能的开掘，实属少见。虽然这种表演一定程度上难以界定，但这种创新尝试，是值得鼓励的。

为了实现邕剧与舞蹈的"嫁接"，作品在音乐上的革新也成了一条必经之路。在《顶》中，除了在多个唱段使用了较为明显的邕剧板式音乐，其他多个段落对民乐、古乐等多种音乐形式进行了融合，配器上也极大丰富，让人在听觉上倍感新颖。

《顶》中的音乐也展现了传统邕剧音乐的多种可能性。比如，在表示天地巨变、灾难发生的场面使用了传统用于战争场面的乐段，在古人游历自然、展现生活情趣的场面使用了传统用于嬉乐的乐段。这些都是对邕剧音乐传统表意功能的拓展。

不过在音乐这块，《顶》也存在一个问题。这就是艺术样式自身带有的艺术气质与所表达对象的艺术气质是否贴合的问题。艺术创作在表达一个主题时，不能忽略艺术载体本身的"底色"问题。戏曲是一种具有较为固定程式的艺术样式，这点特别体现在音乐上。戏曲中一唱三叹、九转回肠的演唱方式，通常带给人的审美印象是文质典丽的，对应的典型场景是内心复杂情感的倾吐。这就是为何戏曲很少写一些尚未被文明开化世界的题材，或者不会给剧中"粗鄙之人"安排复杂的唱段。

而在《顶》中，让身披兽皮、内心纯炽的远古野蛮人通过缓慢、曲折的戏曲板式音乐抒发内心，就存在着这种不恰切感。剧中，角色的性格气质是野性、旷达的，但有部分戏曲唱段一出，似乎增添了一种慢条斯理、委婉曲折的审美色彩，让人顿感矛盾。这就像穿着西装跑马拉松，跑是能跑，但让旁观者看着着实觉得着装有些不合时宜。试想如果《顶》这个题材换作用昆曲的水磨调来表现，那可能会更加不敢想象。

倘若换一种艺术形式，如西方的歌剧，似乎就有所缓解。这可以参考同样是表现古代少数民族生活的著名歌剧《苍原》，它不受制于戏曲演唱版式，快慢变化丰富，表达情绪、转换更加自如，整体效果似乎更佳。

对于目前剧中的这个问题，可以考虑增加一些非野蛮人的角色，如现代人或者仙翁，由他们来承担这个情感的表述任务；或者对现有戏曲板式进行适当调整、改编，丰富版式中的快慢变化；再或者就是考虑用其他演唱和表达形式。一定要避免这种"为唱而唱"的冗长而缓慢的唱段对角色性格气质统一性的干扰。

三、结语

《顶》选择广西本土的重要考古发现作为创作题材，以广西最具代表性的本土剧种之一的邕剧作为展现形式，体现了广西对本土文化资源进行深入挖掘、保护和表现的责任意识和强烈意愿，这是本土文化自信的体现。对于这个前期材料缺失，且可能不适合戏曲舞台的题材，《顶》的创作团队在创新意识的引领下，积极整合、锐意进取，努力交出了自己的舞台答卷。这是一次值得肯定的舞台实践。在本届广西剧展中，《顶》以其创新性给人留下了深刻的印象，这种精神是目前广西戏剧十分匮乏的。

有创新意识是第一步，寻找正确的创新路径则是关键的下一步。通过《顶》，我们看到了本土戏曲团体的艺术坚守和他们打造文化精品的努力，看到了古老戏曲的变化、革新，也看到了多种艺术形态相互促进、融合呈现的创作智慧。尽管在这些努力和变革中，必不可少地会产生各种问题，但只要不断坚持与反省，正确的道路一定会愈加明朗。

希望以南宁市邕剧团为代表的广西本土院团能发扬《顶》的精神，大胆革新、汇聚资源、总结反思，一步步寻找到属于自己的"金稻谷"，并真正走进观众内心，不断提升广西戏剧的广度和深度。

作者简介

田原，广西艺术创作中心戏剧曲艺部三级编剧。

史前与当下，跨时空的深情对话

——评邕剧《顶蛳山人》

许燕滨

2018 年 12 月 14 日至 15 日，由南宁市民族文化艺术研究院排演的邕剧《顶蛳山人》，在主创团队的不懈努力下，为改革开放 40 周年、广西壮族自治区成立 60 周年献上了一份厚礼。

当雄浑的音乐声响起，神鸟引领，花儿绽放，顶蛳山人从高耸的舞台缓缓走来，由屈身到直立，置于中间观众席后方的 50 人大乐队的演奏与舞台上的表演形成呼应，产生了强烈的代入感。磅礴大气的舞美、精致的唱腔、紧凑的节奏、流畅的编舞、优质的乐队、美妙的灯光，这些舞台艺术表现的有机融合，引领着观众走进骆越史前文明，探幽稻作民族的发展历程，让观众重新认识民族文化的经典表征。最可贵的是，它既力图表现史前文明，又跳出历史局限，充盈着现代意识与发展理念，与当代意识完全没有违和感，而且随着剧情的发展，人类命运共同体的思索似乎水到渠成。

主创团队如同骆越先民，在神鸟的指引下找到"稻"一般，也成功找到了表现这段史前文明的"道"。

南宁顶蛳山遗址是 1997 年全国十大考古发现之一，是南宁史前文明的重要遗存。如何用邕剧这一古老的剧种，演绎顶蛳山文明的生产生活图景，从中提炼、展现新时代的发展理念与人文精神，对于主创团队而言，难度与挑战巨大。而且，顶蛳山文明一无文献，二无传说，就连出土文物，除去堆积的螺蛳壳和少量的骸骨、石器，可寻踪的并不多，对屈肢葬、肢解葬等文化现象始终也没有定论。再则，在中国戏曲表演史上，尚未出现表现史前文明的剧目。前路迷雾重重，全靠摸索。

邕剧《顶蛳山人》由中国戏曲表演学会会长、戏剧评论家黎继德先生担任艺术顾问，湖南常德艺术研究所青年编剧孙海云女士、中国评剧院梅花奖获得者韩剑光先生担任编剧，中国评剧院一级导演安凤英女士、韩剑光先生联手执导，中国戏剧梅花奖得主梁素梅女士领衔主演。主创团队采用粗线条、跨时空、大写意的方式，以诗化的艺术手段，勾勒 6000 年前甚至更古老的顶蛳山人的创世纪图景，演绎远古族群从非人到人的寻找、萌发、蜕变、升华的过程，再现贝丘文化、稻作文化、花婆文化、民歌文化、花山文化、图腾文化等骆越文明的典型文化事项的意趣与内涵，歌颂骆越先祖发现、寻找和种植稻谷的智慧，描写人与自然、人与人之间的矛盾、冲突、博弈的情境及和解、宽容、关爱的精神，展现南宁这方古老水土上的文明进程，以及南宁先民不屈奋进、执着追寻、宽仁包容的精神意象。

作为史前剧，邕剧《顶蛳山人》在艺术上具有很强的探索性，在叙事方法、表演方式、舞美设计、音乐表现上都进行了大胆的创新与突破。它是戏曲，又不是严格意义上的传统戏曲；它有许多歌舞表演，富有强烈的美感，但又招招式式来自戏曲、化自戏曲、突破戏曲、归于戏曲。尤其是大写意的舞台，采用了一个高达4米、具有升降装置的斜坡舞台，象征着南宁先民寻找野生稻时的艰苦环境，在灯光效果下，又是家园、天空、野生稻、泥潭等，极富空间感、层次感。演员的出场、退场和表演都在这个斜坡舞台上完成，这对戏曲演员的表演功力提出了极高的挑战。演员必须跳出传统戏曲表演程式、跳出传统戏曲角色理解，去揣摩、演绎史前先民从非人到人，从蒙昧到觉醒的进化历程。

演员梁素梅饰演的娅达，是一个宽厚仁爱、坚韧不屈、睿智非凡的新石器时代氏族母亲形象，她有着"始祖女神"的担当与责任。她带领族人在神鸟的指引下，攻坚克难，找稻种谷，寻道悟道，倡导天下一家、和谐共生。娅达这一母亲形象闪烁着人性的光辉和神性的光芒，饰演这一角色的演员戏份极重。90分钟的戏，她都要站在舞台斜坡上表演，她的服装是厚重的大靠，这对知天命的演员梁素梅来说，确实是很大的挑战与考验。整场演出，她走心用情，唱念做打，手、眼、身、法、步精准到位，表演亮点众多，她演绎的娅达，伟大亲切，让观众感到这就是一个部落氏族母亲与女神的本真形象。

娅达的角色定位是带领族人寻稻种稻的氏族母亲，也是氏族女神，是具有神性的，她的指法、眼神、演唱不能流于俗套，需要讲究考究。指法在戏曲表演中占有重要地位，所谓"手为势，镜中影"。演员梁素梅巧用了梅兰芳的五十三式兰花指法，特别是将拇指放在食指第一节的横线处，如同把金黄的稻谷拿在手里，与人物形象和剧情高度融合、契合。娅达的眼神在开场时，予人朦胧之感。随着神鸟的指引和剧情的推进，眼神有了智慧之光，去寻找去感受花草、树木、河流、稻谷的眼神，越来越清亮，充盈着希望。当争食逐肉的部落战争爆发，面对亡夫丧子的人间哀呦，她的眼神变得呆若木鸡。在缓缓走到冰冷的亲人身旁时，她的眼神黯然……随之梦吟般地轻声吟唱……随后吟唱变得如火山爆发——"我的夫、我的崽、我的家、我的天哪……"哀诉响彻整个剧场！尤其是第四幕，梁素梅有大段的独白与唱，她将传统的邕剧唱腔与充盈着现代气息的音乐有机融合起来，使得唱腔蓬勃，具有向上的生命力，让观众在她的精彩演唱中感悟"万物归天下一家"的共享精神，致敬、颂赞顶蛳山人执着追求、宽仁包容的精神意象。悲怆的眼神直击人心，让观众的心也跟着揪、随着痛。清亮、极具穿透力的唱腔给观众带来了听觉上的艺术享受。

卜伯作为伟岸如山的部落首领，肩负着带领族人猎狩、守护家园安全的职责。演员何惠临魁梧的身材与这一角色高度契合，且扮相威猛、声如洪钟、富有血性。特别是表现部落战争的情节，由于史前社会并无太多的战争武器与花哨动作，主创团队运用棍棒等道具作为战争武器，把传统的一套把子拆分开来，取其精华的几个动作与影视手法有机结合。在打斗初始阶段，使用慢动作的方式施展，在高潮阶段，在激昂的音乐烘托下，快速打出搭、刺、碰头、扫头、划地等动作，打斗场面快、猛、狠。演员充分依托邕剧花脸的角色功底，武打动作刚劲有力，充满血性，既有戏曲的核，又接近新石器时代的形，是全剧的一大高潮，好看、过瘾。

"水盘着山来山恋着河，哥挽着妹来妹依着哥"，演员李金峰和刘希瑛饰演的郎汉与洲眉之间的爱情为剧目带来了浓郁的浪漫气息。他们春心萌动、开花结果，均围绕寻找稻、发现稻、种植稻、收获稻这一线索，郎汉身上的两把石刀寓意两人的心，每人各执一把，在寻稻路上时刻缠绕牵引在一起，在"蝶双飞"的背景音乐里，郎汉与洲眉双双执刀起舞，"芽也生……情也生……""两生情，播下种，怀上羔；埋下稻，抽出苗，熟成稻"，爱情与稻作成为两条互动融合的线索，在欢快的音乐合唱中，升华结晶。

这段爱情，也生动反映了史前先民"人"的意识觉醒的历程。郎汉从一开始看到洲眉，直接扛上肩就走的懵懂和赤裸，成长到珍惜爱人、对家负责，这也是人的意识逐渐萌发、蜕变、升华的进化历程。演员李金峰从人物内心出发，从眼神步法到肢体语言再到发声位置的改变，都尽可能与观众想象、理解的远古先民的生活状态贴合。饰演洲眉的演员刘希瑛带有童声的唱腔更是令人印象深刻。洲眉是一个在森林里与野生动物一起长大的美丽、单纯的女孩，有着人类最初最本真的性情。刘希瑛在演绎洲眉时，为体现洲眉的纯净，除了纯净的眼神，还在传统戏曲唱腔中融入了歌剧与说唱的演唱方式，着力制造唱腔的童声感，令人耳目一新，且不违和。

在很多传统邕剧剧目中，丑角形象并不突出，但这部戏中，演员梁伟达、陈盛铭充分运用喜剧因素，在插科打诨中、在夸张变形中，充分表现阿哆、阿嗦一方面畏难怕险，一方面又为部落、为族人英勇奋战的勇敢精神。他们用幽默的语言、搞怪的动作、妙趣的表情，活灵活现地让阿哆和阿嗦一唱一和地自如表现，让观众快乐地和寻稻的开路先锋一同行进，让观众在开怀中和他们一同见证爱情的萌发和对家园的守护。一系列正与邪、浑然一体的表演，对剧情的发展起着重要的推动与调剂作用。两个演员许多的高难度翻跌动作，都是在 4 米高的斜坡上完成的，这大大增加了剧目的可看性、可赏性。

演员刘阆饰演的神鸟贯穿全剧，神鸟与另外五朵花儿，用后现代舞的艺术形式呈现，将舞蹈动作进行结构和重组，构成了一个缥缈、虚幻、抽象的舞台空间与文化符号。"戏曲者，谓以歌舞演故事也。"歌舞是戏曲舞台的重要组成。但戏曲歌舞多是传统古典舞，与现代舞，尤其是后现代舞，是两种截然不同的独立舞蹈语汇。邕剧《顶蛳山人》作为史前剧，竟如此大胆，融入这种艺术表现形式，而且是让舞者在 4 米高的斜坡上起舞，让人不得不佩服主创的魄力、胆识和非凡的艺术能力。这样一个新奇的跨界融合，呈现出来的效果不仅没有让观众感觉别扭，而且让抱着好奇心走进剧场，想要看看这部打出"史前剧"概念的邕剧创新剧目，如何回望史前文明，关注当下命题，展现当下舞台艺术的观众深情凝望、感觉无比奇妙、赞叹不已！

当然，这种奇妙，与《顶蛳山人》本身具有虚构性、想象性息息相关。神鸟与花儿的想象及其所构筑的舞台空间，深度融入了故事的叙述过程，有效服务和推动了剧情。如花之舞，展现了顶蛳山人所萌发的情之初的生机与浪漫，如屈肢葬等顶蛳山独特的文化现象，也通过后现代舞的舞蹈动作解构与重组予以呈现，维持了戏曲追求美化与意象的艺术特质，整场演出显得和谐、优美。

邕剧是南宁独有的地方剧种，表演风格粗犷有力，纯朴雄壮，唱、念用邕州官话，刚劲爽朗，2007 年被列入第二批国家级非物质文化遗产保护名录，主要流布于桂西、桂南地区，并辐射桂中、桂东、桂北、广东珠江三角洲等地及越南、新加坡等国，曾经辉煌一时。但在历史洪流中，随着邕州官话的衰微，邕剧的传承一度深陷困境。南宁市邕剧团曾多次解散又重组，剧目生产十分困难。在振兴地方戏曲艺术的春风下，《三进士》《玄奘西行》等接连取得成功，邕剧似乎又找到了传承发展的自信，焕发了新的活力。这次推出的史前剧《顶蛳山人》，更让我们看到了这个古老剧种的包容性、开拓性、创新性。我们完全有理由相信，邕剧这样一个敢为天下先、不故步自封的剧种，随着一批优秀传承人的不断成长，明天一定会是灿烂的。

作者简介

许燕滨，南宁市民族文化艺术研究院。

大山壮歌

演出单位

南宁市文化广电和旅游局
南宁市艺术剧院有限责任公司

评话剧《大山壮歌》

吴甲伟

摘　要　2021 年 7 月 30 日晚，精准扶贫、脱贫攻坚题材的话剧《大山壮歌》作为"永远跟党走"庆祝中国共产党成立 100 周年广西优秀舞台艺术作品展演暨第十一届广西剧展剧目在邕州剧场精彩上演。该剧讲述了驻村第一书记王佳年到壮族山村龙古寨开展扶贫工作，以真心真情感动了村民，以发展金银花合作社为突破口，带领村民齐心协力、脱贫致富，奔向美好新生活的故事。

关键词　龙古寨；精准扶贫；人物性格；舞台艺术

"山叠山、崖对崖，山道湾湾通天台。山里娃仔有个梦，金花银花满山开……"随着主题音乐响起，2021 年 7 月 30 日晚，精准扶贫、脱贫攻坚题材的话剧《大山壮歌》作为"永远跟党走"庆祝中国共产党成立 100 周年广西优秀舞台艺术作品展演暨第十一届广西剧展剧目在邕州剧场精彩上演。该剧讲述了驻村第一书记王佳年到壮族山村龙古寨开展扶贫工作，以真心真情感动了村民，以发展金银花合作社为突破口，带领村民齐心协力、脱贫致富，奔向美好新生活的故事。该剧由广西壮族自治区党委宣传部、广西壮族自治区文化和旅游厅指导，南宁市委宣传部、南宁市文化广电和旅游局出品，南宁市艺术剧院有限责任公司排演。

话剧创作需要扎根本土。据悉，剧目《大山壮歌》是以广西各地近年来涌现的驻村第一书记典型形象为创作原型，以马山县大石山区精准扶贫工作中发生的真实故事为素材，在党和政府脱贫攻坚工作决策部署下，真实呈现壮族山乡村寨群众的生产生活状态。为了写好这段扶贫故事，从 2017 年开始，剧组前往马山、上林等地采风，与村民同吃同住，深入了解每一个细节，创作剧本。"精准扶贫政策落地要能惠民，当贫困群众真正感受到扶贫政策带来的帮助时，就没有任何困难可以阻碍我们走向小康。"这就是《大山壮歌》编剧徐志和编这部剧的立意点。编剧通过挖掘驻村第一书记在扶贫道路上的感人经历，塑造了第一书记王佳年的艺术形象。王佳年书记作为一名普通的青年党员，初入贫困山村龙古寨，在困难面前也有过犹豫退缩、彷徨失落，但是面对村民的善良质朴，他勇敢地站出来，通过真诚的行动唤起了大家的脱贫梦。他带领龙古寨村民走上从"要我脱贫"到"我要脱贫"的奋斗之路，自己也坚定了信念，实现了精神上的"脱贫"，真正成长为一名受到大家爱戴的第一书记。记者采访王佳年饰演者张笑时，他说道："在我拍摄的一些影视作品当中，有涉及开路的、开拓的和扶贫的，越走近真实的生活就越会知道，今天咱们中国共产党骄傲地向全世界宣布'中国人民脱贫'这句话说出来的分量有多么重，太不容易了。"

为传承和弘扬中华优秀传统文化，话剧《大山壮歌》深入挖掘、展现壮族元素，舞美呈现方面，再现壮族干栏式建筑，以及牛轭、槤等壮族乡村日常生活的物件，服装设计取材于壮族人民的生活劳作服装，具有浓郁的民族氛围。音乐设计制作方面，以南宁马山壮族原生态山歌作为创作主干，以马骨胡等富有广西民族特色的民乐、管弦乐、混声合唱等作为辅助，将观众带入少数民族山村的情景之中，共同感受壮乡儿女奋斗圆梦的感人故事。为推动话剧《大山壮歌》攀登艺术高峰，主创团队根据各界专家和观众的反馈，确立"抓重点、大变样、上台阶"的工作思路，通过剧本、造型等的重点修改、调整，使剧目在内容与形式上不断趋于完善，让台词更加生活化，让人物性格特点更加突出，使剧目的艺术创作质量和水平不断得到提高。

一、引人深思的剧情走向

话剧《大山壮歌》的故事引人深思，情节设计巧妙接地气。《大山壮歌》的故事从王佳年初到龙古寨说起，他第一次去龙古寨是和他的女友，他们扛着攀岩绳来到龙古寨。龙古寨地如其名，九分石头一分地的地方，除了石头，还是石头。选派中青年干部到农村工作，助力脱贫攻坚，这种精准化科学选派是广西部署脱贫攻坚工作的一次重要实践。精准扶贫工作不好做，单位有经验有能力的人很多，王佳年这个初入单位不久，没工作经验的"书呆子"，却接下龙古寨驻村第一书记的工作，于是有了后面的故事。

前往龙古寨做第一书记，女友不支持，王佳年有过犹豫退缩，这是人之常情。他与女友好不容易走到一起，正准备结婚，婚房都准备好了。突然接到单位安排的这项工作，心理上没有充分准备，看到龙古寨贫穷落后、恶劣条件，作为一名普通的青年党员，他第一个想到的是能不能把组织交代的工作做好；精准扶贫是国策，若工作做不下来，如何向党和国家交代，若龙古寨村民不能按计划脱贫，又当如何！可以想象王佳年作为龙古寨第一书记所面临困难与压力，舍小家为大家的抉择是多么艰难。编剧塑造的第一书记王佳年，工作受挫时也会哭诉，遇到困难也有过醉酒逃避，但优秀的基层工作者会在一次又一次的挫折与磨难中实现转变，在困境中寻求突破口；扶贫驻村工作的孤苦，家属的苦等守望，编剧没有刻意回避，正是充分利用这一点，让王佳年第一书记的形象在观众面前更加丰满。

王佳年还未入村安顿下来，就遇到他上任的第一件难事，龙古寨都准备散架啦！苗苗老师准备去打工。苗苗从小生活在龙古寨，与龙古寨是有很深感情的，若不是生活所迫，谁会背井离乡，阿妈得了尿毒症，医药费的开支就是个无底洞。为了不拖累一起长大的阿磊哥，她把婚事一拖再拖，阿妈的医药费压得她已经到了崩溃边缘，她不管不顾，要离家出走去打工。村民都劝阻苗苗，不要离开龙古寨。孩子念着"离离原上草，一岁一枯荣。野火烧不尽，春风吹又生"让苗苗老师留了下来，也让王佳年决定留下来帮助龙古寨的村民脱贫。

村民脱贫是一个大难题。初到龙古寨，热情好客的村民请王佳年喝酒，不会喝酒的王佳年只能入乡随俗，通过与村民在酒桌上的对话，王佳年才知道一些很好的扶贫政策在龙古寨难以行得通，但也得到了意外收获。龙古寨野生的金银花特别多，漫山遍野都是金银花，可惜加工技术跟不上，晾晒出来的金银花，质量不行，价格时高时低，有些村民为防止金银花在晾晒过程中长虫，用硫黄熏制，导致老板不愿到龙古寨收购金银花。村民损失惨重！

还有一个月金银花又要开花了。时间不等人，为了不错过当年收成，王佳年决定到山东金银花基地参观，学习金银花生产技术，并订购金银花专用烘干机。同时给上级打了报告，解决销售问题。为解决金银花种植规模问题，村民商议成立合作社，王佳年提出先成立金银花种植合作社，村民以自己的土地入股，统一规划、统一用地，但遭到村民一致反对。这时，王佳年的女友气冲冲地出现了，告知龙古寨的村民，王佳年背着自己拿婚房抵押贷款，预付了金银花生产烘干设备的订金。

王佳年把龙古寨当作自己家，以婚房抵押贷款，敢于承担风险的行为打消了村民的顾虑，同时也让村民明白，龙古寨要脱贫，重要的不是找什么好的项目，是要找到好的带头人。龙古寨的村民终于同意以土地入股，加入金银花种植合作社。

厂房建好了，关键的设备烘干机却卡在鹰嘴崖运不进村，这成为摆在大家面前的一个巨大难题。众人商议解决办法，王佳年决定拓宽鹰嘴崖，由此也牵出了龙古寨一段悲壮往事。20多年前，兰爷爷当村长的时候，带领村民把山道修成一条通车的路，结果发生了大滑坡，阿磊阿爸不幸遇难。

王佳年去县里求援，听说了鹰嘴崖的事，知道了阿磊阿爸的悲壮往事，也知道挖掘机也解决不了鹰嘴崖的问题，害怕误了金银花的采摘期，这好不容易成立的合作社就此结束，更怕乡亲们好不容易聚拢的人心就此散了，于是王佳年醉酒忧愁，这一幕点燃了龙古寨的村民自己拯救自己决心，让他们从"要我脱贫"转变到"我要脱贫"。

阿磊为解决鹰嘴崖的问题，想重上鹰嘴崖。兰爷爷想起阿磊阿爸死前的情景，深深地自责，争吵中愤怒地连打了阿磊两大嘴巴。

兰爷爷为了龙古寨的未来，决定带领族中老辈重上鹰嘴崖，却被村主任阿古拦住了。为说服村主任阿古，兰爷爷等众人决定签生死状，大家生死由命……

此时，阿磊和苗苗来了！阿磊和苗苗带头签了生死状。

这时，王佳年来了！原来王佳年瞒着众人，自己登上鹰嘴崖，完成土石结构调查且已找到拓宽鹰嘴崖的方法……

路修通了，但山里的天气说变就变，晚上下起了雷阵雨。

晚上暴雨，导致石头松动往下掉，运输的大货车司机一紧张，货车滑出路面，车轮悬空了。王佳年、阿磊和大嘴巴等人前往处理，却遇到了再次滑坡，乱石把王佳年、兰磊两人冲下了鹰嘴崖……

二、龙古寨三代村民的群像塑造，表现典型人物性格

导演抓住了在党和政府脱贫攻坚工作的决策部署下，第一书记带领龙古寨的村民脱贫这个事，在舞台上展现了一群勤劳勇敢的壮族儿女，用滚石上山的精神和力量，与命运抗争，展现勤劳勇敢的龙古寨三代壮族村民绝不再向命运低头，积极开拓、自力更生、自强不息的艺术形象。王佳年性格的多层性在剧中也得到体现，在女友面前，就是个"书呆子"；在兰爷爷面前，他是个孝顺懂事的孩子；在像苗苗一样需要帮助的人面前，是脱贫致富的带头人；在观众面前，就是有血有肉的一位好书记。茅盾在《关于艺术的技巧》一文中说："既然人物的行动（作品的情节）是表现人物性格的主要手段，那么，人物性格是不是典型的，也就要取决于这些行动的有没有典型性。作者支使人物行动的时候，就要尽量剔除那些虽然生动、有趣，但并不能表现典型性格的情节。"编剧塑造龙古寨三代壮族村民人物性格表现手法，值得大家学习交流与借鉴。

龙古寨第一代村民：兰爷爷和唐老三。兰爷爷是龙古寨的老村长，在村中德高望重，在村民中极有威信，无论大小事情大家都与之商议。在 20 多年前，兰爷爷带领全村青壮年，开山修路，结果在鹰嘴崖发生了大滑坡，阿磊阿爸不幸遇难，兰爷爷含辛茹苦地把阿磊养大，心里也一直为当年的事故深深自责。唐老三是兰爷爷的追随者，兰爷爷很多事都与唐老三商议决断，他深知当年发生的事对兰爷爷的影响。

龙古寨第二代村民：阿古、大莉、大嘴巴。阿古是龙古寨的现任村主任，也是 20 多年前跟随兰爷爷的修路者，当年发生事故时，是兰爷爷将他从山上救了下来，他心中极其敬重兰爷爷，当年的事对他影响极大，担任龙古寨村长后极力求稳，极其重视安全生产，典型的当代村干部形象，在开拓精神方面稍有不足。大莉，龙古寨妇女形象代表，龙古寨大事小事总有她的影子，她的家境不太好，总爱与大嘴巴唱对台戏。大嘴巴，大莉的追求者，村里的创业带头人，有跑销售的经历，但在村中金银花项目上吃过亏，成日无所事事，嘴上没个把门，喝酒度日，嘴上一直挂着去南宁打工，却一直都没去。壮族人热情好客的民族习俗在大嘴巴的身上得到了体现，请吃饭，桌上必备酒，大碗敬酒，遇事敢于担当。

龙古寨第三代村民：阿磊、苗苗。阿磊，兰爷爷的孙子，一个山里的汉子，挺拔坚毅、顽强不屈，像山里的一块大石头，更确切地说，像是一颗黑色的大石钉，特别有韧劲，同时也是一个寡言的人。他的阿爸没了之后，他一直守着兰爷爷，他谨记阿爸生前的嘱托，哪儿也没去，从小失去阿爸的阿磊孝顺、勤劳、善良、勇敢，尽显广西壮族人"家有老，不远行"百善孝为先的传统美德。第一书记的到来，改变了山里的情况，唤醒了阿磊、改变了阿磊，原来那个有些麻木的阿磊又展现出生命鲜活的一面。苗苗，龙古寨美丽、善良的女孩，与阿磊一样，父亲早去，从小与阿妈相依为命，她和阿磊一起长大，与阿磊的婚事因阿妈患病而一拖再拖。壮族适婚男女婚前享受恋爱自由，父母长辈商量处理婚嫁的事宜，与阿磊谈婚论

嫁时，广西壮族姑娘之美在苗苗的身上得到最好的体现。

三、人物刻画显化人物本性之美

在剧中，第一书记王佳年去县里求援，听说了鹰嘴崖的事，知道了阿磊阿爸的悲壮往事，也知道了挖掘机解决不了鹰嘴崖的问题。编导为显化王佳年扶贫工作以来心路历程的变化，于是在剧中安排了王佳年对阿磊和苗苗的吐露真情，如剧中王佳年所说："我心里难受，说实话，我刚到这的时候，我心里是害怕的，我害怕这的贫穷，害怕自己完成不了扶贫工作。当时我心里想的就是立刻、马上离开这里，可就在我要转身的时候，你们两个却出现在我的面前。'离离原上草，一岁一枯荣。野火烧不尽，春风吹又生……'碎了，我的心碎了一地呀……"

"然后我留了下来，然后我认识了金银花，然后我去了山东，然后我和你们一起干到了今天，可就在我们快要看到希望的时候——鹰嘴崖，又挡在了我们面前……"

"要是误了金银花的采摘期，这好不容易成立的合作社就完了，乡亲们好不容易聚拢的心就散了。虽然这个合作社现在只有二十几户人，可它在这片山里就像一个红点，只要这个红点亮起来，就能聚拢人心，只要这个红点亮起来，就能让人心往一处想，劲往一处使……"

剧中阿磊思想的转变对白："王书记，你为我们龙古寨人做得够多的啦，接下来是我们自己拯救自己的时候，这个红点一定会亮起来的……"

王佳年本身不会喝酒，也不爱喝酒，但鹰嘴崖的事能把一个不爱喝酒的人逼到如此地步，更显化人物本性之美。

一是物质的显化：王佳年也是经历过苦难的孩子，靠国家资助念完大学，从小养成了攻坚克难、不服输的性格，国家单位选拔扶贫工作第一书记，他能从单位脱颖而出，本身就是个人能力的一种内在体现。他省吃俭用购买婚房的事情，通过女友展现在观众眼前。他和女友结婚买房的艰难，都在剧中显化体现。物质方面的显化，更能凸显出王佳年倾其所有，帮助龙古寨的村民脱贫，这是一个青年共产党员的担当与作为。

二是内在的显化：王佳年看到贫穷的龙古寨，想到的是自己的过往。他对龙古寨付出了爱，又渴望被爱，遇到挫折总是想打电话给女友，诉说自己的遭遇。看到龙古寨的孩子，看到龙古寨村民拓宽鹰嘴崖的壮举，他的心灵触动很深，经过两年多的努力，龙古寨村民顺利脱贫，并发展乡村旅游，王佳年也实现了心灵上的解脱。

三是艺术的显化：《大山壮歌》在作为"永远跟党走"庆祝中国共产党成立100周年广西优秀舞台艺术作品展演暨第十一届广西剧展展演剧目之前，已先后在广西演出十余场，但是在参加第十一届广西剧展展演之后，《大山壮歌》的艺术价值和文化影响有了更大的提升。在2016年的时候，精准扶贫这个话题，是一个社会热议的话题，作为文艺工作者，希望我们的艺术作品紧紧围绕精准扶贫的这么一个良策、利民的国策，推进创新作品。话剧《大山壮歌》的成功，显化出话剧创作立足点要真实。创作团队前期深入人物原型的家里及周边的一些取材点进行考察，慢慢寻找创作元素，先把整个故事搭建起来，然后经过打磨淬炼，把发生在中国农村的真实故事用戏剧手法的形式，精练浓缩展现在观众面前，这是话剧的舞台艺术。

四、舞美设计与艺术鉴赏

纵观全剧，首先值得肯定的是舞台美术设计。剧中每场都体现了龙古寨的生态和谐之美，舞台上的主体背景由一道投影幕和一道黑色影片组成，投影仪配合投影幕使用，交代戏剧时间、地点、环境，意在扣题，烘托全剧意境。全剧没有使用大的布景和道具，把舞台充分地展开为戏剧行动服务，在舞美呈现方面，《大山壮歌》再现壮族干栏式建筑，以及水烟筒、牛轭、榔等壮族乡村日常生活的物件，服装设计取材于壮族人民的生活劳作服装，具有浓厚的民族氛围，无论是独白戏、对白戏，还是群演戏，只是借助于简单的道具，通由多样的舞台调度和成熟的技法来完成戏剧行动，使话剧叙述的故事有了紧凑的戏剧节奏，使人物有了灵动的戏剧呈现。各个角色演员的择配都是合适的，演员的表演尺度和表演节奏都能够很好地服务于剧情的需要，确保了作品的稳定性和连贯性。在音乐设计制作方面，剧目以南宁马山壮族原生态山歌作为创作主干，以马骨胡等富有广西民族特色的民乐、管弦乐、混声合唱等作为辅助，将观众带入少数民族山村的情景之中。"无论是布景还是服装、灯光、音乐，都让人感受到导演的用心。角色的刻画特别生动，这不仅是一台话剧，更是一个艺术品。"这是观众的评价。

五、结语

整体上来说，该剧目采用国内优秀专家与本地创作团队相融结的方式，全部启用广西当地的话剧演员，话剧台词、舞台道具、服装设计、音乐设计都含有壮族的元素。这部话剧作品《大山壮歌》作为竞演剧目参加庆祝中国共产党成立100周年广西优秀舞台艺术作品展演暨第十一届广西剧展具有积极的意义。一方面，它艺术地呈现了广西脱贫攻坚战线基层党员干部的无私奉献精神和初心使命，另一方面，展现了广西近年来文艺方面话剧创作的最新成果，让观众看到广西人民为过上富裕幸福生活的决心、信心，也展示了广西少数民族的地域特色和风土人情。这部原创作品《大山壮歌》是成功的，它创作贴近实际、贴近生活、贴近人民群众，如习近平总书记所说："人民不是抽象的符号，而是一个一个具体的人，有血有肉，有情感，有爱恨，有梦想，也有内心的冲突和挣扎。"胡锦涛也曾说："只有把人民放在心中最高位置，永远同人民在一起，坚持以人民为中心的创作导向，艺术之树才能常青。"

该剧本得到了中国话剧协会主席蔺永均的高度评价，入选了文化和旅游部剧本扶持工程，实现了广西原创话剧剧本"零突破"；剧目还相继入选了文化和旅游部全国舞台艺术现实题材创作作品计划、广西壮族自治区党委宣传部广西当代文学创作工程三年规划第二批项目、广西壮族自治区文化和旅游厅优秀剧本扶持计划、广西2018—2021年度重点剧目、南宁市宣传文化事业发展专项资金重点扶持项目。这部剧目作品高度重视思想性的提炼和锻造，弘扬社会主义核心价值观，深入生活，积极反映农村生产生活的伟大实践，反映农村人民喜怒哀乐的真情实感，揭示中国共产党领导下的人民能自己当家做主，精准把握农村未来建设发展的走向。

作者简介

吴甲伟，钦州市浦北县小江街道文化广电体育和旅游站。

城乡恋

演出单位

贺州市群众艺术馆

山歌声声
——看客家山歌剧《城乡恋》

林 虹

晨曦初起，山峦叠翠，河流淙淙，田野青葱，牛儿在水边喝水，村民在田里劳作，绿树掩映中，白墙黛瓦的村庄一派安逸祥和，这是脱贫后的乡村风貌。一阵清脆的鸟鸣中，一艘小船缓缓而来，驻村第一书记郝妹和客家姑娘来到果蔬基地。随着一声"哟——喂"，欢快的客家音乐响起，身着由白色到浅绿色渐变、裤脚和衣襟镶着蓝印花布衣裤的客家姑娘们，拿着竹篾做成的农具载歌载舞。客家方言的音律，自带喜悦效果，听着让人忍不住也跃动起来。这是贺州市群众艺术馆演出的客家山歌剧《城乡恋》的开场，清新、诗意、唯美，清新的田园风扑面而来，充满了生活的气息，一开场就以一种独有的客家风情吸引了观众。这就是客家山歌剧的魅力，也是客家山歌剧的一种文化自信。

这是第十一届广西剧展小戏类在桂林市临桂区影剧院的展演现场。冬天，非常寒冷，依然抵挡不住观众来看戏的热情。观众被这个客家山歌剧吸引，虽然用的是客家方言，但不影响他们的观看，这也许就是客家山歌剧鲜明的艺术个性所致。作为一名客家人，我喜欢这段开场这种骨子里的情怀，是在客家方言响起的那一刻就有的一种深深的情感依恋。这个迁徙的族群，客居他乡，但"宁卖祖宗田，不忘祖宗言"，保持着开朗乐观的性情，保持着幽默风趣的生活态度，保持着吃苦耐劳的本性，在乡野劳作中、闲暇时，以歌为言，抒发内心的情感，唱出生活的美好。这样的客家山歌，是客家人的文化根系，是客家人的生活写照，生生不息地传唱着。客家山歌剧来源于客家山歌，是客家文化的结晶。

作为贺州独具特色的地方戏曲剧种，客家山歌剧已被列入自治区级非物质文化遗产保护名录，在贺州八步区还有客家山歌剧的传承中心。客家山歌剧也称客家戏。据史料记载，清末时客家歌手就以客家山歌、竹板歌编唱民间传说和神话故事，出现固定的唱词、道白与矛盾冲突，发展了对唱、合唱及伴唱等，具备了表演故事的功能，山歌剧已初具戏曲雏形。客家山歌剧发展到今天，已经形成了一定的表演模式，拥有唱、念、做、舞等表演方式。这之中，又以唱、舞为主，载歌载舞、嬉戏逗趣、幽默诙谐、清新明快地讲述丰富多彩的故事，体现了客家人乐观向上，热爱生活的精神风貌。

客家山歌剧《城乡恋》也沿袭了这种传统的表演风格。该剧讲述驻村第一书记郝妹在脱贫攻坚取得全面胜利后，又申请留下来带领村民们继续开展乡村振兴的工作，剧中穿插了郝书记和赖子哥的情感故事。这个客家山歌剧结构完整，故事脉络清晰，主题明朗。剧情随着 6 个唱段层层推进，展现了驻村书记扶贫工作的成效及乡村振兴蓝图，并带出郝书记和赖子哥的情感故事。两条故事线齐驱并行，工作线为主、感情线为辅。驻村书记爱上扶贫对象这个不可能成为了可能，这是扶贫故事的小众，但也是情感的一种。

　　戏剧采用现实和回望相互交集的方式来呈现。回望，是对脱贫攻坚的一个回顾，通过赖子哥的转变，侧面讲述了郝书记扶贫工作的成效；现实，是乡村振兴的工作开展，是如何巩固拓展脱贫攻坚成果，如何有效衔接乡村振兴工作。

　　而剧中的 6 个唱段，是这个客家山歌剧的精髓所在，也是该剧获得桂花作曲奖的一个缘由。开场和结尾用的是同一曲音乐，首尾呼应，虽然有点中规中矩，但因为音乐的缘故，我还是比较喜欢这种表达方式。开场用了唢呐曲牌的"俏开门"里的"小开门"，以客家方言腔调为基础，有鲜明的地域特色。熟悉客家山歌剧的人一听，就立即找到了这种文化标识。不熟悉的人，会被这种陌生的唱腔吸引，从而会有想去了解和认识的愿望。想来客家山歌剧能得到观众的喜欢，就是因为这种文化标识的独特性、地域性和艺术性。

　　音乐的起伏也为剧情增色，平和、轻缓、诗性的音乐随着淙淙的水声缓缓而至，中间还夹杂着清脆的鸟鸣声。这样的音乐随着船的行驶像河水一样流淌着，干净舒服。船靠岸，郝书记和客家姑娘下了船，看着产业规模日渐成形，她们心生欢喜。灯光转亮，一声清亮的"哟——喂"，喊出了客家人的精气神，喊出了脱贫后的喜悦，喊出了乡村振兴的斗志。随即，音乐风格变换，鼓声密集而起，郝书记唱着客家山歌，录下这脱贫后的乡村变化，录下产业发展实景，发给想来投资的王总，这是郝书记的乡村振兴规划。所以这一唱段是欢快清新的，有一种满满的幸福感、自豪感和喜悦感。而舞蹈的编排，也有浓郁的客家风情，灵动秀气的客家姑娘挑着扁担，走在田埂上，充满了韵律的脚步，走出了婀娜的风姿，起伏的扁担，形成了流动的弧线，在舞台上充满了美感。我觉得客家山歌剧的好看，是因为音乐和舞蹈的完美结合，在歌舞中完成了故事的讲述，这也是这种载歌载舞的演故事方式深得老百姓喜爱的原因，这其实就是他们生活中的样子。

　　结尾的唱段，虽然没有用唢呐曲牌的"阖家欢"，但因为和剧情一脉相承，唢呐曲牌的"俏开门"里的"小开门"重复使用，依然起到了同一种圆满的效果。这也是客家山歌剧的特色之一，打破和固守，创新从来都在路上。

　　剧中的唱段《逗牛山歌》，用了男女对唱的"双飞燕"的曲牌。瓜地里，一派丰收的景象。又是一声惊喜的"喔——喔"，客家姑娘们欢快地跑进瓜地，和郝书记、赖子哥一起摘瓜，场面喜乐有趣，摘瓜中相互嬉戏，开心地唱起了山歌。对唱中，"咕噜咕噜、噗通噗通"这种拟声词的演唱，原汁原味地展现了客家人的诙谐幽默和智慧，尽显城里姑娘郝书记的活泼大方，客家小伙赖子哥的质朴和开朗，也唱出了郝书记和赖子哥的情愫萌发，唱出了一种朴素而乡趣横生的生活场景，唱出了对美好生活的向往，有趣有情有味。中间穿插"满庭芳"的曲牌，由客家姑娘伴唱，让场面变得生动而丰富。这种乡野气息，也契合了客家山歌剧的气息，民间、乡土，因而为大众所喜爱。

随着剧情的推进，从欢快活泼的唱段到抒情轻缓的唱段，这是郝书记和赖子哥回忆两人情感的一场戏，朴实而生动。两人在花架下、竹篱边、水岸……山歌处处，流传着他们的爱情故事。这是客家人传情达意的方式，来自民间的客家情歌，深情、真挚。而赖子哥意识到自己和郝书记的差距，想把对郝书记的爱藏在心底，所以在郝书记试探他是否愿意跟她回城后，他吐露了自己的心声。这是符合戏剧的情境的、合情合理的，因而音乐里有了感伤和不舍，这种渲染还是很成功的，至少让我觉得人物情感的走向是对的。

剧中男主赖子哥的出场也别开生面，采用了客家竹板曲牌中的"叮当点"和"竹板腔"。打竹板，是客家山歌剧典型的文化符号，一般用在风趣逗乐的数板和道白。因为它的曲式结构和旋律与客家山歌基本相同，从而成为客家山歌的器乐伴奏之一。从赖子哥双手抱在胸前，矮步挑着一篮果蔬出场，就看到了这个人物的性格，开朗诙谐但又缺乏自信。这个竹板打得很有特点，竹板先是打得很急速，然后轻缓下来，随着数板，"叮当点，叮当点"清脆悦耳的竹板声，变得很有节奏，给山歌剧增加了韵味和趣味。这种民间说唱，深得客家人的喜欢，通俗易懂、生动形象，是客家山歌剧不可或缺的一部分。我特别喜欢这个出场，就因为这个竹板的运用，烘托了剧情的效果，增加了生活的烟火味，给人耳目一新的感觉。

客家山歌剧《城乡恋》的音乐唱段有特点之外，剧中的道具和舞蹈也有一股清新之风。道具简约而有深意，用的是竹篾，既是船桨，也是扁担、锄头、栅栏、大棚、花架……和剧中的情景诗意结合，这个创意很有新意。客家山歌剧的特点之一是载歌载舞演故事，那么舞蹈的编排就要结合剧情，因为服装和音乐带来的小清新，从而舞蹈也有浓浓的客家风情。比如，竹篾变扁担时走的踮步，轻快又律动，充满了生活的喜乐，刻画了客家姑娘勤劳、乐观的形象。

特别意外的是，剧中出现了彩调的矮步，这应该是客家山歌剧的一种创新，增加了喜剧的效果，让客家山歌剧更丰富和多元化。比如赖子哥矮步挑着果蔬出场。又如郝书记和赖子哥回忆两人扶贫路上萌生的情愫时，采用了赖子哥和郝书记面对面和并排跳矮步，并出现了咿呀咿子哟的唱腔。这种结合，给传统的客家山歌剧注入了一种新鲜感。

客家山歌剧《城乡恋》作为贺州唯一一个入选第十一届广西剧展小戏类的剧目，获得桂花铜奖、作曲奖和导演奖。奖项的获得是对该剧最好的肯定。但这个剧也还有不足的，比如缺独特的构思。扶贫故事太多了，如何在众多的雷同的扶贫故事中，写出不一样的扶贫故事，这是个难突破的问题。虽然是驻村书记爱上扶贫对象，这个点突破了情感的禁锢，但故事太平淡，缺少矛盾冲突和让人眼前一亮的故事情节。黎继德老师曾说过，创作要有"三独"：独特的发现，独特的感受，独特的表达。这适用于所有的创作。这个戏，恰恰是缺少这"三独"。如何在平庸的事件、平庸的日常看到事情的另一面、感受到不一样的感受，并能把这不一样表达出来，这是包括我在内很多人的瓶颈。

因为独特构思的缺失，导致《城乡恋》的平淡，如果在人物的刻画上出彩，也能让这个戏熠熠生辉。但是，这个剧也没有贴着人物去写。郝书记作为有高学历的城里人，她和没有文化的还曾经是"烂仔"的赖子哥之间是有鸿沟的，是什么让她对赖子哥动心动情？仅是赖子哥帮她做扶贫工作，在雨夜里救她，最后赖子哥在郝书记的帮扶下成为村里的致富能手？这些是不足以产生爱情的。而剧中偏偏郝书记一腔深情，担心赖子哥被客家姑娘撩走，热情表白，有一些台词，比如"抱紧我，不要分开我""都说男人有钱就变坏""这小脸嫩水嫩水的，这小腰一扭一扭的，一撩一个准"等，这和驻村书记的形象是不符的，也是和人物的情感发展不符的。一个驻村书记，她是有格局的，不会说这些话。特别是赖子哥吃醋、猜测、生疑、自卑、不自信，他何以能让郝书记爱上他？或许他们之间是有情感，但是必须建立在人物的变化之中，赖子哥成为致富能手，除了郝书记帮助，他必须自己先立志增智，不断完善自己，成为那个可以和郝书记匹配的人。故事可以将不可能变成可能，毕竟人的情感是多元的。驻村书记爱上扶贫对象，这是众多扶贫题材里少有的，但如何讲，这是一个艺术的问题，就如常剑钧老师在点评中说道：如果改为，三年，郝书记就等赖子哥一句话，但赖子哥就是不敢开口，这层纸是没有捅破的，这样就很有戏，且这也是符合人物的情感走向的，符合戏的规定情境。

除此，剧中回忆太多，导致剧情拖沓。郝书记要回城了，她和赖子哥的感情走向是未知的，赖子哥自卑，觉得他配不上郝书记。而郝书记其实已经提出留任的申请，只是用回城来试探赖子哥的感情。而赖子哥对她和王总的视频电话产生了误会，以为她已经有男朋友了，醋意大发。最后误会消除，赖子哥要和郝书记签订爱情合同，而郝书记还要对赖子哥再考验，最后是两人一起规划乡村振兴的宏伟蓝图。6 个唱段里，有 3 个唱段是回望过去扶贫发生的事，这就消减了这个戏的精彩部分。有一些可以删掉，不需要太多的注释。比如赖子哥的自卑，这种情绪出现太多，让这个人物不讨喜，这样的人，何以能得到郝书记的爱？

原本剧中最感人的一段，应该是雨夜，泥石流，郝书记奋不顾身去救困在屋里的婴儿，当婴儿得救，她却掉入洪水中，生命危急时刻，是赖子哥冒着生命危险把她救起来，而赖子哥却被洪水冲走，她被赖子哥的真情打动，这才有了郝书记情感的拐点。可是演员缺乏内心戏，仅停留在表面。

而停留在客家山歌剧固有的讲故事模式，这才是贺州客家山歌剧走向的困惑和要打破的。剧中，往往是一对男主和女主、一个情感故事、一群客家姑娘伴舞。近几年来贺州创排的客家山歌剧基本是这个模式，创作进入了瓶颈期。观众看惯了之后，会出现审美疲劳。这个时候，需要改革和创新。在保持客家山歌剧元素之外，编剧如何去讲故事，音乐创作如何打破已成型的音乐结构，导演如何去呈现，编舞如何有不同的编排，客家服装如何和剧情更贴合……比如，客家音乐的固有模式，可不可以借用一些新的音乐元素，或者在固有的元素之上，尝试不同的音乐创作构思。又比如，可不可以不讲爱情故事。贺州作为客家人的聚居地之一，生活着 80 多万客家人，客家文化深厚，客家风情浓郁，客家民俗独特，客家山歌剧讲述的故事不应局限于爱情，而应开拓思路，关注新时代新征程涌现的值得讲述的各类励志感人的故事。一如习近平总书记说的，紧扣时代脉搏、坚守人民立场、坚持守正创新，用情用力讲好中国故事。如何用客家山歌剧讲好贺州故事，也是值得深思的。

"振兴乡村铺大道啰，喜呀么喜洋洋啰。"清亮喜悦的客家山歌再次在剧场响起，观众掌声阵阵，我亦随着歌声而唱。山歌声声，唱不尽人们乡村振兴的昂扬奋发；山歌声声，唱不尽人们置身美好生活的喜悦；山歌声声，唱不尽人们实现中国梦的激情；山歌声声，唱不尽人们对祖国的赞歌和真挚的爱！

作者简介

林虹，中国作协会员。

山楂之恋

演出单位

柳州市演艺集团有限责任公司

在实践中融合传统与创新

——从小彩调《山楂之恋》浅谈现代戏曲导演艺术

张春琳

　　摘　要　广西戏曲有很多种，其中彩调是广西人民喜闻乐见的一种。一部戏曲能够完整地呈现在舞台上，除了需要演员的表演、编剧的构思、音乐灯光造型等等，更需要导演把舞台的每个部分互相衔接并作出指导，通过导演个人独特的艺术手法把作品完美地表现出来。如今，在广西各小品小戏赛事中，现代戏曲层出不穷，每个导演的艺术风格也不尽相同，他们的导演艺术和导演风格与自身的经历、当地的特色及对戏曲的理解有关。本文探讨现代戏曲艺术创新与传统的融合，从导演的个人经历与戏曲观形成，以小彩调《山楂之恋》导演视角浅谈现代戏曲的导演手法，将彭荣青导演的风格与《山楂之恋》进行分析，再进一步探索现代戏曲导演艺术及其现代意义。

　　关键词　小彩调；戏曲；导演艺术；现代

一、在实践中形成的戏曲观

　　中国戏曲发展到了今天，传统戏曲和现代戏曲是有一定的区别，传统戏曲起源于历史，以人物造型为主流，现代戏曲则将景物造型与人物造型相融合。现代戏曲从传统戏曲发展而来，但它与传统戏曲的文化性质有所不同，表现内容和形式也不同。传统戏曲不太注重人物内心、性格变化，而现代戏曲更注意人物的复杂性，多层次、多方面展现人物丰富多彩的内心世界。如果传统戏曲不改变，观众就会感觉到乏味，这也是近年来出现很多新的戏曲风格的原因。

　　大多数现代戏曲导演仍坚持把传统戏曲艺术和新时代艺术融合，在自己多年的演员和导演经历中不断地探索更能适应新时代的现代化戏曲手法。在现代戏曲导演中，由戏曲演员转型为戏曲导演的情况屡见不鲜，是否具备转型为戏曲导演的素质，是否拥有较强的专业技术能力及掌握全局的综合能力，是否掌握扎实的戏曲表演理论知识，是否对生活有情感体验的能力及是否有一定的文化修养和学习能力，这些是戏曲导演应该具备的基本素质，要想成为优秀的戏曲导演，则需要更多条件。在从艺的过程中，不单要注重个人经历体验，更重要的是汲取经历中的经验和教训，在参演的众多作品中吸收地方特色文化和戏曲中载歌载舞、轻松愉悦、诙谐风趣的演出风格，在为演员排戏时，要有自己的想法，要在舞台现场实践当中了解舞台表演的模式，在不断的演出中尝试站在导演的角度思考，这是戏曲演员成为优秀戏曲导演的一个重要因素。

小彩调《山楂之恋》的导演彭荣青获得了第十一届广西戏剧展演桂花导演奖，他是自治区级非物质文化遗产项目柳州彩调的代表性传承人，是国家一级演员，他从 1976 年起便在柳州彩调剧团担任彩调演员，从艺 40 多年，曾多次在全区举办的文艺大赛中荣获优秀演员奖、优秀表演奖等奖项，其主要作品有大型彩调剧《唢呐道情》《红瑶梦》和彩调小戏《山间情话》《窗外》等。他通过实践不断汲取经验，做演员的时候对舞台艺术的呈现、演员的表演风格和表演样式、一些戏曲的程式化比较了解，故在从事导演时能有切身的体会去运用。这也是很多戏曲演员转型为戏曲导演的优势。

众所周知，在众多娱乐模式的冲击下，传统的戏曲已经不能适应新时代年轻人的审美需求和审美趣味，因此难以获得他们的喜爱。在《山楂之恋》中，导演运用了彩调的表演样式，把戏曲的程式化内容传承下来，如步法、转身与扇花舞蹈的结合，夸张的戏曲表演，既与皮黄剧种有所区别，又在营造戏曲意境方面发挥了很好的作用。在故事题材上，《山楂之恋》别出心裁，以脱贫攻坚和乡村振兴为时代背景，反映两个青年在国家政策下脱贫、追求幸福的生活，符合当下时代的主题，能引起观众的情感共鸣。继承是为了发展和创新，创新是把当代人的审美观念融入戏曲创作中，在继承传统戏曲的本体基础上进行现代阐述，使其符合现代人的审美价值。如何在继承中创新戏曲的发展，在继承中创作适应新时代的作品，是值得现代戏曲导演深思的问题。

苏国荣在《戏曲美学》中谈道："中国戏曲在民间孕育、生长、繁衍起来，他以农民、市民为主要观众，从艺术的母体和本原观照，其文化性质属于俗文化。"[1] 无论哪个时期的戏曲，都坚持人民至上的观点，扎根本土，富有地方特色。《山楂之恋》将地方文化特色与彩调进行融合，探索现代戏曲的表达方式，将本土方言、地方习俗、人物情感融入戏曲中，一是为了突出地方戏中的地域特色及剧种特色，二是为了交代故事的背景，三是为了塑造剧中的人物形象。本剧导演是彩调演员出身，擅长把一些本土元素融入戏曲创作中。彩调是偏喜剧的，属于快乐的剧种，在很多传统的剧目中，戏曲导演都善于运用彩调艺术轻松欢快的形式来表现故事情节，让观众在美好的审美体验中得到快乐。

《山楂之恋》是一部轻松愉悦的抒情小戏，剧中用活泼的人物个性来营造喜乐氛围。剧目一开场，伴随着"艳阳高照暖洋洋，山楂花开分外香；脱贫攻坚得胜利，幸福歌声满山乡"这欢快悦耳的幕前曲，观众瞬间被带入愉悦的氛围中。导演将广西独特、优美、清新的风景

---

[1] 苏国荣：《戏曲美学》，文化艺术出版社，1991，第 151 页。

和故事欢快喜悦的感情基调融入戏曲中，轻松愉快的风格与清新明快的唱词在舞台上相辅相成，使戏曲现实现代与传统的融合。

二、用传统手段丰富现代形式

在编剧的基础上，导演通过人物塑造、故事结构、舞台道具、音乐等艺术形式将剧目呈现在舞台上。戏曲中最重要的一点是虚拟性，现代戏曲的舞台艺术，不仅仅是要模仿生活，还要将真实的生活通过舞台进行阐述、提炼、夸张和美化，让观众感受艺术的氛围。

导演在拿到剧本时，要认真揣摩故事情节与人物的关系，捕捉人物性格特点，如在传统戏《王二报喜》中，王二是个丑角，好吃懒做，在赌场鬼混，导演江波、邓启祥将王二诙谐风趣的人物形象贯穿全剧，运用喜剧的形式讲述一个悲情故事，使观众在故事中得到反思。而在《山楂之恋》中，导演塑造了村主任热心助人和善良淳朴的人物形象，村主任不仅在扶贫工作上帮助群众，也在情感上也帮年轻人搭桥，体现了人与人之间的关怀，乡村邻里和谐的真实情感。

故事结构在戏曲中发挥着非常重要的作用，需要导演根据剧本、舞台、演员等，以及自身的理解对故事结构加以构思，且构思要符合生活逻辑。张曼君的作品《母亲》，在故事结构和表演形式等方面进行了大胆尝试，采用了时空自由的叙述方式，剧中没有正面描绘战争场面，而是从侧面反映战争给人民带来的苦难，通过一个伟大的母亲形象来回忆和讲述抗战时期的人和事，以倒叙、插叙、补叙的方式，多元化展现母亲在战争中经历的一切。

传统戏曲舞台呈现比较简单，多数是"一桌二椅"，现代戏曲的舞台呈现着重整体交代、布置齐全及点缀性写意、概括性场景。《山楂之恋》中，村民依靠种植山楂脱贫，因此，戏中舞台背景是"山楂之恋"交友会图片，加之一石一树。传统的戏曲中很多是虚拟的布景，给足演员发挥的空间，给观众带来更多的想象和思考。在此基础上可以延伸多种表现方式，比如在《王三打鸟》中，通过拨门、左右探头等动作来表现开门，使动作在原有布景基础上运用得更巧妙。现代戏曲导演倾向于将道具做得更加现代化和多元化，追求舞美道具的虚实结合，以便自由地切换场景，在虚实中引起观众的思考与共鸣。在戏曲的舞台上，扇子是最常见的道具，它不单是单纯的道具，更可用于表达戏里的情节、人物性格、情绪等。在表演中，手、眼、身、步法基本贯穿于彩调的矮步、扇花之中，所以说，矮步、扇花是彩调最具有特色的表演技术，彩调的矮步、扇花在各行当中有不同的表现身段。音乐是戏曲的重要组成部分，同时也是区分剧种的重要元素，它与演员的表演联系紧密。在音乐方面，《山楂之恋》采用深受老百姓欢迎、唱词朗朗上口的民间戏曲音乐，其中有粮食腔、俗板等传统唱腔，通过音乐进一步升华和丰富了舞台呈现效果。

《山楂之恋》这个现代戏曲小戏，首先反映了时代主旋律，反映了农民在党的政策下脱贫致富、在脱贫的路上努力拼搏。然而有一群年轻人，在忙于干事业的时候婚姻问题却尚未解决，一次偶然的契机、一个山楂园的联谊会，一个故事由此开始。戏中，扶贫道路上这对年轻的男女早就已经暗自喜欢对方，只是谁都没有说出口，村主任把这一切都看在眼里，为他们着急。剧中村主任的出现使整个故事发生了冲突，村主任巧思妙想，给两个年轻人介绍对象，实际上是有意撮合两人，让他们能够面对面地交流，最后两人脱贫又脱单，有情人终成眷属。小戏以彩调的表演样式，运用轻喜剧的手法表现来讲述这个故事，表演形式载歌载舞，欢快活泼，整个故事没有任何利益冲突，在一波未平一波又起的戏曲冲突中人们达成共识，村主任的激励让年轻人走到一起，结局皆大欢喜。整个作品，导演的思想宗旨就是营造欢快活泼、喜气洋洋的氛围，让老百姓感受到戏剧的冲突，感到轻松愉悦，这就是彩调的表演形式。

三、用现代视角促进传统活力

如今，娱乐方式层出不穷，戏曲要生存与发展，既要做到传承与坚守，坚守传统，并不代表着古板，又要做到与时俱进，创新和发展是永恒的主题。坚守和创新两者并不冲突，可以说它们是一体的、是相互衬托的。现代戏曲的导演手法和艺术对戏曲的发展有重要意义。

孙德民在《营造"诗境"的戏剧家》说过："近年来，随着新挖掘恢复剧种、新创剧目的大幅增加，地方戏曲的同质化倾向却凸显出来，原来特色独具的各种地方戏曲在表演、唱腔及舞台形貌上都逐渐趋同，变得面目模糊，辨识度低，在一定程度上泯灭了戏曲剧种的丰富性和多样性。"[①] 现代戏曲多数表现现代生活，不同的戏曲种类其内容与形式也不太一样。在广西，桂剧中几种声腔互相融合，形成优美的声调，桂剧注重以细腻而富于生活气息的表演手法塑造人物；壮剧是壮族戏曲剧种，具有丰富的民间文学、音乐、舞蹈和说唱艺术；彩调则注重歌舞结合，形式活泼，通俗易懂，具有浓郁的民族风格和地方特色。现代戏曲导演要思考如何在创作中坚守剧种特色，做到内容与形式的统一。

一看《山楂之恋》就知道这是彩调戏，在声腔和语言上，《山楂之恋》融入广西的桂柳方言，导演在创作中坚守地方声腔音乐，坚守彩调的传承，根据故事情节和人物形象设计的唱腔旋律轻松愉快、节奏明快、句式多变，且唱法比较灵活，可喜可急可缓，可塑性强。适当处理后的旋律节奏，既适宜叙事，又可表现欢快的情绪，宜歌宜舞。对剧种特色的坚守，除了表现在声腔音乐方面，还要体现在表演特色上，导演在创作过程中和编剧到鹿寨当地采风，目的是寻找当地的特色文化以便与彩调相结合。

张曼君在《寻找家园——评剧〈凤阳情〉创作杂谈》中谈到："现代品格和现代意蕴需要具有现代审美意识和现代思维方式的艺术家去体现、去营造，他们必须同时具备'现代'和'传统'两种素质，并在这样的叠构中为戏曲架起一座通往现代观众的新桥。"[②] 在现代戏曲中，将传统与现代相融合是每位现代戏曲导演应该探索和研究的，戏曲要不过时，要被现代人喜

---

① 孙德民：《营造"诗境"的戏剧家》，《中国戏剧》2013 第 1 期。
② 张曼君：《寻找家园——评剧〈凤阳情〉创作杂谈》，《上海戏剧》2004 第 9 期。

欢，就要寻求实现人的现代化。在广西第十一届剧展中，小品小戏《乡村之夜》以彩调队与广场舞队的冲突为故事线索，体现了两种不同的文化现象代表的不同的审美意识，故事的最后，两队在歌声中和解，并彼此接纳。故事引起大家的反思，我们在不停地接受新时代不断涌出的文化时，不能忘记最根本的地方传统文化。小品小戏《党员韦满意》做到了传统艺术与现代艺术的融合。该剧在继承传统彩调艺术的基础上进行革新，使主题适应现代精神与现代教育，把党风廉政建设警示教育搬到舞台，以一个反面人物为例子达到警示作用。在唱词方面，使用顺口溜和俗语等具有丰富语言表现力的语言形式，增强了彩调说唱的表现力和感染力，并大胆突破传统戏曲舞台的写意性，舞台设计更显生活化。在表演形式上，演员善于提炼生活中的小动作，并夸张地表现出来。

社会随着时代的进步慢慢发展，人们的审美方式和审美趣味不断发生变化，现代戏曲艺术想要有长远的发展，就要在演出形式的创新上下功夫。每个时代其戏曲形式在舞台的呈现都会不一样，适当融入一些新的元素，在现代戏曲的不断发展中探索新的产物。彭荣青导演在谈到如何创新现代戏曲演出形式时说，可以在表演的过程中加入一些现代娱乐喜剧表演，如在《欢乐喜剧人》中，范伟的台词里就有很多衬词和充满喜剧的语调，导演巧妙将其运用到《山楂之恋》中，如村主任在开头出场时叫道："哎呀呀，吃饭莫咳嗽，看戏莫放屁。"现代戏曲要学会顺应观众的喜好，把一些网络热词、热点和时尚文化融入戏曲中，让观众在戏中找到情感共鸣，同时借鉴其他优秀的戏曲文化，丰富舞台艺术。

再如壮剧《百色起义》，这个戏并没有像电影那样完整地阐述起义的始终，而是寻找新的演出形式，将百色起义的人物及军民抗击敌军的伟大精神作为表现的重点，诠释百色起义这一重大事件背后蕴含的丰富意义。在叙事空间上，《百色起义》打破了传统的戏剧戏曲结构，通过虚记加实记独特的表现形式，交叉叙述革命英雄的精神世界和现实世界，表现出了对传统戏曲的传承，同时在形式上又有突破，可以说是把艺术性、写实性、创新性融为一体。

戏曲艺术中的程式化往往来自生活又高于生活。在现代戏曲创作中，我们既要接受戏曲中传统的内容，又要在传统的基础上发展，摒弃多余的形式，提取戏曲传统精华、精准运用，把一些优秀程式化的内容带到舞台、丰富舞台。《山楂之恋》中，喜剧表演的样式还可以加重点，台词和语言的节奏、舞台行动节奏还可以再充实一些，戏曲演员要加强台词、心理节奏把控，在舞台上要时刻有丢掉自我、丢掉包袱的意识，用更夸张的表演形式将剧目呈现在舞台上。传承戏曲艺术并不是为了完成任务，而是要紧跟时代步伐，在传承中发挥创意，不停进步、不停繁荣，要坚持贴近人民群众，坚持批判性创新、合理性创新。很多优秀的歌舞话剧、小戏小品的表演形式都值得借鉴学习，一些慢节奏的东西可以一笔带过，既要传承，又要以发展的眼光去看待，融入现代多元化的形式。

四、结语

在我们中国的文化艺术中，戏曲是一门独特的艺术形式。戏曲在历史发展中积淀了丰厚的文化内涵，是文化精粹，戏曲艺术在传统文化中占据了重要的地位。传统戏曲是千百年来无数个艺术家用心创作和不断地传承发展下来的，融汇了丰富的艺术元素。在现代戏曲表演中，戏曲导演肩负着传承中华文化精神的重任，既要保护非物质文化遗产，又要顺应时代发展。继续发扬戏曲艺术核心精神，促使戏曲艺术的传承和发展，是我们现代戏曲导演时刻要解决的重要问题。

作者简介

张春琳，柳州市文艺评论家协会会员，柳州市戏剧家协会会员，柳州市艺术研究所创作员。

在题材同质化的桎梏下探索

——从彩调小戏《山楂之恋》看现代戏曲的创新

叶宋涛

摘 要 彩调作为在广西分布极广的地方戏曲，早已深深扎根于八桂大地的土壤之中，其丰富多彩的题材、诙谐幽默的唱词、令人捧腹的表演一直以来深受广大人民群众的喜爱。发展至今，彩调已经衍生出各式各样的题材，如近年来火热的脱贫攻坚、乡村振兴等题材，呈现井喷之状。因此在题材同质化中寻找一条突破之路，绝非易事。而无论采取何种方式对题材进行融合，或是在题材之下对人物、冲突、立意上做出改变，都需要了解人民，深入人民，始终牢记为人民而写作，书写人民的史诗。

关键词 彩调；创新；戏曲

题材之于艺术作品，就像是灯塔之于航船，路标之于车辆，指引着前行的方向。一个艺术作品的诞生，绝不可能是先成形后定题，即使下笔时不知方向，题材也会在撰写的过程中不经意地诞生，艺术作品的创作不是漫无目的的闲逛，而是目标明确的冲锋。一个艺术作品要表达什么、表现什么、抒发什么，都与题材的选择息息相关。譬如诗歌有写景抒情、咏物言志、感怀世事等；电影、电视剧有军事、爱情、恐怖等；小说也分为科幻、推理、历史、意识流等。

在第十一届广西剧展小戏小品竞演的舞台上，56部小戏小品同场竞技，脱贫攻坚与乡村振兴题材、反腐题材、革命题材、历史题材、现实题材、民族题材百花齐放。彩调作为广西本土最重要的戏曲艺术表达方式之一，蓬勃发展出多种多样的题材和剧目。

由柳州市演艺集团有限责任公司排演的彩调小戏《山楂之恋》，虽然只获桂花铜奖，仍有不足、还需长进，但却也有其独特之处，在题材选择、表现对象和农村精神展现等方面，值得细细分析。该剧讲述了一个幽默诙谐的爱情故事，互相喜欢的脱贫户阿玲和阿山因碍于情面不敢互诉衷肠，村民委主任便当起红娘，暗中撮合，也由此引发了一系列啼笑皆非的故事。

一、题材的守正与创新

艺术作品的诞生离不开题材的选择，甚至可以说艺术作品是以题材为基础而发展、延伸出来的。简单来说，题材便是创作者说什么的问题。艺术创作者对社会生活内容的提炼，将日常生活作为素材进行收集、整理和加工，以此来表达创作者的思想。而对于题材，鲁迅先生曾说："选材要严，开掘要深，不可将一点琐屑的没有意思的事故，便填成一篇，以创作丰富自乐。"①

　　在彩调的发展过程中，不管是对子调、江湖调，还是大调子，抑或是新中国成立后对传统剧目的改编、整理，都是顺应时代背景诞生的新题材。爱情这一主题，一直是彩调剧目中的重中之重，甚至可以说是藏在彩调中的老灵魂。这和彩调的生存土壤、审美特征有着密不可分的关系。彩调和民俗息息相关，它扎根于老百姓，记录百姓的喜怒哀乐、衣食住行、信仰希望，反映了民间的习俗，农耕文明下百姓的生活，以及当时百姓的伦理道德和审美趣味。在精神文化生活匮乏的年代，一天辛苦劳作之后，男欢女爱、调情打闹这类能够让人放松下来的剧目，自然受到老百姓的追捧。《双采莲》《小调情》《探干妹》《王三打鸟》《三看亲》《二女争夫》《七世姻缘》《花山情祭》《女性交响曲》等或正面或侧面描写爱情的剧目贯穿了彩调的发展，至今也依然在发光发热，在舞台上长青。彩调简约短小、通俗易懂的特点，决定了它更贴近民间、贴近百姓、贴近底层生活，成为反映各个时代老百姓精神旨归、审美特征的重要艺术形式。时至今日，在全面脱贫攻坚取得胜利和乡村振兴战略的背景之下，脱贫攻坚、乡村振兴成了彩调创作的重要题材，反映了当下农民的生活、农村的容貌，是表达农民精神的重要途径和创作手段之一。

　　但无论是亘古不变的爱情题材，还是近年井喷式出现的脱贫攻坚、乡村振兴题材，都会遇到同质化的困境。

　　当一个题材在短时间内蜂拥出现的时候，就容易造成同质化的现象。市场状况、政策、时代变化、热点事件等都有可能是产生这种现象的原因，如市场反应良好造成的趋之若鹜，如颁布施行的重要国家政策，如当时时代的限制等。彩调中也曾出现同质化严重的情况，例如民国时期，涉及争夫夺妻、婆媳关系的内容大受欢迎，因此许多戏班便把内容换个"马甲"就粉墨登场。又如北京奥运会时期，有许多迎奥运的作品如泉水般涌现。题材的同质化容易造成整部戏的无聊乏味。重三叠四、司空见惯的情节让剧情、结构、结局呼之欲出，这不仅会对观众的观感造成破坏，也是对彩调这一艺术种类的破坏。因此需要寻找另一种新颖的视角，在同质化的题材中另辟蹊径。

　　《山楂之恋》采用了彩调传统的一生一旦一丑的三人架构，将关注点落在爱情上，以传统视角切入新农村故事，试图在脱贫攻坚、乡村振兴题材中避免流俗，也竭力不陷入爱情题材的俗套，在题材这一方面，体现了自己的独到之处。在脱贫攻坚、乡村振兴题材中，爱情往往是作为副线，以丰满人物形象的作用出现。脱贫攻坚、乡村振兴等内容依然是"主菜"，爱情的设置只是"调味剂"，是为了让人物不流于表面、口号，不是一副不食人间烟火的模样，而是成为有血有肉、有情有义的真实人物，能引起观众的共鸣，拉近与观众的距离，如在电

① 鲁迅：《二心集》，人民文学出版社，2006。

影《秀美人生》中，爱情线的设置便让主人公更加生动、真实、活泼。而若是对爱情线大肆描写，弱化了脱贫攻坚和乡村振兴的内容，就会产生喧宾夺主的效果，反倒显得剧情拖沓、注水严重，因而在这类题材中，观众更愿意看到的是主角"搞事业"，而不是腻腻歪歪的谈情说爱。例如中国国家话剧院出品的《村里新来的年轻人》，主角孙倩倩即将与男友完成七年爱情长跑、走入婚姻殿堂，可男友突然作出去乡村支教的决定，打乱了她的计划，也由此展开了孙倩倩扶贫的故事，这便是以爱情为引子，主要表现的却是孙倩倩作为第一书记的成长。电视剧《山海情》也同样如此，爱情线的描写隐约、简单，并没有占据主要篇幅，剧情便紧凑了起来。

作为一部小彩调，无法将农村故事的全貌一一展现给观众，只能截取农村生活的某个横截面，因此如何选择要展示的横截面便尤为重要。将爱情作为主线的《山楂之恋》，并没有如传统剧目那般，着笔描写男女主人公阿玲和阿山打情骂俏、男欢女爱的纯娱乐情节，也没有宏大叙述阿玲和阿山在脱贫过程中如何产生爱情，一方面是由于小戏的时间限制，不好做宏大展现，只能聚焦于一角，另一方面则是这样的叙事会显得老套、没有内涵。《山楂之恋》创作者的处理手段一反常规，将视野聚焦于脱贫之后阿玲、阿山之间所产生的惺惺相惜的感情。爱情虽是一种缥缈不定的主观感受，但总要有一定的物质基础，吃不饱、穿不暖时只会考虑如何生存，吃饱了、穿暖了才会考虑如何生活、如何收获爱情，正如小戏中的一段唱词所说"只因当初家贫困，心中的'爱'字难出口"。

《山楂之恋》不仅在脱贫攻坚、乡村振兴题材中着重描写爱情，而且更进了一步，将爱情火花产生的过程抛弃，转而描写两人因爱而生的嫉妒所引发的诙谐幽默的故事，反衬出脱贫攻坚让农民的生活变得越来越好，才有空有闲有时间去考虑自己的终身大事，同时也引出振兴乡村的坚定性和重要性。

将爱情题材与脱贫攻坚、乡村振兴题材进行结合，并把爱情作为主线是《山楂之恋》将老灵魂装进新题材中的改变和尝试。

二、人物的塑造与缺席

如果说题材是一出戏的基础，那人物形象便是这出戏能否立住、是否精彩的关键点。人物形象的塑造需要从题材中挖掘，而题材的表现也要依靠人物形象的塑造来完成。彩调从一旦一丑、一问一答的对子调，到一旦一丑一生的"三小戏"，再到多人参与的戏班，舞台上的角色不断增加，但并没有弱化任何一个人物角色的性格特征。高尔基曾说："文学即是人学。"不管是文学、戏曲，还是电影，栩栩如生、鲜明生动的人物形象才是作品的灵魂，艺术作品要以情动人，而观众、读者之所以能够感受到情，也正是通过人物形象来感受。而戏曲既不能像文学一样用绚烂、直接的文字去描摹，也无法像电影那般，能够有恢宏庞大的技术来支撑和塑造，戏曲只能通过演员——也就是人来表现所要描绘的人物形象。正如郑君里先生所说，基本目的只有一个，就是演员根据角色的性格在舞台上创造出一个有血有肉的人。[1]由于篇幅和时间的限制，与大戏相比起来，小戏在塑造人物形象上难度更大，因而要求必须更加精准、简练。譬如以底层人民为表现对象的传统彩调，多以喜剧、闹剧为主，插科打诨、嬉笑调侃、贬低愚弄，因此在人物形象上，常有驼背、痴傻、邋遢等形象的出现，让角色还未开口，观众便能一眼看穿。这样的形象固然能够一目了然，但糟粕和无礼的内容已经不符合当代的价值观。

在当下脱贫攻坚、乡村振兴题材中，最常让人想到，令人感触最深的人物形象应该是第一书记和驻村干部。千千万万共产党人不忘初心，在脱贫攻坚战中默默无闻的奉献，彰显着中华民族扶贫济困、守望相助的传统美德和社会主义核心价值观，把他们作为主角，发掘、描写他们的事迹无可厚非。振奋的精神、感人的事迹不能说一模一样，但也是大体相似，过多的渲染只会有感情泛滥之嫌，犹如美味佳肴，吃多了也难免会产生抵触之情；并且这样的人物一出场，观众就基本能猜到故事的走向，少了悬念和好奇，也就失去了看剧的兴趣。因而《山楂之恋》中并没有设置这么一个角色。第一书记或驻村干部的缺席和不在场，让百姓重新回到主角的位置，让故事有了更多可能性，是对脱贫攻坚、乡村振兴题材的一次探索。

《山楂之恋》着重笔墨描写的是两户脱贫户。在人物开口之前，观众第一眼看到的便是演员的服装，而通过服装设计，观众立马就能意识到这是一个新时代、新农村的故事。先期脱贫户阿玲和刚刚脱贫的阿山都是老百姓、小人物，曾经过着艰难困苦的日子，后来凭借着自己的坚韧不拔、自强不息，在第一书记和村主任的帮助下，终于摘了贫困帽，并对未来、对爱情充满了期待。阿玲和阿山穿着打扮质朴、简单、干净却又洋溢着青春的气息，一改往常农民不修边幅、邋里邋遢的形象，将脱贫户的精神面貌一下子表现了出来。尤其是阿玲一身红色的装扮，更显时尚，表明了农民形象也是在与时俱进，并不落后于时代。开头通过一小段念白和唱词，对阿玲和阿山进行了素描，他们心系乡村振兴，有着积极向上、自强不息的精神状态。阿玲和阿山的动作、表情、语言无不洋溢着喜悦和自信，为了"否定"主任给对方介绍的相亲对象，他们三番五次地打岔，费尽心思地鸡蛋里挑骨头，这也看不上、那也不般配，这正是脱离贫困、生活富足才让他们挺直腰杆，树立起对生活的信心。这是对脱贫户生活状况、精神面貌、举止行为的最直接的描写，戏中虽然并没有对比，但是对比已经出现在观众的心中。虽然并未直说，但观众深知如果没有脱贫攻坚，那又怎能"凤凰配山鸡"。

剧中有村主任一角，但在剧中，与扶贫工作、乡村振兴没有直接关系，只是一个穿针引线的"红娘"。他的在场恰恰是对第一书记或驻村干部形象的弱化，并不是为了讲大道理、做大事情而存在，只是为了撮合阿玲和阿山这些鸡毛蒜皮的小事。他上场时，偷偷摸摸蹲在石头后边观察，一开口便是"吃饭莫咳嗽，看戏莫放屁"令人捧腹的俗语，将一个扎根于农村，生活在百姓之中的热心、善良、幽默、风趣、真诚的村主任展现在观众面前。故事虽然没有对脱贫攻坚工作和乡村振兴进行直接描写，却以扶贫后的故事反衬出脱贫攻坚的艰巨和必要，

[1] 郑君里：《角色的诞生》，中国电影出版社，1981。

从侧面反映了脱贫攻坚、乡村振兴的喜人成果。

在彩调剧《乡村之夜》中，扶贫干部、第一书记的形象也同样缺席。《乡村之夜》将舞台设置在乡村的广场之上，通过对彩调队队长和广场舞队队长两个人物形象的描写和塑造，让观众看到的不再是奋斗的故事，而是脱贫攻坚之后人民丰富多彩的幸福生活。小戏里虽然也同样有着干部的设置，但他们起到的是调停作用，并没有成为真正的主角。

不管是《山楂之恋》还是《乡村之夜》，在同质化的题材之下找出了新意，对扶贫干部这一常见人物形象的不在场处理让人感到别具一格，与同类型题材形成了不一样的观感，丰富了脱贫攻坚、乡村振兴题材的表现形式。

三、冲突的内隐和外显

古往今来，无数的评论家、理论家已经对戏剧冲突进行了深刻诠释，用法国戏剧理论家布伦退尔的一句话总结，就是"没有冲突就没有戏"。在董健、马俊山所著的《戏剧艺术十五讲》中，甚至直接将冲突称为"战争"。"对戏剧来说，单有一般性的冲突还是远远不够的，关键在于要在人与人之间展开那种不同欲望、不同激情的冲突，也可以说是在舞台上打一场情感对情感、灵魂对灵魂的'战争'。"[1]而冲突的表现形式也分为外显的和内隐的。所谓外显的，便是人物的性格，或是人物与环境与其他事物所爆发的直接有力的冲突；所谓内隐的，便是人物性格内部的冲突，是自己和自己的冲突。在脱贫攻坚、乡村振兴题材之中，最常出现的矛盾冲突是在扶贫干部和村民之间，是一种性格的冲突、环境的冲突、行为的冲突，也是一种外显的、直接的场面冲突。

外显的冲突是奔放的，直截了当地展示矛盾，将碰撞的过程和内容毫无隐藏地暴露在观众的视线之中，给观众最直观的冲击，给人产生看下去的动力，将平静的状态打破、重构，从而制造出紧张感和压迫感，让观众在人与人之间、人与事之间的密集节奏中屏住呼吸。

因此，在脱贫攻坚、乡村振兴题材之中，关键人物——扶贫干部或第一书记的缺席在一定程度上造成了遗憾和不足。缺少了第一书记和驻村干部的形象，便少了一个能够制造矛盾冲突的对象。具有破坏力的冲突，能够推动剧情不断向前，让人欲罢不能，希望看到这样破坏力的冲突该如何化解。在获得桂花金奖的作品中，同样是脱贫攻坚、乡村振兴题材的《六米街》，讲述一个因占地引起纠纷，阻碍了乡村发展的故事。剧情中村民执拗的性格和扶贫干部苦口婆心的劝说形成了极强的对抗和矛盾，一次次碰撞出的火花让整出戏十分精彩，让人期待纠纷该如何解决。《党员韦满意》则是利用两个人物性格的冲突，一个处处谦让的老好人，一个实事求是的新干部，并在一开始就设下悬念，当自以为能当上优秀党员的老好人韦满意得知落选消息之后，会有什么样的故事，一藏一露便制造了尖锐的冲突。

内隐的冲突是含蓄的，是人物内心的变化，是不易察觉的，需要观众仔细地感受。冲突

---

① 董健、马俊山：《戏剧艺术十五讲》，北京大学出版社，2011。

当然可以是内隐式的，通过人物内心微妙的变化表达一种静止、深邃的思想，其在某种程度上更接近于生活。

在缺少了一个最有利于制造冲突的人物形象之后，冲突的表现形式便变得拘束了一些，创作者就必须往其他方向制造冲突、寻求矛盾。《山楂之恋》的处理便是将冲突内化，落脚于人物内心的纠结，也就是自己和自己的、隐性的、内在的矛盾冲突。可当外部没有一个强有力的、令人信服的、引人入胜的环境时，就会让冲突变得单薄，缺乏破坏力。例如众所周知的哈姆雷特，他虽然是内隐的、内心的冲突，但外部的环境却如此尖锐，将他的内心逼到走投无路的地步。而《山楂之恋》里的阿玲和阿山，在外部环境没有危害性的同时，两人之间表现的犹豫不决不够明显，显得稍微欠缺了一点张力，给人一种随意的感觉。而之后的整个故事建立在这样的随意之感上，让人觉得根基尚不牢固。因而让观众产生了悬浮在半空中不着地的感觉，缺少了直接抓住观众眼球的因素，变成了一个单纯诙谐幽默的小戏，实在有些遗憾。

或内隐或外显的矛盾冲突都必须是有戏剧性的，是有意义的，而"平平淡淡的'冲突'没有戏"。①

四、立意的开掘与深挖

程砚秋先生对于戏剧有着这样的认识："演任何剧都要含有提高人类生活目标的意义。如果我们演的剧没有这种高尚的意义，就宁可另找吃饭穿衣的路，也绝不靠演玩意儿给人家开心取乐。"②

与京剧、粤剧、桂剧等擅长表现帝王将相、才子佳人和历史事件戏曲种类不同，彩调这样的民间小戏，无论是载体、腔调、风格、审美都不太利于表现这方面的题材，而是更贴近民间百姓、农村日常生活，在精神生活匮乏、缺少娱乐方式的年代，彩调因为其喜剧的手法和贴近生活的题材，成为展现社会底层人民生活的重要艺术形式，承担了相当一部分娱乐的功能。故那时候的剧目，主要以引人发笑、逗人开心为主，是一种宣泄和放松。因此在创作题材上便肆无忌惮，怎么好笑怎么来，便出现了不少下流低俗的剧目，这和当时的社会环境息息相关，是无法避免的。而当彩调进一步发展，作为"快乐剧种"的彩调依然少不了娱乐功能，但却逐渐向着宣教方向转移。歌颂高尚的人格、赞美世间的美好、鞭挞不齿的邪恶等题材相继出现，将引人向善、惩奸除恶这样的思想寄托在了彩调之中。

彩调传统剧目的立意一是为了娱乐、放松，缓解劳累，二是为了寄托情感，将现实中无法解决的事情放在虚拟的舞台上，以这种虚幻的方式宣泄无处排放的愤怒。而这样的传统剧目，依然或多或少地带着那个时代的局限和狭隘，用当代视角去看已然不符合现在的价值观。

因此，在推动社会主义文艺繁荣发展、建设社会主义文化强国的时代背景之下，开掘更

① 董健、马俊山：《戏剧艺术十五讲》，北京大学出版社，2011。
② 程砚秋：《剧学月刊－民国京昆期刊文献汇编》，学苑出版社，2018。

深的立意，拓展更广的题材便是彩调的当务之急。这就要求彩调不仅有娱乐功能、宣教功能，还要坚守人民立场，书写人民传奇。源于人民、为了人民、属于人民是社会主义文艺的根本立场，作为最贴近人民的艺术形式，彩调应当承担起这样的重任，反映人民的喜怒哀乐、生活状态，表达老百姓的所思、所想、所求，探索当代农民的精神旨归，为感情、为真实、为人民而写作。"如果一件艺术作品只是为描写生活而描写生活，没有任何植根于占优势的时代精神中的强烈的主观动机，如果它不是痛苦的哀号或高度热情的颂赞，如果它不是问题或问题的答案，它对于我们时代就是死的。"①

从这点上看，《乡村之夜》在立意上的挖掘便更深更远。小戏《乡村之夜》以争夺场地为冲突点，引出彩调和广场舞之争，延伸出新时代娱乐方式和传统艺术保护的矛盾，让剧目拥有了更深的内涵，矛盾冲突也附有了深刻意义。

相比较而言，《山楂之恋》在题材上努力朝着人民立场的方向靠拢，虽然方向准确，但走得还不够远、挖得还不够深，受篇幅所限，故事也略显简单了一些。譬如在戏剧性上，阿山的山楂果种植培训班和阿玲的山楂果销售电商平台本应是很好的矛盾冲突制造点，却寥寥几语放了过去，没有造成紧张感，也无法给观众留下深刻印象，将这部爱情题材和乡村振兴题材相结合的立意停留在了两人的误会和爱情之上。倘若能更深地挖掘两人间为何犹豫、为何不敢互诉衷肠、为何要等到村主任刺激才敢表露内心，想来能将人物形象塑造得更好，也更能体现新时代农民的新思想、新风貌。

五、结语

每一个时代都有每一个时代的审美，作为反映百姓生活横截面的彩调自然适应的是那个时代的审美特征，舞台上的寥寥数人却将农村、农民群像成功描摹，深藏了当时百姓的精神生活和感情。但无论是在哪个时代、在哪个阶段，彩调的活力和源泉都来自劳动人民，题材也始终围绕着劳动人民，表达的也始终是劳动人民的情感，他们永远是彩调中的主角："人民是土壤，它含有一切事物发展必需的生命汁液。"①艺术工作者也更应以当代审美来书写劳动人民的故事。

随着时代的发展，彩调的创作题材也会迎来新转变、新高峰。但不管什么时代，什么题材，我们都不能忘记，"我们的文艺，应该为着最广大的人民大众服务"。"对于中国和外国过去时代所遗留下来的丰富的文学艺术遗产和优良的文学艺术传统，我们是要继承的，但是目的仍然是为了人民大众。"②

作者简介

叶宋涛，柳州市戏剧家协会会员，柳州市艺术研究所。

① ［俄］别林斯基：《别林斯基选集》，上海译文出版社，2006。
② 毛泽东：《毛泽东选集》，人民出版社，2009。

黄文秀

演出单位

广西戏剧院　广西民族大学

把青春风华写在壮乡

——评壮剧《黄文秀》

刘世臻

新时代的青春之歌，再一次被这个时代书写，那是因为一个有信仰、有理想、有追求、有行为、有爱国主义情怀的青年知识女性，让这个时代获得了灵感和创力。黄文秀研究生毕业后，放弃在大城市的工作机会，毅然回到家乡，在乐业县百坭村的脱贫攻坚第一线倾情投入、扎根泥土、奉献自我，用美好的青春诠释了共产党人的初心使命，用青春的脚步丈量扶贫工作之路。她把青春风华写在了时代、写在了壮乡，激励着当下更多的青年投身到乡村振兴第一线。

以小"土戏"表现大戏剧。壮剧俗称"土戏"。"土"有"土"的好，它能体现广西壮族的文化形态，反映壮族人民的精神思想、文化心理和审美观念，能突出人物形象的地域、民族、文化、乡土风情等艺术特点。壮剧在百色市非常流行。因此，广西壮族自治区戏剧院创作演出的《黄文秀》以小见大，以"土"为戏，"土洋结合"，用黄文秀家乡的壮剧与轻松、生动的轻喜剧口吻来歌唱黄文秀，让舞台上树起的黄文秀形象更接地气、更生活化，更符合艺术创作的发展规律和群众的审美情趣，更能表现黄文秀扎根泥土的生活形象。剧中浓浓的艺术化的壮乡风情，也反过来映衬和凸显黄文秀的扶贫故事与情怀。而在《黄文秀》这个壮剧小时空里，加入了轻喜剧的表达与现代戏剧的舞台表现，显现出本剧的戏剧气派，调动了观众的审美兴致和艺术想象。

以小曲调表现大旋律。《黄文秀》中的曲调多来自黄文秀家乡的民间戏曲、曲艺和山歌，如正调、喜调、哭调、采花调、高腔、"呀哈嗨"腔、平板、散板、末伦、田阳山歌等，采用板、腔、调并用的戏曲音乐手法，表现本剧的主题思想和主旋律。例如，在剧中引子，黄文秀在周末回家看望病重的父亲，遇到暴雨天气，想到驻村群众的生命财产安全，就连夜开车赶回村里，路上却遭遇山洪暴发、山路塌陷，此时她临危不惧，挂念乡亲，叮嘱村干部做好防洪工作，在手机信号中断的情况下，她又冷静深情地用语音录下她对村里扶贫工作的牵挂和嘱托，这些情景就运用正调来表现。而在再现黄文秀走进百坭村后，关心孤儿泥泥的生活和成长，鼓励种橘能手田疙瘩，让他重拾脱贫信心，树立致富目标，并帮助他种砂糖橘、办果酒厂，苦口婆心劝说石爷爷抛弃贱土难移的思想，并在风雨中背老人走出危房，独木桥上，黄文秀堵桥拦截因穷辞官的村主任，与他一起重温入党誓词，共同描绘百坭村幸福美好的未来蓝图等这些情景时，就运用其他不同的曲调来表现。多种壮剧曲调的运用，既表现了黄文秀精神，也折射出脱贫攻坚工作的艰辛，突出了新时代青春之歌的这条主旋律、大旋律。

以小故事表现大主题。《黄文秀》从小处着笔，通过描述黄文秀与逃学学生、种橘能手、孤寡老人、村干部之间平凡相处、帮扶相爱的小故事来反映扎根扶贫第一线的党员、干部在政治上、扶贫上和为民上的情怀主题。虽然《黄文秀》只是用几个小故事连缀而成，但它却在艺术表现和剧情节奏上保持了流畅性和连贯性，以现实时空与回想时空交替的推进手法表现小故事里的大主题，把黄文秀的小故事着重落在情感表现和为民表现上，着力表现黄文秀想村民所想、急村民所急，竭力解决村民的操心事、烦心事、揪心事，反映了黄文秀对村里的情和对村民的爱。

以小情节表现大情怀。《黄文秀》的剧情表现特点是着重对小情节的描写。它把对小情节的描写与音乐运用、演员表演结合起来，表现黄文秀牢记嘱托、不负期望、砥砺前行、艰苦奋斗，尽力把一个贫困村建成一个"红旗村"的扶贫情怀和为民情怀。

黄文秀把青春写在了风华、写在了壮乡。壮剧《黄文秀》运用富于歌唱性的壮族戏剧样式来讴歌黄文秀的青春风华，就是在为人民创作、为时代放歌，能较好地发挥舞台艺术作品写意与写实相结合的艺术特性和传播作用，这对感召和激励当代青年具有一定的时代价值和精神价值。

作者简介

刘世臻，广西壮族自治区戏剧院艺术创作部副主任，研究馆员。

致青春

演出单位

柳州市艺术剧院

动。根据民间传说故事改编而成的歌剧《白毛女》，讲述了生活在旧社会的青年女性喜儿被黄世仁逼成了鬼，而象征着中国新生力量和希望所在的八路军青年军人、与喜儿青梅竹马的大春，将喜儿从深山中找回，让喜儿从鬼变成了人。1949 年，时间重新开始了，杨沫的长篇小说《青春之歌》于 1958 年首次出版，其后不断被改编为京剧、歌剧，常演不衰。剧中的林道静在经历了情感的波折之后，真正走向了革命的坦途，唱响了自我的"青春之歌"。而百废待兴的中华人民共和国，工业题材的作品蓬勃发展。1958 年，艾芜的《百炼成钢》描绘了新中国成立之初炼钢厂中轰轰烈烈开展起来的恢复工业生产、建设工业强国的图景，写出了工厂内尤其平炉车间内的工作日常以及其间的矛盾冲突，塑造了秦德贵、孙玉芬等一系列新工人形象。时间流转，2021 年由张继钢导演的音乐剧《致青春》，同样以 1958 年的经济恢复与工业建设为背景，尤其以钢铁生产与产业工人为主体，讲述了地处南疆的广西柳工集团，迎来了一批上海的青年技术工人，他们为了响应党和国家的号召，排除万难来到边疆地区，披荆斩棘、筚路蓝缕，毅然投身于发展共和国的现代工业。新中国成立后，为了摆脱一穷二白、实现富强复兴，广大青年积极到祖国需要的地方去，包括知识青年上山下乡、支援边疆建设等，实现全国的区域平衡发展，铺开了风起云涌的生产建设。可以说在这个过程中，近一个世纪以来的中国青年，也更多地在觉醒者、革命者、劳动者的基础上，衍化成为见证者、建设者与奋斗者的形象。

二

在音乐剧《致青春》中，沸腾激昂的上海青年来到广西，立志在柳州钢铁厂建功立业，他们在这里经历了爱恨情仇，但青春无悔，钢铁是怎样炼成的？莫不是奋不顾身的千锤百炼，莫不是家国情怀舍生忘死。

这样的经历固然可歌可泣，但并不一定代表青年总是一往无前的，其中必然也有过踟蹰彷徨，有过追悔莫及，留下过痛心疾首的过往。全剧最令人感慨的，是来自上海的机床专家耿大可，他与女友佟家玲的爱情，因扎根边疆而遭到佟母反对，万念俱寂的他与大胆热烈的苗家姑娘柳飞燕相恋成婚。就在新婚之夜，佟家玲千里迢迢从上海来到柳州，发现耿大可结婚了，新娘却不是自己。原以为万念俱灰的佟家玲会从此一蹶不振，或大闹一场，或负气离去，没承想，她在痛定思痛之后，在"柳州一号"出现故障之际挺身而出，为中国工业的发展排除阻碍。至于二两油的悲恸与回归、耿大可誓死守护"柳州一号"、全厂工人合力抗洪灭山火等等，无不是一代青年的悲欢离合和慷慨悲歌，也是一代人的壮阔胸怀，他们心中有信念、眼里有家国，以激情澎湃的胸襟怀抱，献身祖国南疆的工业发展。

如今，柳州已是中国西南地区的工业重镇。2021 年 4 月，习近平总书记视察柳工，为民族工业的创新发展提出殷切希望。广西柳工集团是一家历史辉煌、务实创造的企业，凝聚着几代工业人的奋斗史和精神史。历史不会忘记一代代青年在那片曾经贫瘠的土地上抛洒热血，更不会忘记他们奉献了自己的青春甚至生命。"中国青年满怀对祖国和人民的赤子之心，积极投身党领导的革命、建设、改革伟大事业,为人民战斗、为祖国献身、为幸福生活奋斗,把最美好的青春献给祖国和人民,谱写了一曲又一曲壮丽的青春之歌。"①铿锵有力的青春,需要汗水与奉献,更有待一代又一代的青年前仆后继,合奏与谱写颂赞青春的歌诗。

如前所述,不得不说,"青年"始终是一种未完成的状态,其甚至是未知的与不成熟的。但有一点,"青春"指向的是一种永葆新鲜的未来感,尤其在与国家之兴衰相关联时,更需要调动自身的热血、激情与创造力。如导演张继刚所言,《致青春》就是要颂赞"献了青春献终身,献了终身献子孙"的崇高品格。可以说,《致青春》最重要的主题就是爱与奉献。在剧中青年的身上,存在着一种情感与精神的辩证法,"青年"往往与衰朽、污浊、保守、慵惰相对立,指向蓬勃、清澈、进步、勤勉。该剧音乐与舞蹈的穿插调度恰到好处,舞台动作与造型绚丽多姿,其同样以恰如其分的声色渲染,以及参差的鲜明对照,展露无数青年工业人的坚守与诀别、爱恋与惆怅、喜悦与悲悯。

《致青春》的音乐和舞美,同样展现了生机盎然的青春气息,这是一出风华正茂的奋斗史,这里有生龙活虎的工人的日夜兼勤,有蒸蒸日上的机床设备的日夜运转,更有欣欣向荣的共和国工业的展翅腾飞。比如,"青春的血激荡着我们的青春力量/青春的美展示着我们的青春力量/如果你的青春没有梦想,就不会燃烧/如果你的青春没有渴望,就不会绽放……"青春无悔不再是自发的个体感知,而是响应党中央和国家号召,对接更为宏大的国家事业,具备了形而上的精神旨归。然而这样看似抽象的追求中,却又往往实践着具体而微的言行动向。广西柳州地处中国南疆,是南方的工业重地,发展好柳州的工业,战略意义重大。"一批一批厂房已经建成/一批一批机床发出轰鸣/一批一批工人走进车间/新改装的机床试车成功/这一切都让我心潮澎湃/这一切都让我热血沸腾。"热火朝天的社会主义工业建设背后,是无数工人的夙兴夜寐、抛洒热血。然而,20世纪50年代的广西,山高水远,地缘偏僻,工作条件之艰苦可想而知。对援建的上海技术工人而言,对其身心都是一种严酷的考验。在剧中,耿大可、二两油、佟家玲甚至柳飞燕等青年,他们从小爱而至大爱,从个体延伸到家国,其中的感情纠葛与精神踟蹰,都通过缠绵悱恻、凄楚哀婉的音乐得以展现:"女人本是花/风来才发芽/清气阵阵来/暗香缕缕发/花蕊总含情/风儿无牵挂/落红香如故/何堪风信花/你是我的风/我是你的花/你是我的风/我是你的花。"无疑这样的形象是丰富的、立体的,更是站得住脚的,由常思思饰演的女主角,是来自上海的知识女青年佟家玲,在她的身上,呈现了复杂而高大的当代人格,在她身上,分得清私己与大我的概念,在爱情的撞击与悲痛里,个人和家国之间是有所区分并存在取舍序列的。她可以沉浸于痛楚、悔恨甚至怨念之中,体现她对爱情的忠贞,对耿大可的情深意挚;但在大是大非面前,她又能从小我之中抽离出来,投入大我场域——国家的工业建设,为维修机床尽一份力,回到上海后找到可以替换的关键零件,使机床得以再焕生机,重新投入生产。

---

① 习近平总书记在纪念五四运动100周年大会上的讲话。

在女子群舞《苗女出嫁》中，蓬勃热烈的音乐搭配色调鲜明的舞台布景，将民族地区的风情习俗充分展现，更在其中传递出了苗族女性大胆炽烈、对爱情奋不顾身的性情。苗族姑娘柳飞燕与上海青年耿大可的情感，成了全剧的转折，意味着新的开端。耿大可由此真正扎根柳州，并于焉生根发芽，而他与佟家玲的情感则在更为深远广大的层面得以延续。青年之间固然有爱恨情仇，但更重要的在于青年内部的层次性与多元化，而在诸种层级之间，国家是更为高层级的选择乃至抉择。《抗洪舞》展现的是老中青几代工人舍生忘死的昂扬斗志，在灾害和苦难中，工人们始终怀抱积极的浪漫主义精神，他们的战天斗地，排除万难，将生产建设推向了热潮，也将视死如归的奉献精神推向了另一个高峰。

可以说，戏剧、音乐、舞蹈在《致青春》中得到有机结合，剧情的整体感及感染力极强，更重要的在于，此三者通过对人心、人性的统摄而活灵活现起来，令其中高昂的精神与高贵的灵魂呼之欲出。就这个意义而言，青年更是提供了一种前所未有的视角，他们观照新中国成立以来如火如荼的社会主义建设，见证那些前仆后继的工人不舍昼夜的奋斗。不仅如此，无论是 20 世纪初期的"少年中国说"，还是经历了革命战争时期的热血飞扬，抑或是新中国成立后"时间开始了"的豪情壮志，"青年"始终是国家与民族觉醒、腾飞的隐喻性存在。或许，这才真正成为《致青春》内在的意图和伦理，也即此剧为何要向青春致敬之缘由。正是那些经受住了人性与灵魂的拷问，达到一种典型与崇高的精神境界的个体或群体，方能在历史的长河中坚如磐石，也能在芸芸众生中令人肃然起敬。

三

从这个意义而言，青年不只是一种干巴巴的符号式存在，也不是冷冰冰的年龄指认，而是一个个有血有肉的现代主体，他们有一往无前，也有离合悲欢，更有青春无悔。青年更不是固化的单调的认知，其永远是流动的立体的，他们总是处在时间的波动之中，既是历史的，也是未来的，前者意味着一代代意气风发的人们立下的丰碑，后者则是在此基础上行之久远的精神及实践之旅。不仅如此，更重要之处在于，青年固然成了被召唤与被赞颂的对象，与此同时青年也是方法。如若对其性征、心理、话语进行一种本体化的处理，可以清晰辨认得出在他们的内心，激荡着多重的声响，孕育着一种内部的众声喧哗。《致青春》展示的不仅是一代青年工人令人肃然起敬的奉献精神，更是蓬勃向上的新中国和勇于奉献的共产党员的青春歌诗。青年不可因虚度年华而悔恨，亦不可因碌碌无为而悲伤，真正壮怀激烈未尝或已的，是不辜负国家和人民的期盼，是在民族之崛起与国家之富强的壮阔征程中，致以青春最崇高的礼赞。

因此，有必要重温开头时提及的梁启超在《清议报》中发表的《少年中国说》："欲断今日之中国为老大耶？为少年耶？则不可不先明'国'字之意义。夫国也者，何物也？有土地，有人民，以居于其土地之人民，而治其所居之土地之事，自制法律而自守之；有主权，有服从，人人皆主权者，人人皆服从者。夫如是，斯谓之完全成立之国。地球上之有完全成立之国也,自百年以来也。完全成立者,壮年之事也。未能完全成立而渐进于完全成立者,少年之事也。故吾得一言以断之曰:欧洲列邦在今日为壮年国,而我中国在今日为少年国。"放眼一个世纪后的今日,中国正面临百年未有之大变局,世界格局发生着深刻的更迭。因此,朝气蓬勃的青年在此时想要建功立业,需要更宏阔的视野、更壮大的力量及更显豁的想象力和创造力。

当下的社会结构,必然存在着不同的声音与个性,而且也会有不同的制度化形态在不断提示着我们年龄的界限,如悲哀惨淡、颓废抑郁等会不会也包孕于青年的内涵之中?在这样的境况中,如何去认知和分辨,随之真正调动和征用青年的话语资源?如果青年是一种政治正确、文化正确的话,那么该如何避免枯槁的手掌高擎着鲜花的形象?解决这样的问题,无疑要重新去改造、整合与重塑。一方面,真正要去克服的,是庸庸碌碌、无所作为的主体经验,是没有投入深切情感而又渴盼有所收获的稚嫩情绪,真正的青年,需要去尝试甚或周旋,摆脱身上的"冷气",认知自我并超越自我,与历史、时代、家国发生真切的对应。另一方面,宏大叙事如何与这样的青年共处并将之转化,如何塑造和处理这样的青年形象,民族的、事业的、情感的等诸种共同体,应该调动怎样的情感经验去处理这样的青年形象,这都是摆在当代中国面前的重要课题。也因此而显出《致青春》的重要性:广大青年应立意清算狭隘的内伤与内卷,在自我的小世界中突围,向广阔的世界走去,走进国家和人民的事业中,有所作为、有所奉献。

在这种情况下,《致青春》所描述的青年一代出生入死的献身精神,是要打破那种面向未知与未来的可能性。在这样的大前提下,处理好青年内部的多重情感,处置其间的心理经验的不稳定结构,就要打破那种单一化、单调化的层次,重新将"青年"的问题化,重新从百年来的政治文化变局中认识青年与中国的关系。当然,其中并不单单指向褊狭的经验和情感,而是将问题及超脱问题的方式包含进来并穿透打通。假若如此,则即便青年不得不去处理内心多重的精神结构、情感结构,甚至是年龄结构,也同样能够获致博大的襟怀和远大的理想。因而关于青年,我们比较通常的理解,其是一种年龄的界限、一种代际的指认、一种相互参照中的精神状态,而且,青年还是一种想象、一种修辞,更重要的,青年实际上还是一种情感,是牵引着民族与国家的具有共同体性质的情感。从符号到精神、从语言到行动、从身体到情感,百年来的中国青年,挥斥方遒,改天换地,从觉醒者、革命者到劳动者,再到建设者与奋斗者,直至今时今日,那些目标与激情仍未改变。他们始终怀抱梦想,付诸实践,勇敢作为,并有所建树,倾注心力去创造真正值得致敬的青春。

作者简介

曾攀,《南方文坛》杂志副主编,中国现代文学馆客座研究员。